S. Carpentier
07974 542338
Lumee!
Give it a try.
S xx

Paru dans Le Livre de Poche :

P. Bellemare
C'EST ARRIVÉ UN JOUR (2 vol.)
SUSPENS (4 vol.)
L'ANNÉE CRIMINELLE (4 vol.)
LES AMANTS DIABOLIQUES

P. Bellemare et J. Antoine
LES DOSSIERS D'INTERPOL (2 vol.)
LES AVENTURIERS
HISTOIRES VRAIES (5 vol.)
DOSSIERS SECRETS (2 vol.)
LES ASSASSINS SONT PARMI NOUS (2 vol.)
LES DOSSIERS INCROYABLES
LES NOUVEAUX DOSSIERS INCROYABLES
QUAND LES FEMMES TUENT

P. Bellemare et M.-T. Cuny
MARQUÉS PAR LA GLOIRE

P. Bellemare et J.-M. Épinoux
ILS ONT VU L'AU-DELÀ

P. Bellemare et J.-F. Nahmias
LES GRANDS CRIMES DE L'HISTOIRE (2 vol.)
LES TUEURS DIABOLIQUES (2 vol.)
L'ENFANT CRIMINEL
JE ME VENGERAI

P. Bellemare, J.-M. Épinoux et J.-F. Nahmias
LES GÉNIES DE L'ARNAQUE
INSTINCT MORTEL (2 vol.)
L'EMPREINTE DE LA BÊTE

P. Bellemare, M.-T. Cuny, J.-M. Épinoux, J.-F. Nahmias
INSTANT CRUCIAL
INSTINCT MORTEL (2 vol.)
ISSUE FATALE

P. Bellemare, J.-M. Épinoux, R. Morand
POSSESSION

P. Bellemare, J.-M. Épinoux, F. Ferrand, J.-F. Nahmias, T. de Villiers
LE CARREFOUR DES ANGOISSES
JOURNÉES D'ENFER

PIERRE BELLEMARE
MARIE-THÉRÈSE CUNY
JEAN-MARC EPINOUX
JEAN-FRANÇOIS NAHMIAS

Instinct mortel 2

39 histoires vraies

Documentation : Gaëtane Barben

ALBIN MICHEL
TF1 ÉDITIONS

Les faits et les situations dont il est question dans ce livre sont vrais. Cependant, pour des questions de protection et de respect de la vie privée, certains noms de lieux et de personnes ont été changés.

© Editions Albin Michel S.A., TF1 Editions, 1994.

AVANT-PROPOS

A travers le temps, l'homme construit des échelles de valeurs auxquelles il s'accroche le plus durablement possible afin de pouvoir vivre en société.

Plus l'échelle est haute, plus il devient facile de la briser.

Pour construire une bonne échelle, il est nécessaire de bien fixer le premier barreau.

Depuis la fin du XVIIIe siècle, le ciment le plus efficace est l'article 1 de la Déclaration des droits de l'homme : « les hommes naissent et demeurent égaux en droit ». Mais selon la forme des barreaux suivants, vous pourrez arriver très facilement au communisme, au fascisme, ou à la social-démocratie.

Depuis le milieu des années quatre-vingt, nous sommes entrés dans une période de forte démolition. Nous avons assisté avec soulagement à l'effondrement de l'échelle communiste... mais sans construction de remplacement et nous commençons à la regretter. Nous avons vu disparaître des royaumes, des empires et leurs échelles de droit divin, pour des constructions intégristes dont les barreaux ressemblent fort à des prisons.

Dans notre propre démocratie l'exclusion, le racisme, le chômage, les paradis artificiels et les illusions audiovisuelles brisent l'échelle des valeurs morales et familiales que l'école de Monsieur Jules Ferry nous avait enseignées.

Nous sommes entrés, comme à la fin d'Athènes, d'Alexandrie, de Rome ou de Byzance, dans une période ténébreuse où notre instinct nous sert de guide.

La réflexion, la patience, l'abnégation sont oubliées au profit de la jouissance, de l'apparence et de la productivité.

Chacun dans son cercle concourt à la destruction, et si la force de caractère permet encore à certains de s'en sortir, un nombre d'individus, toujours croissant, revient aux premiers âges.

Dans ce livre, nous avons rassemblé trente-neuf événements de notre quotidien, trente-neuf comportements instinctifs et mortels, trente-neuf reflets de notre époque, trente-neuf bêtes humaines.

Pierre BELLEMARE

Qui j'ai tué ?

« Fous le camp ! »

Nino ne supporte pas qu'on lui dise de foutre le camp. Et il faut être culotté pour mettre dehors un colosse comme lui. Un mètre quatre-vingt-dix, quelque chose comme cent kilos. Quarante ans. Une tête tout en os, des épaules en trapèze et une souplesse surprenante. A La Nouvelle-Orléans, ce patron de station-service va le regretter. Nino laisse tomber sa vieille Cadillac, dont le moteur refuse d'obéir, il bondit sur le patron, une clé de bougie à la main, et le frappe. Après quoi il attrape l'individu par son tee-shirt, le soulève de terre, lui envoie un coup de tête dans le menton, le secoue avec colère et le relâche.

L'homme tombe assommé, comme un pantin, le cou étrangement désarticulé. Et Nino replonge dans son moteur en hurlant de fureur.

Nino est paranoïaque. La terre entière en veut à Nino depuis qu'il est tout petit. Son père lui en a voulu le premier, d'être né d'une mère d'origine espagnole, alors que lui était d'origine irlandaise, et que cette mère ne soit bonne qu'à récurer son bastringue, alors qu'il empilait les dollars à coups de bières au comptoir.

Nino a grandi derrière ce comptoir, protégé par une mère esclave, que le père n'a jamais épousée. Et un jour, lorsque Nino a eu quinze ans, il a cogné sur son père qui avait cogné sur sa mère un peu trop fort cette fois-ci. Le père en a réchappé de justesse.

« Fous le camp ! »

Depuis le temps qu'il entendait ça, Nino s'est résigné à le faire, après avoir cogné encore sur le barman qui lui en intimait l'ordre. Et il s'est retrouvé dans la rue. Où la police lui a mis le grappin dessus et l'a expédié dans un centre de correction pour mineurs. A dix-huit ans, il a fait la route. Petits boulots, bricole — les grosses pognes de Nino sont habiles à réparer les motos, les vieilles bagnoles, les machines à café, les vieux frigos. Il n'a pas fait d'études, mais il a au moins ça, et il sait ce que ça veut dire que le travail bien fait. Or cet individu, qui se disait garagiste, voulait lui faire croire que sa vieille Cadillac était rongée par les mites et la pièce qu'il lui a vendue cinquante dollars la veille est un vieux truc pourrichon à envoyer à la casse. C'est l'origine de la bagarre.

Le garagiste est toujours à terre, lorsqu'un automobiliste de passage aperçoit Nino en train de fouiller avec ardeur et sans aucun ménagement dans l'atelier du propriétaire étendu sur le sol. L'homme file avertir la police, pendant que Nino vole, comme il se sent autorisé à le faire, la pièce en question, mais neuve. Et des pneus en plus, pour les dommages et intérêts, plus un bidon d'huile et diverses bricoles à portée de sa main. Ce sale type lui en veut, il a fait exprès de lui vendre un delco hors d'âge, on prend toujours Nino pour un imbécile !

Juillet 1977, trente-deux degrés à l'ombre. Suant et soufflant, Nino pousse sa voiture hors de la station-service, la fait démarrer vaille que vaille et s'apprête à décamper. Deux voitures de police lui tombent dessus en même temps. Six hommes armés en uniforme l'obligent à s'allonger par terre en hurlant des injonctions. Les énormes mains de Nino sont bloquées par des menottes, ses chevilles aussi, et on le traîne comme un paquet sur les lieux du crime.

Car le garagiste est mort. Non pas du « coup de

boule » de Nino, mais de la pression de ses mains comme un étau autour de son cou, quand il l'a projeté à terre.

Nino se retrouve en prison. Un an plus tard, il est condamné à vingt ans de réclusion. Car il est récidiviste. Chaque fois que quelqu'un lui a « mal parlé », chaque fois qu'un type dans un bar lui a marché sur les pieds, chaque fois qu'il a eu un patron, Nino a frappé. Il a volé aussi. Chez un marchand de saucisses qui lui avait vendu des denrées douteuses. Dans un magasin de téléviseurs, sous prétexte que l'étiquette n'affichait plus le prix soldé de la veille... Les exemples n'en finissent plus.

Et s'il a bu un coup de trop, sa paranoïa devient encore plus dangereuse. Un patron de motel se souvient de lui et de son fusil à canon scié : il a pris du plomb dans les jambes. Nino faisait du scandale dans son motel et il a eu le tort de crier : « Fiche le camp ! »

En quarante ans d'existence, Nino a traîné son jean dans pas mal de postes de police, pas mal de prisons, mais comme il y a eu mort d'homme cette fois... il n'en sortira qu'à soixante ans si tout va bien. Or tout va mal en prison. Il passe plus de temps au cachot que sur le terrain de basket, plus de temps enchaîné que dehors à faire du footing. Pour tout et pour rien.

Si encore il n'avait pas hurlé, devant le procureur, que les salopards de garagistes n'avaient qu'à crever — ça leur apprendrait à vivre !

Il n'a même pas pu assister aux funérailles de sa mère. Il n'a plus qu'une vieille photo dans sa cellule, du temps où il était gamin et où sa mère lui disait : « Nino, le monde est méchant avec nous... »

Le monde est méchant avec Nino jusqu'en 1984. Il a cinquante-deux ans. Il fabrique des couronnes mortuaires en plastique. Des petites fleurs mortes à entrelacer sur un grillage. Il n'a pas de visites. Le diable sait où est son père qui ne l'a jamais reconnu ! Aucune famille, et pas une seule femme dans sa vie. La femme est un objet que Nino ne comprend pas.

Août 1984. Chaleur humide, odeur de marécages autour de la prison. Dans son coin, sur une table de bois encombrée de couronnes inachevées, Nino écrit laborieusement une lettre bourrée de fautes d'orthographe à l'avocat qui fut jadis nommé d'office pour sa défense.

« Monsieur l'avocat.

« Si vous plait, y fau m'aider. Jai tué une dame, je sais pas qui. A City Park l'année de avant le procès. Aidez moi si vous plait. Je veux savoir qui c'est la dame. Je tuai la dame c'est sûr. »

Trois mois passent. Le temps pour l'avocat de se décider à faire quelque chose. Il va voir son ancien client, pour lui dire : « Vous êtes fou ? Parce que si vous n'êtes pas fou, le psychiatre le verra très vite. Si vous cherchez à sortir de prison de cette manière, c'est ridicule. »

Nino ne comprend pas.

« Je ne veux pas sortir de prison, je veux savoir qui est la dame que j'ai tuée.

— Vous savez que vous n'êtes pas le seul à essayer de tromper la justice de cette manière ? Le procureur en a par-dessus la tête des gens comme vous qui s'accusent d'un meurtre dont soi-disant ils ne se souviennent pas. C'est une vieille technique pour sortir de prison, passer des tests et se retrouver en psychiatrie.

— J'ai tué la dame. J'ai pas oublié, je m'en souviens. C'était dans City Park. Je l'ai jetée dans le bayou. Elle était habillée en noir avec un blouson en cuir rouge. »

Tout de même, l'avocat demande : « Pourquoi l'auriez-vous tuée, cette dame ?

— Justement, je sais pas. Ça m'a pris, et je l'ai tuée.

— Vous auriez fait cela il y a huit ans ? Sans savoir pourquoi ? Et vous vous accusez maintenant ?

— Je la vois toutes les nuits. Je fais des cauchemars, je l'entends qui m'appelle. J'ai des remords. Ça me rend malade d'avoir tué quelqu'un sans savoir qui c'est, et sans savoir pourquoi. »

L'avocat hésite à croire Nino Manadela. Il y a quelque chose d'anormal dans sa demande. Sa mauvaise conduite lui a fait perdre ses chances d'une libération conditionnelle. D'autre part, lorsque lui-même a essayé de le défendre, du moins de lui obtenir des circonstances atténuantes, un psychiatre lui a renvoyé son client en le qualifiant de paranoïaque ordinaire, conscient de ses actes, donc responsable. En admettant — rien n'est moins sûr — que Nino soit réellement coupable d'un autre meurtre, tout ce qu'il récolterait serait la prison à vie. Plutôt deux fois qu'une.

Mais Nino s'obstine.

« Bon, donnez-moi des détails plus précis. La date exacte ?

— Je sais plus. Sauf que je travaillais sur les quais, c'était pas loin de Noël, et il pleuvait. La dame était dans une voiture, elle est sortie de la voiture, y avait un type dans la voiture, il est parti en la laissant là.

— Une prostituée ?

— Faut pas dire ça. J'en sais rien.

— Que s'est-il passé avec elle ?

— Je sais plus. Elle m'a demandé si je pouvais lui indiquer sa route. Je lui ai montré la direction, et elle m'a demandé si je voulais pas l'accompagner. J'ai dit que j'avais du travail et qu'il fallait qu'elle attende, et puis que c'était loin. Alors elle a commencé à me raconter des trucs, comme quoi ce type l'avait laissé tomber, elle s'est assise là, devant le hangar, elle parlait tout le temps. Finalement je l'ai emmenée dans ma voiture. Où ? Je me souviens plus.

— Elle vous a dit son nom ?

— Je crois pas.

— Et ensuite ?

— Je crois qu'elle a dit des bêtises. Ça m'a pas plu. J'ai dû la taper après Canal Street.

— La taper ? Avec quoi ?

— Un crochet en fer, pour les ballots. J'avais ça dans la voiture. Après, je me suis retrouvé à l'entrée du parc, il commençait à faire nuit, je l'ai sortie de la voiture, je l'ai portée jusqu'au bayou, je l'ai jetée là.

— Dans l'eau ?

— C'était de la vase, mais j'ai pas eu envie d'aller la porter ailleurs. On a dû la trouver, c'est sûr. »

Une dame habillée en noir avec un blouson rouge. A l'entrée est de City Park. Aux environs de Noël 1977.

L'avocat va voir le procureur. La liste des crimes non résolus s'affiche sur les écrans d'ordinateurs. Quelques semaines de recherches et un détective vient voir Nino Manadela, un dossier sous le bras. Il en sort une photographie prise à la morgue. Une femme, au visage difficilement reconnaissable :

« Alors ?

— C'est pas elle.

— Pourquoi ?

— Elle a pas de blouson rouge.

— Elle a été tuée le 20 décembre 77. On l'a retrouvée dans un lac, près de City Park.

— C'est pas elle. Celle-là elle a une robe. L'autre, elle avait pas de robe. »

Le policier repart. Avec, cette fois, la quasi-certitude que Nino s'accuse réellement. S'il avait voulu se faire passer pour fou, il aurait sauté sur l'occasion et choisi la première victime qu'on lui présentait. Mais il reste un doute. Fou ou pas fou, Nino ne pourrait pas se couper de manière aussi grossière. Il a fait une description vestimentaire si précise, du point de vue des couleurs, qu'il pourrait difficilement revenir dessus.

Peut-être faut-il chercher non pas un cadavre, mais une personne disparue, dont la description correspondrait à la sienne ? Le cadavre a pu être dépouillé de ses vêtements par n'importe qui après le crime. La victime a pu rester longtemps dans cet endroit désert. Et ne plus être identifiable.

Deux mois passent encore. Nino ne cesse d'écrire

des lettres où il s'accuse. Nino demande à se confesser. Nino s'agenouille dans sa cellule et demande pardon à Dieu d'avoir tué une inconnue. Le paranoïaque est devenu pénitent. En pleine dépression, il refuse de manger, refuse de travailler, se traîne comme un malade et parle sans arrêt de son crime. Dont la police ne trouve pas trace.

Sa vieille Cadillac a été mise à la ferraille. En admettant qu'il ait conservé l'arme du crime, elle a disparu depuis longtemps. Le détective revient, avec une foule de questions. La victime était-elle de race blanche ou noire ? Blanche. Quel âge ? Entre vingt et trente. Lui a-t-elle fait des propositions indiquant qu'elle faisait métier de ses charmes ?

Silence. Nino baisse sa grosse tête de brute et la secoue comme s'il refusait de répondre à Dieu lui-même. Le détective insiste. Il a de bonnes raisons pour cela. Le seul dossier qu'il a déniché est celui d'une prostituée, découverte presque nue dans un étang boueux, à l'autre extrémité du parc, c'est-à-dire à trois kilomètres au moins de l'endroit cité par Nino. Le corps était lardé de coups de couteau. Le visage déchiqueté. Son souteneur a été arrêté puis relâché. Alibi solide. Elle s'appelait Emma Diveau, métisse, teint suffisamment clair pour passer pour une Blanche. Elle avait vingt-sept ans, elle était droguée, la seule personne de sa famille qui a pu l'identifier est sa mère, elle-même prostituée. Le policier dispose dans son dossier d'une photographie de pièce d'identité, d'un sac qui a été retrouvé dans le parc, vide d'argent. Et d'une bague de pacotille.

« Alors, Manadela ? Elle t'a fait des propositions ? C'est ça que tu appelles des bêtises ?

— Je me souviens pas. Je sais pas ce qu'elle a dit. Je sais pas. Elle a enlevé cette espèce de veste qu'elle portait, elle avait presque rien en dessous. C'était honteux.

— C'est elle qui l'a enlevée ou c'est toi ?
— C'est elle.

— Tu es sûr, Manadela ? Tu n'as pas essayé de l'embrasser ?

— J'ai jamais embrassé une dame. Jamais.

— Alors c'est elle ? C'est elle qui a voulu t'embrasser ?

— Elle m'a touché. Elle m'a touché, je suis sûr. Elle avait pas le droit.

— Pourquoi ça ? T'aimes pas qu'on te touche ?

— Y a que ma mère qui a le droit. Elle est morte, ma mère.

— Tu n'avais pas un couteau dans ta voiture, Manadela ?

— Un couteau ? Si, j'avais un couteau. Je l'ai plus.

— Et où il est ?

— Je l'ai jeté.

— Où ça ?

— Quand je suis retourné travailler, le lendemain, je l'ai jeté dans le fleuve.

— Et le crochet ? Je croyais que tu lui avais tapé dessus avec le crochet ?

— Non, je l'ai tirée de la voiture avec le crochet, par terre, et puis après je l'ai portée.

— Pourquoi l'as-tu portée ? Pourquoi ne l'as-tu pas traînée avec le crochet jusqu'à l'étang ?

— Je pouvais pas... elle avait... elle était...

— Parce que tu l'avais déshabillée ? C'est ça, Manadela ?

— Je peux pas dire... je peux pas... je sais pas ce que j'ai fait. Je l'ai tuée, c'est sûr.

— D'accord. Tu as jeté les vêtements dans le fleuve ? »

Silence. Nino Manadela semble faire un effort surhumain pour voir quelque chose, quelque chose d'enfoui loin et profond dans sa tête.

« J'ai mis une corde, avec une vieille batterie, je l'ai fait, j'ai jeté le blouson rouge... Il était dans la voiture.

— Alors tu l'as déshabillée ?

— J'ai rien fait de ça. Je l'ai pas touchée.

— Tu l'as touchée puisque tu l'as tuée ! Pourquoi tu as tué cette fille, Manadela ?

— Elle me voulait du mal. »

Le policier sort la photographie du dossier, Nino Manadela regarde le petit format, ahuri.

« Alors ? Tu crois que c'est elle ?

— Vous l'avez trouvée ? Vous l'avez trouvée ? C'est elle ?

— C'est toi qui peux le dire. Pas moi. »

Nino semble avoir peur de la petite photographie, où l'on voit un visage souriant mais triste, des cheveux foncés et très bouclés, un regard immense aux prunelles presque noires.

Emma Diveau ressemblait à sa mère. A la mère de son enfance, celle qui le berçait en lui racontant que le monde était méchant. Elle avait ces grands yeux-là, ces cheveux-là, ce teint-là. Quand le père l'avait battue, elle avait cet air triste. Et quand les clients du bar lui faisaient des compliments, elle avait ce sourire-là.

Au fil des semaines, avec l'aide d'un psychiatre, Nino Manadela a confié tant de choses. Qu'il était puceau, qu'il avait peur des femmes, qu'il n'aimait pas quand sa mère plaisantait avec les clients et faisait des « bêtises » avec eux. Qu'il avait commencé à faire des cauchemars en prison quand on lui avait dit que sa mère était morte. Qu'il revoyait toujours cette « dame » qu'il avait tuée, en noir avec un blouson rouge.

Mais il n'a jamais voulu admettre qu'il l'avait déshabillée. Il n'a jamais voulu admettre que c'était une prostituée qui lui avait fait des propositions. Il ne comprend toujours pas vraiment pourquoi il l'a tuée. Mais il est sûr que c'est elle.

Preuves indirectes, absence de pièces à conviction, d'arme du crime, incohérences au moment de la reconstitution du crime : le jury n'a pas accepté que Nino Manadela soit reconnu officiellement coupable du meurtre d'Emma Diveau et l'a renvoyé dans sa cellule. Nino a été qualifié cette fois de fabulateur, de paranoïaque ordinaire dont les pulsions violentes sont peut-être dues à une affectivité délabrée depuis l'enfance. Mais le jury n'est pas certain, par manque de preuves, qu'il ait tué la dame qui lui proposait ses charmes. Et qui ressemblait tellement à sa mère...

Délire à deux

Novembre 1983, le jour des morts. Dans un appartement d'une petite ville de Belgique, Bernadette et Pierre, mariés, la cinquantaine chacun, pensent à leur fils unique Philippe.

Philippe s'est suicidé le 5 décembre 1982. Il y a presque un an.

Philippe ressemblait à sa mère, mais ce qu'il y a de viril dans les traits de cette mère paraît féminin chez lui. Mêmes cheveux sombres, mêmes sourcils largement arrondis sur un regard intense. La photo, les photos de Philippe sont dans tout l'appartement. Il était le centre de ce couple, l'unique lien avec la vie, leur espoir, il est devenu leur douleur.

Philippe s'est suicidé pour une histoire d'amour. C'était sa deuxième expérience amoureuse. La première fois, il a raté son suicide, la deuxième fois il l'a réussi.

C'est l'explication officielle. Une dépression.

Les parents ont une autre explication. Leur fils a été assassiné. D'abord ils ont pensé à un crime. Pourquoi Philippe s'est-il tué de la main gauche en se tirant une balle dans la tête alors qu'il était droitier ? Pourquoi ne leur a-t-on pas montré la douille ? Contre toute objectivité, ils sont allés voir le procureur du roi pour déposer une plainte contre X.

Le procureur s'est montré humain, attentif à la douleur obsessionnelle de ces parents-là. Il a expliqué, démontré que Philippe s'était bien suicidé. Que si l'arme était restée crispée dans sa main gauche, ce détail était dû à sa position assise dans sa propre voiture, l'endroit qu'il avait choisi pour mourir. Que la douille n'avait pas été retrouvée parce qu'elle était probablement tombée dans un caniveau, mais que l'essentiel était la balle, que cette balle était sortie d'une arme empruntée à un ami sous un faux prétexte, et que cet ami l'avait confirmé. Que l'autopsie confirmait le suicide. Que leur fils avait signé ce suicide en voulant mourir devant le domicile de celle qu'il avait aimée.

Mais ses explications se sont heurtées à un mur. Alors il leur a conseillé de prendre un avocat pour étudier sérieusement l'affaire, de se porter partie civile, seule manière de faire rouvrir le dossier et d'avoir accès à toutes les informations. Et aussi de se faire aider par un médecin, pour parvenir à faire le deuil de leur fils, à retrouver sinon la sérénité, du moins l'équilibre. Et aussi d'aller voir un prêtre puisqu'ils sont croyants.

Ils ont tout refusé en bloc. Ils ne peuvent pas accepter la mort de Philippe. Le père dit : « Perdre son enfant, c'est vomir la vie. » La mère dit : « Si on ne l'a pas tué, on l'a poussé au suicide. »

Ce couple est entré dans ce qu'on appelle un deuil pathologique. Un délire à deux. Et onze mois après que Philippe a été découvert dans sa voiture, enroulé dans son sac de couchage avec une balle de 22 long rifle dans la tête, devant le domicile de son ex-petite amie, ce délire les pousse à agir. La vengeance leur paraît la seule solution. La mort de quelqu'un d'autre. Du responsable.

La mort, la dépression, le suicide font partie du passé de la mère. Elle-même a fait jadis une tentative de suicide, elle est dépressive et, dans sa famille, il y a déjà eu trois suicides par pendaison. Son grand fils, qui faisait des études de psychologie, qui cherchait l'amour et n'a trouvé que la mort, lui manque viscéralement, comme une partie d'elle-même. Il lui appartenait, elle l'a couvé, aimé, protégé, jusqu'à ce qu'il échappe à cet amour en allant vivre sa vie ailleurs. Que faisait-il d'autre, à part ses études ? Elle l'ignore.

Une seule personne le sait, un psychiatre, chez qui Philippe avait entrepris une thérapie. Mais Philippe n'en a pas parlé à ses parents, et le psychiatre était tenu par le secret professionnel. A vingt-deux ans on est adulte, on se prend en charge, pour la vie ou pour la mort.

Ce que savent les parents, ou croient savoir, c'est que Philippe a consulté un médecin généraliste, quand il vivait avec eux, après sa première tentative. Un médecin habitué aux jeunes, confronté chaque jour aux problèmes de la drogue, du mal de vivre, puisqu'il s'occupe essentiellement des étudiants.

Ce médecin-là est à portée de la main.

D'abord, ils l'ont fait venir chez eux. La mère a utilisé un subterfuge, donné un faux nom et prétendu qu'elle était malade pour qu'il vienne à domicile. Le médecin était de garde ce soir-là, et il est venu innocemment une première fois se faire prendre au piège. Se faire insulter pour ne pas avoir expliqué en long et en large à ses parents ce que Philippe venait faire chez lui ! Pourquoi ce médecin n'a-t-il pas téléphoné à maman pour tout lui raconter ?

Michel, le médecin, a l'air d'un étudiant lui aussi, barbu, les cheveux en broussaille, des petites lunettes rondes sur le nez, l'air calme et doux ; il a dû penser que ces gens étaient fous, obsédés, à l'insulter de la sorte, à l'accuser d'avoir poussé leur fils au suicide.

Comment peuvent-ils, ces parents-là, qui disent aimer leur fils au-delà de tout, en savoir si peu sur lui ?

On ne parlait pas dans cette maison, on faisait semblant. Des deux côtés. Par exemple, la jeune fille qui n'était pas assez amoureuse de Philippe et l'a quitté, cette jeune fille pour laquelle il s'est suicidé, en avait-il parlé ?

La mère dit : « Elle lui avait offert une écharpe, je lui ai demandé s'il y avait anguille sous roche, il m'a répondu que ce n'était pas une fille que l'on épouse. C'est tout. »

Mais c'était une fille pour qui l'on meurt.

La jeune fille dit : « Je n'étais pas la femme de sa vie, et il ne m'a jamais parlé de suicide. »

Etrange. A moins que Philippe ne se soit suicidé pour autre chose, et que le mal d'amour ne soit qu'un masque.

Un copain étudiant dit : « Il était mal dans sa peau, il se sentait étouffé par son père qui le haïssait. Un jour il m'a dit : " Si je me suicide, j'espère faire du mal à mon père." »

Michel, le bon docteur barbu qui sait écouter les jeunes, en sait sûrement plus sur Philippe que ses parents. Il s'est laissé insulter et il est parti. A quoi bon tenter de déformer l'image rigide que ces gens-là se font de leur fils et qui doit absolument correspondre à la leur ? A leur amour égoïste pour lui ? A la projection d'eux-mêmes dans ce grand garçon faible et vulnérable ?

Aujourd'hui, jour des morts, les parents de Philippe repensent à tout cela, comme ils ne cessent de le faire depuis le début, enfermés dans un cercle épouvantable, tels deux oiseaux malades dans une cage, incapables de communiquer avec l'extérieur.

Leur décision est prise. L'est-elle lucidement ? Devant la loi, sûrement. D'un point de vue psychiatrique, le doute est permis.

C'est un délire et de ce délire naît une pulsion mortelle.

Mais l'exécution de la vengeance est parfaitement et logiquement organisée. Le 5 novembre 1983, le docteur Michel D., trente-trois ans, est de garde pour le week-end. Vers dix-sept heures trente, il reçoit un appel et le note sur son carnet près du téléphone : « R. Essen, avenue Einstein. »

Il part à ce rendez-vous et sa femme n'aura plus de nouvelles, jusqu'au lendemain 6 novembre, où l'on découvre son corps couché sur le dos, dans un petit chemin forestier, non loin de l'avenue Einstein, à une centaine de mètres environ. Près de lui, une énorme pierre de vingt-sept kilos, couverte de sang, et un rouleau de papier hygiénique. Sa voiture est garée à proximité. La mise en scène qui voudrait faire croire à l'automobiliste pris d'un besoin naturel et qui tombe par accident sur cette énorme pierre est cousue de fil blanc.

Les lésions sont multiples, plusieurs enfoncements crâniens indiquent qu'il a été agressé avec une extrême sauvagerie. Et qu'il existe sûrement une autre arme que cette pierre.

L'enquête se dirige d'abord vers une affaire de drogue. On se livre à certains rapprochements avec l'arrestation d'un médecin de W. dont la clientèle était essentiellement constituée de drogués et qui entretenait la toxicomanie de ses patients. Privés de leur source habituelle d'approvisionnement depuis cette arrestation, ces patients auraient-ils tenté de persuader le docteur Michel D. de leur venir en aide, et devant son refus, l'auraient-ils tué ?

Voilà pourquoi les véritables meurtriers du docteur Michel vont vivre leur vengeance en toute impunité durant près de deux ans. Rien ne les relie à leur victime, qui n'a apparemment jamais parlé à personne de sa première visite chez eux. Rien, sauf le fait que Philippe figurait dans sa clientèle. Comme des dizaines d'étudiants. Mais personne n'y pense pour l'instant.

Le 24 juin 1985, une lettre anonyme parvient au domicile de la veuve du médecin, assortie d'un morceau de bristol rouge, en mauvais état, sur lequel sont écrits quelques lignes et un numéro de téléphone. Ces lignes sont supposées être de la main de Pascale, une étudiante de vingt-cinq ans, fiancée à un autre étudiant, William, qu'elle est sur le point d'épouser.

La jeune fille se retrouve suspect numéro un, inculpée de participation au meurtre du docteur, mais laissée en liberté par le juge d'instruction, qui prend la précaution de faire examiner la pièce à conviction par un expert graphologue. Et qui fait aussi le lien entre l'assassin désigné par le corbeau et les parents de Philippe.

Pascale est la jeune fille pour qui il a voulu mourir. Pascale avait écrit des lettres à Philippe, du temps de leur liaison. Et ces lettres, c'est le père et la mère de Philippe qui les ont conservées.

L'expert dit : « L'écriture de Pascale a été imitée, à partir de ces lettres, par M. Pierre R., père de Philippe. »

Le père nie. Et c'est assez étrange en effet qu'il soit le corbeau qui finit par se dénoncer lui-même. Alors que rien dans l'enquête jusqu'ici ne l'avait impliqué. Il nie jusqu'en février 1986, au cours de plusieurs interrogatoires, puis finit par avouer. Et le lendemain, sa femme raconte. Ils ont mis au point leur plan ensemble, l'ont exécuté ensemble, ils sont coupables tous les deux.

Le 5 novembre 1983, elle a appelé le docteur Michel en contrefaisant sa voix, en donnant un faux nom et en le suppliant de venir la chercher sur l'avenue Einstein — le médecin la verra de loin, elle vient de tomber et de se briser une cheville. Le médecin se rend sans méfiance au rendez-vous. Il note le faux nom, l'heure, le nom de l'avenue sans numéro, puisqu'il ne s'agit pas d'un domicile.

L'avenue est déserte. Non loin de là, s'élève le quartier industriel. Pas de circulation, pas de curieux. A son arrivée, il est immédiatement attaqué à coups de marteau, une arme de 1,340 kilo, dont on a scié le manche pour la dissimuler dans la poche. Le père a aussi transporté dans sa voiture une énorme pierre ornementale de jardin, avec laquelle il achève sa victime en lui fracassant le crâne. Il se penche pour écouter le cœur, tâter le pouls, s'assurer que le « responsable » du suicide de son fils est bien mort. Ensuite ils mettent rapidement sur pied une mise en scène qui ne tiendra pas longtemps, la pierre étant destinée à faire croire à un accident. Le père va jeter le marteau dans les broussailles d'une autoroute, où il sera retrouvé plus tard.

Et le père et la mère de Philippe rentrent chez eux. Vengés ? Apaisés ? Sûrement pas.

Leur vengeance n'est pas suffisante. L'autre « responsable » du suicide de leur fils doit payer pour ce meurtre. Ils fouillent dans la correspondance de leur fils — c'est une idée de la mère ; le père, lui, imite la signature de la jeune Pascale et envoie la lettre anonyme. Ainsi ils auront rendu la justice à leur manière.

Cette mère, Bernadette, qui a cinquante-quatre ans au moment des aveux, on la sent capable, avec son visage dur et ses traits de bûcheron, de s'armer d'un marteau. Et pourtant, tous ceux qui la connaissent la décrivent comme une personne douce, serviable, dévouée, toujours prête à rendre service. Et c'est effectivement le père qui s'est servi du marteau.

Cet homme de cinquante-six ans, en costume-cravate, la bouche pincée, le visage fermé sur un malheur incommensurable, était un commerçant tranquille. Marchand de charbon et mazout. Croyant, il fréquentait avec sa femme la chorale de l'église. Jusqu'au jour où, après le suicide de Philippe, il s'est pris de querelle avec le curé à propos de l'emplacement d'une cuve, et ne lui a plus parlé. Ils se sont retirés de la chorale. La paranoïa ordinaire n'est pas très loin.

Les experts psychiatres ont du travail. « Pierre R. a reporté sur des tiers son agressivité inconsciente vis-à-vis de ce fils qui a détruit l'image affective et sociale qu'il avait de lui-même. »

La mère, en prison, fait un délire carcéral. Recroquevillée sur le lit de sa cellule, elle hurle de peur devant une assiette de plastique à terre : « Les rats, ils m'ont mis des rats ! »

Le père envoie promener les « faiseurs de tests » psychologiques.

Ils prétendent tous les deux avoir conclu à la « responsabilité » du docteur Michel à partir d'une phrase qu'il leur aurait dite lors de leur premier entretien piège. « Votre fils était décidé à mourir, je lui ai donné la marche à suivre pour ne pas souffrir. »

Un médecin peut-il dire une chose pareille ? Les parents n'ont-ils pas plutôt déformé un argument du docteur Michel ? Ils refusaient tellement que leur fils soit malheureux et qu'il veuille se suicider. On pourrait interpréter cette phrase autrement : « Philippe souffrait tellement qu'il pensait au suicide. Je lui ai indiqué la marche à suivre (voir un psychiatre) pour ne plus souffrir. » D'ailleurs, Philippe l'a vu ce psychiatre, en secret de ses parents. Comment aurait-il pu dire à son père : « Je souffre parce que tu me détestes » ? Et à sa mère : « Je souffre parce que tu m'étouffes » ? C'était son mal de vivre à lui, sa vie à lui, ses déceptions, ses faiblesses, ses terreurs à lui. Et son suicide à lui. Mais même ça, les parents s'en sont emparés.

Le problème des jurés d'une cour d'assises devant un double cas aussi exceptionnel n'est pas simple. En dehors des aveux et de la monstrueuse réalité des faits, ils ont à comprendre chacun des personnages, pour déterminer s'ils sont passibles d'internement carcéral ou d'internement psychiatrique. Ils ont aussi à comprendre le suicide de Philippe, puisqu'il est déterminant dans le comportement criminel de ses parents. Peut-on expliquer un suicide ?

On ne le peut guère. Un suicide n'appartient à personne d'autre qu'à son exécutant.

Philippe était intelligent, doué, fragile, sentimental. A vingt-deux ans, il était la proie de toutes les jeunes filles de son âge un peu plus délurées que lui. Il était vraiment amoureux, vraiment désespéré. Ce n'est pas pour autant que la jeune fille qui lui a offert un jour une écharpe et un peu d'amour serait responsable.

Quant au couple assassin : fou ? Oui et non. Ils ont voulu assouvir une vengeance. Le réquisitoire refuse les circonstances atténuantes, qui les voudraient malades et psychotiques. L'accusation reste pragmatique : « Cette pierre, ce marteau, les objets ont un langage. On nous dit que la mère était si malade et dépressive qu'elle ne pouvait plus soulever une casserole, mais elle a eu la force de soulever avec son mari une pierre de vingt-sept kilos. La force de le regarder frapper, puis l'idée de la lettre anonyme. C'était un processus sans fin. Après le médecin, après l'étudiante, il y aurait eu autre chose... Leur vengeance n'avait pas de limite. »

Regrettent-ils la mort du docteur Michel ? Sans conviction, disent les psychiatres. Et deux détails aussi font de ce couple un couple d'assassins sans circonstances atténuantes.

La mère dit : « Il a tâté le pouls pour voir s'il était mort. » Le père réplique : « Ce n'est pas vrai, je n'ai pas fait ça, elle ment. » Le juge demande : « Vous avez transporté cette énorme pierre ?

— Non, elle était sur place.
— Non, on l'a trouvée là. »

Alors que c'est faux. Ils se disputent sur des petites choses mesquines, s'accusent l'un l'autre, l'esprit plus empoisonné que jamais par leur délire, et l'on chercherait vainement de l'amour entre eux — cet amour dont ils parlent tant pour l'avoir projeté sur Philippe.

Leur plan était logique, l'exécution en était logique, tout cela n'a rien à voir avec l'irresponsabilité. La défense veut que l'on guérisse ces gens au lieu de les mettre en prison, l'accusation veut qu'on les enferme pour qu'ils ne continuent pas. Ils sont dangereux, et ils ont encore du temps devant eux, pour l'être encore et encore.

Philippe, en se donnant la mort, a déclenché la pulsion criminelle de ses parents.

Les jurés ont suivi l'avocat général, qui avait « clairement souhaité que la société ne confonde pas la frontière entre la défense sociale paranoïaque et la simple tendance paranoïde. Une question capitale de "degré psychiatrique" dans la jurisprudence ».

Aussi, en dépit de leur deuil pathologique et de leur délire criminel à deux, les parents de Philippe ont été condamnés à vingt ans de travaux forcés. Après le verdict, on donne la parole aux condamnés pour la dernière fois devant les jurés. Le père dit : « Je ne comprends pas encore aujourd'hui ce qui s'est passé. Je demande pardon à tous ceux que j'ai fait souffrir. » La mère dit : « Je demande pardon à tous. Quant à toi, Pascale, n'aie plus peur, sois heureuse avec tes enfants. »

Ils n'attendaient plus rien de la vie depuis longtemps et l'avaient déclaré juste avant le verdict à leurs avocats.

Mais la vie attend quelque chose d'eux. Sûrement. Qu'ils n'ont pas encore trouvé. Et Philippe attendait d'eux autre chose aussi, sûrement, qu'ils n'ont pas pu lui donner.

L'enfant témoin

Londres, juillet 1992. Sur une chaîne de radio anglaise, un homme jeune, la voix enrouée par la détresse, lance un appel à témoins. « J'ai besoin d'agir, je ne peux pas rester à attendre près du téléphone. Mon fils de trois ans est l'unique témoin. Pour l'instant, il est sous le choc, incapable de parler, les médecins m'ont dit qu'il était trop jeune pour garder plus tard un souvenir du drame qu'il vient de vivre. Dieu merci, il s'en remettra. Mais un jour, demain peut-être, il pourra identifier le meurtrier. Sa vie est en danger. Quelqu'un a dû voir quelque chose. Cet homme n'a pas pu s'enfuir dans le parc sans qu'on le remarque. Il était forcément couvert de sang ! Je voudrais dire à ceux qui le connaissent... peu importent leurs sentiments pour lui... de venir témoigner en masse, je les en supplie, avant qu'il ne détruise une autre vie... »

Ce père de famille, André Hanscombe, a vingt-cinq ans. Jusqu'à ce jour, il vivait avec sa femme Rachel, vingt-trois ans, et leur petit garçon de deux ans et demi dans un petit deux-pièces de la banlieue ouest de Londres. Un bonheur tranquille. La vie était certes un peu dure. Lui, professeur de tennis au chômage, avait dû, pour faire vivre sa famille se résoudre aux « petits boulots » — coursier, livreur —, en attendant de retrouver un emploi conforme à ses capacités. Elle, jeune et jolie, ravissante même, entamait une carrière de mannequin qui s'annonçait prometteuse, ses études à l'université, en droit et philosophie, n'offrant pour l'instant aucun débouché. Le couple vivait, comme beaucoup, la crise de l'emploi, mais s'en sortait courageusement. Une vieille voiture, une vie simple, Rachel distribuant son temps entre son petit garçon et les séances de pose.

En ce matin du 15 juillet 1992, André la quitte pour effectuer son travail de livreur. Elle décide d'aller promener le petit Alex dans le parc public de Wimbledon et d'y faire un jogging en même temps. Rachel emmène avec elle leur chien, un labrador, et, aux environs de dix heures, gare sa voiture dans les allées du parc.

Il y a beaucoup de monde à proximité. Un club de golf, des promeneurs et leurs chiens, des adeptes de la course à pied. Le Wimbledon Common Park, à l'ouest de Londres, ressemble à notre bois de Boulogne parisien. En tout, c'est-à-dire qu'il a deux vies : une vie diurne pour les citadins friands de grand air, et une vie nocturne pour les autres, friands de rencontres plus privées. Mais, à dix heures du matin, en plein mois de juillet, une mère et son enfant peuvent y circuler sans danger.

A onze heures du matin, les faits prouvent le contraire. C'est un promeneur, comme Rachel, avec son chien lui aussi, qui découvre un spectacle horrible. D'abord il entend pleurer, gémir — des petits cris d'enfant terrorisé. Il franchit quelques bosquets en direction des pleurs, pensant à un gamin perdu. Un corps de femme ensanglanté est recroquevillé à terre. C'est Rachel. Un petit garçon en pleurs est accroché au cadavre de sa mère. C'est Alex. Spectacle insoutenable, affreux, l'enfant porte des traces de coups, des ecchymoses au visage, il est lui-même couvert du sang de sa mère et s'agrippe à elle. Il vient de subir un choc épouvantable, manifestement il a assisté à l'agression, au viol et aux quarante-neuf coups de couteau qui ont fait mourir la jeune femme dans des conditions atroces.

Le promeneur arrache l'enfant à ce cadavre dénudé, court le mettre sous la protection d'autres promeneurs, et la police arrive très vite sur les lieux.

Les joueurs de golf, non loin de là pourtant, n'ont rien entendu, pas plus que les passants dans les allées voisines. Toutes les identités sont vérifiées immédiatement — une vingtaine de témoins — et par élimination la victime est identifiée comme étant la propriétaire d'une Volvo grise, garée à cinq cents mètres.

L'enfant, sous le choc, est incapable de parler. Le chien a disparu.

C'est ainsi que vers midi, lorsque André Hanscombe téléphone chez lui pour prévenir sa femme qu'il a terminé son travail de la matinée, il tombe sur la police. « Votre femme a été agressée, votre fils est vivant... »

L'univers s'écroule. En faisant le chemin qui le sépare de son domicile, André Hanscombe croit devenir fou.

Le commissaire principal de Scotland Yard, John Basset, va diriger l'enquête immédiatement. Le seul témoignage recueilli dans le parc est maigre. On a vu un homme se laver les mains dans un ruisseau du parc, à proximité du lieu de l'agression. Mais la description est vague : blanc, entre vingt et vingt-cinq ans, cheveux bruns et courts, tee-shirt clair et jean. Un couteau a été retrouvé dans les broussailles à moins de quinze mètres de cette rivière. C'est probablement l'arme du crime. Mais elle ne révélera aucune empreinte utilisable.

David Canter, spécialiste de ce genre de choses, professeur à l'université du Surrey, dresse à la demande de Scotland Yard le portrait psychologique de l'assassin : un homme jeune, solitaire, affectivement immature, vivant seul ou avec sa mère. Et qui a peur des femmes.

Alex n'a pas prononcé un mot depuis qu'on l'a

trouvé. A part « maman » et « chien ». De toute façon, à cet âge — moins de trois ans —, un enfant est incapable de faire la description d'un visage. Tout au plus pourrait-il parler d'un signe particulier, telle une moustache ou une barbe. S'il pouvait parler... Mais le petit garçon est figé. Il a assisté à toute l'agression, il a été frappé, il a vu le viol, il a vu le couteau, le sang, il a vu un homme s'acharner sur sa mère qui, elle, a tenté de défendre et de protéger son enfant, c'est visible. Alex est donc l'unique témoin vivant, et il est en danger, car s'il ne peut pas décrire le monstre sadique, il pourrait parfaitement le reconnaître, le désigner. L'image de cet homme est inscrite à jamais dans sa mémoire.

Par quel miracle a-t-il été épargné ? L'homme a-t-il été dérangé, a-t-il eu peur, ou bien a-t-il été incapable de s'attaquer à l'enfant ? Le scénario de l'agression préalable est certainement celui-ci : l'homme s'empare de l'enfant d'abord pour menacer la mère, l'attire dans les broussailles à l'abri des regards, frappe l'enfant pour le faire taire, viole la mère, la tue avec une rage stupéfiante, s'enfuit, se lave les mains, lave le couteau, le jette très vite et disparaît à travers bois.

Ce crime particulièrement odieux a un énorme retentissement dans la presse ; un appel à témoins est diffusé dans les journaux, un appel à témoins du père est lancé à la radio. Tout le monde craint pour la vie de l'enfant.

Le commissaire principal Basset, lui, sait qu'il y a à peine un mois, dans ce même parc, une autre jeune femme a été violée et tuée. S'il s'agit du même assassin, ce qui est probable, il faut faire vite.

Une enquête des plus complètes et des plus minutieuses commence. Tous les suspects fichés à Scotland Yard pour des délits sexuels sont interpellés. Sur 540 sadiques répertoriés, 35 sont retenus dans un premier temps. Les enquêteurs doivent vérifier d'autre part 3 242 informations, vérifier 4 161 fausses pistes, enregistrer 920 dépositions. Mais tout va assez vite néanmoins et, sur les 35 suspects restants, on en isole un.

Il se nomme Colin Stagg, il a le profil défini par le psychologue. Il vit seul dans un petit appartement de style HLM au rez-de-chaussée d'un pavillon en brique, avec un jardinet bien entretenu. Il est chômeur, on ne lui connaît aucune liaison féminine, son enfance a été perturbée et il a eu des ennuis avec la police pour une histoire d'exhibitionnisme. Agé de vingt-neuf ans, cheveux bruns presque ras, une boucle minuscule accrochée à sa grande oreille droite. Visage très ovale, en forme d'œuf, long nez qui pointe vers le bas, presque comme un crochet, bouche épaisse, menton réduit. L'ensemble ne donne guère bonne impression. Une visite à son domicile permet de compléter le profil psychologique du suspect. Sur sa porte, est inscrit un slogan bizarre : « Chrétiens, passez votre chemin, ici vit un païen ! » A l'intérieur de l'appartement, les murs sont peints en noir et les lectures de ce Colin Stagg en disent long. Des livres d'occultisme, traitant de mystères, de sixième sens oublié, de l'après-vie — de l'ésotérisme de bazar. Il se déclare lui-même adepte d'un culte ancien, « Wicca », qu'il prétend antérieur au christianisme, et qui n'est en réalité qu'un terme utilisé par les sorciers modernes pour désigner leur « art ». Une littérature qui sent le soufre, mêle drogue, sexe et orgie, et dont l'un des auteurs les plus illustres en Angleterre, Aleister Crowley, un illuminé complet, prône entre autres messes noires, orgies ou rites lucifériens, et se veut l'apôtre du « sex-magic ». Pour lui le sexe doit être élevé à la première place, celle de la manifestation du divin... Slogan : « Fais ce que tu veux. »

L'individu est donc mis en garde à vue, non pas pour ses croyances, mais surtout pour le fait qu'il habite à un demi-mile du parc de Wimbledon et qu'il reconnaît s'y être promené le jour de l'agression. Mais il prétend avoir achevé sa promenade à neuf heures trente et être rentré chez lui.

Après cette garde à vue, qui dure trois jours, le commissaire principal est intimement persuadé qu'il tient le coupable. Hélas, aucune preuve matérielle ne lui permet de l'inculper.

Quant au petit Alex, il en a déjà supporté beaucoup. On lui a montré les photos de dizaines de sadiques, sans résultat, et son père a décidé de l'éloigner de l'enquête sur les conseils d'un médecin psychiatre. Il n'a d'ailleurs pas réagi devant le portrait-robot de l'agresseur qu'on lui a présenté. Alex doit vivre, oublier, le torturer davantage serait criminel.

Le père et l'enfant ont disparu tous les deux quelque part en Europe, à l'abri de l'horreur, et à l'abri du tueur aussi.

Scotland Yard est contraint de relâcher Colin Stagg faute de preuves, et le commissaire principal Basset enrage. Il refuse cet échec, il n'est pas loin de prendre sa retraite — quitter la grande maison sans avoir résolu cette affaire, il n'en est pas question. A cette époque, fin septembre 1992, la presse n'est pas informée de l'état de l'enquête, ignore l'identité du suspect numéro un et ne connaît pas les raisons qui ont forgé l'intime conviction du détective.

Car une autre enquête souterraine vient d'être décidée. A l'initiative d'une jeune femme, auxiliaire de police. Son identité demeure secrète. Elle a trente ans, est mariée et mère de famille, et elle propose d'entrer en contact avec le suspect. « Marilyn » — c'est son nom de guerre — va tout simplement faire la connaissance de Colin Stagg, par hasard, dans le parc de Wimbledon où il se rend souvent... se lier d'amitié avec lui, le faire parler, le mettre en confiance, et rendre compte régulièrement des progrès de cette amitié particulière.

Bien entendu, le risque est grand. La jeune femme ne doit absolument pas accepter de rendez-vous hors des lieux publics, ne jamais se rendre seule au domicile du suspect, ne jamais l'accompagner dans un lieu désert. Elle risque sa vie. Pour ce travail délicat, elle est suivie elle-même par un psychologue, qui la conseille au fur et à mesure de l'enquête. Désormais, tout ce que dit ou fait Colin Stagg devant Marilyn est l'objet d'un rapport, patiemment analysé.

Les mois passent. Colin se confie de plus en plus, ils ont des rendez-vous réguliers dans un pub, s'écrivent ; le suspect a tellement confiance en son amie qu'il lui parle même de sa première arrestation, de son inquiétude par rapport à la police qui cherche à le « coincer », sous prétexte qu'il est un marginal.

Ce travail souterrain est remarquablement mené par la jeune femme dont le sang-froid doit être particulièrement solide. Pour Colin, elle a une identité, elle est la jeune femme qu'il a rencontrée au parc, la première femme à s'intéresser à lui, il est possible qu'il en tombe amoureux — en tout cas, leur « amitié » lui est précieuse.

Marilyn est rapidement certaine qu'elle a affaire à un psychopathe dangereux. L'aventure extraordinaire qu'elle mène a débuté au printemps 1993. A la fin de l'été, elle a rassemblé suffisamment d'informations et d'indices pour pouvoir dire à ses patrons de Scotland Yard : « C'est lui. »

Une dernière fois elle va serrer la main à son « ami », une dernière fois elle va lui dire « A bientôt ». Elle laisse la place aux uniformes.

Le 19 août, Scotland Yard annonce à la presse que l'arrestation de Colin Stagg a eu lieu la veille au petit matin. Il a été interpellé à son domicile et une brigade de policiers fouille son jardin, sous les regards avides d'une foule curieuse. L'affaire fait tant de bruit à Londres et le calvaire du petit garçon arraché au corps de sa mère a tant ému l'opinion que le public voudrait bien voir le monstre. Mais, tandis que l'on fouille son jardin, que l'on retourne soigneusement les massifs de fleurs, Colin Stagg est déjà en prison, officiellement inculpé de l'assassinat de Rachel.

Les voisins n'ont jamais eu à se plaindre de lui. Un garçon calme, qui n'avait pas changé depuis sa première arrestation. Il se rendait chaque jour au parc de Wimbledon avec son chien, un bâtard marron et beige du nom de Brandy.

Les policiers sont soigneux : chaque plante, chaque massif de fleurs déterré est protégé par un plastique et sera soigneusement replanté après la fouille. On croit savoir qu'ils ont découvert le cadavre d'un chien. Peut-être celui du labrador noir, qui gambadait aux côtés de sa maîtresse par une belle matinée d'été. On voit les policiers ranger leurs pelles, à la nuit tombante, emporter des sacs, dont le commissaire principal dira qu'il s'agit d'indices matériels.

Outre la révélation de la méthode employée et un rapide commentaire sur le travail de l'auxiliaire Marilyn, les seuls commentaires du commissaire Basset sont : « Tous les indices ramènent à Stagg. Récemment, l'enfant, qui s'est lentement remis du choc, a pu nous donner certains détails. » Et les journalistes en seront pour leurs frais. Pas question d'interviewer l'auxiliaire de police connue sous le prénom de Marilyn, pas question de publier sa photographie dans les journaux, pas question de révéler sa réelle identité.

Un voisin a pris en charge le chien de Colin Stagg — pour longtemps. Les jardiniers policiers ont ratissé le jardin, arrosé les fleurs, refermé le portillon. En Angleterre ce sont des choses qui se font, on y respecte autant les chiens que les marguerites.

Par contre, dans la série « faits divers » d'un jeu de cartes à base de questions, fort célèbre en Angleterre comme ailleurs, figurait déjà une question pour le moins indécente : « Dans quel endroit touristique de Londres a été tué le mannequin Rachel Nickell ? »

Les éditeurs du jeu ne s'embarrassent pas de scrupules. La famille a demandé le retrait de cette carte, et l'Angleterre a été choquée.

Lors du procès, il est possible que l'enfant soit appelé à témoigner, sous une forme particulière, par l'intermédiaire d'un enregistrement vidéo, afin de lui éviter le choc d'un interrogatoire en plein tribunal.

Il a eu quatre ans cette année. Son père a déclaré qu'il allait aussi bien que possible, et qu'il ne se souvenait de sa mère à présent que souriante, blonde et ravissante sur une photo de vacances.

Il a fallu un an pour parvenir à cette forme de sérénité. Un an pour que Scotland Yard ait la preuve de la culpabilité de ce jeune homme bizarre, capable de courir en short blanc avec son chien dans les allées d'un parc, mais capable aussi de violer et de tuer une jeune femme de quarante-neuf coups de couteau de chasse, sous les yeux d'un gamin de trois ans. Presque au milieu des promeneurs, en l'espace de quelques minutes.

Pourquoi ? Que se passe-t-il dans la tête d'un garçon de son âge ? Quelle pulsion morbide, quel instinct sexuel dévié l'animent ?

Il le dira peut-être devant ses juges, ou peut-être pas.

Alex oubliera peut-être son visage, ou peut-être pas.

Mortel Minitel

Un crissement de pneus sur l'asphalte. Une voiture qui s'arrête brusquement. Un homme dans la force de l'âge en descend. Au bord de la route un autre véhicule est arrêté : sa conductrice, une brune appétissante aux lèvres pulpeuses, est de toute évidence dans l'embarras. Son pneu est crevé et ses jolis doigts manucurés ne sont pas faits pour la manipulation des crics, des jantes et de tout ce qu'il faut empoigner à pleines mains quand on doit changer sa roue. Hervé, l'obligeant automobiliste, a tôt fait de remettre tout en ordre. On bavarde, Hervé est beau parleur, tous deux repartent ensuite pour continuer la conversation autour d'un rafraîchissement. On échange les numéros de téléphone, les jours passent, on se revoit, on s'abandonne, on se donne, on finit par vivre ensemble. Hervé, la quarantaine, a dix-huit ans de plus que Clotilde, la jolie conductrice en détresse. Il aime bien raconter sa vie, en l'arrangeant un peu... Ce vilain petit défaut les conduira tous les deux aux assises.

Pourtant le passé de Hervé tel que celui-ci le confie à Clotilde n'a rien de trop glorieux. Il avoue qu'il a quitté l'école à quatorze ans, pour apprendre la couture. Pourquoi pas ? Puis, sans doute lassé par les piqûres d'aiguilles, il change de métier. Il est dispensé de service militaire car l'armée lui découvre des troubles du comportement. Il bifurque alors vers l'électricité, ce qui l'amène, sans trop de logique, à devenir coffreur-boiseur. Il passe ensuite du coffrage à l'autobus, puis de l'autobus au camion de livraison. Une vie qui se cherche, un peu instable mais pas de quoi fouetter un chat. Le dernier patron de Hervé est dur à la tâche. Il exige des cadences infernales. Hervé en fait une dépression nerveuse et finit par obtenir une pension d'invalidité de deuxième catégorie. C'est la garantie d'une rentrée d'argent régulière mais c'est aussi la consécration officielle d'une certaine « incapacité » au travail.

Au bout du compte, Hervé, dans ses heures de loisirs, aime bien se promener revêtu d'un treillis, nostalgie d'une armée qui l'a rejeté. Mais, sur ce treillis il se fait plaisir en arborant de belles barrettes dorées, ce qui est formellement interdit par la loi. Ces galons immérités lui permettent de se dire à l'occasion « colonel en retraite ». Voilà une carte de visite qui inspire dorénavant confiance aux plus naïves...

Clotilde, quant à elle, est dactylo au chômage. Elle est la dernière-née d'une famille d'émigrés italiens, la petite « chouchoute » d'un père qui lui passe toutes ses volontés. Pas vraiment la meilleure éducation pour affronter les difficultés de la vie moderne. Clotilde apprend, très tôt, le pouvoir de ses grands yeux noirs et de ses lèvres pulpeuses. Elle en conclut instinctivement qu'elle détient là un moyen de se défendre dans l'existence, meilleur moyen que de passer des heures à se casser les ongles sur un clavier de machine... Le couple Hervé-Clotilde s'installe dans un appartement de Golfe-Juan. Bientôt, les voisins témoigneront de l'étrange vie du faux ménage. Nombreuses allées et venues, tapage nocturne, cris de femme battue, volets constamment fermés. Rien à voir avec une vie bourgeoise...

Pourtant, Hervé exprime déjà le désir d'épouser Clotilde. Il charge même son futur beau-frère de lui dénicher un restaurant à vendre, mais pas n'importe quoi, plutôt un établissement dans le genre luxueux. Quelque chose qui soit digne des relations mondaines qu'il prétend avoir : la clientèle, à l'entendre, ne comprendra rien moins que le général Bigeard et Jacques Chaban-Delmas... Le mythomane parfait brode son histoire.

Par ailleurs, le séduidant Hervé ne plaît pas qu'à la seule Clotilde. Il est père de quatre enfants issus d'un mariage. Il a, en plus, semble-t-il, une liaison avec une autre femme, et Clotilde la brune aux grands yeux, pour se venger, décide alors, selon ses dires, de « rencontrer d'autres hommes ».

La technique moderne et les PTT mettent aujourd'hui pour ce faire d'excellents moyens techniques à la disposition de tout un chacun et particulièrement de ceux et celles qui savent taper sur un clavier. Clotilde devient une habituée des Minitel conviviaux où, sous un pseudonyme plus ou moins évocateur, on entre en contact avec d'autres esseulés de tout sexe.

L'enquête démontrera qu'entre le 1er octobre 1988 et le 12 du même mois, jour fatal, Clotilde est présente sur les réseaux du Minitel à cent dix-sept reprises... La police qui peut tout savoir obtiendra sans difficulté la liste complète des correspondants qui se sont abouchés avec la jolie brune... Au prix minima de 1,98 F la minute de communication, nul doute que Clotilde se retrouve avec des factures de téléphone très gonflées au moment des relevés. Il faut avoir certains moyens car Hervé, quant à lui, standing oblige, ne circule qu'à bord de voitures luxueuses, CX, Porsche, Mercedes, Alpine Renault. Le couple, qui paye 2 800 F par mois pour son appartement à S., une fois le loyer payé, n'a plus que quelques billets de 100 F pour vivre et pour entretenir ses deux voitures... Il leur faut absolument de l'argent.

Le 12 octobre 1988, Clotilde, sous son pseudonyme plus ou moins habituel, entre en contact avec un correspondant qui lui semble correspondre aux critères qu'elle recherche. Elle annonce carrément la couleur : « Jeune nymphomane attend le mâle possédant plusieurs tigres dans son moteur. » Un certain « Charles » répond qu'il possède tout ce qu'il faut. Il habite la région et paraît désireux de la connaître. Clotilde confie son numéro de téléphone. Elle sait déjà qu'il est marié, père de famille, commerçant honorablement connu, qu'il est dans les cuirs et peau. Il lui propose d'ailleurs de lui offrir une jupe en cuir. Clotilde à l'autre bout du fil acquiesce bien volontiers. On se donne rendez-vous dans un endroit discret à une heure tardive.

Clotilde, qui est là au volant de sa voiture bien avant l'heure, voit arriver un homme jeune et de type oriental. L'honnête commerçant trouve la jeune femme tout à fait à son goût. Pour une fois, la correspondante n'a pas triché sur son âge ni sur ses qualités physiques. Sa bouche surtout le fait rêver. Il n'hésite pas à lui demander de quelle manière elle compte s'en servir.

« Viens chez moi et tu découvriras tout », répond la « jeune nymphomane », l'œil plein de promesses ! L'homme, la tête en feu, la suit au volant de sa propre voiture. On pénètre dans le studio. Clotilde offre à boire. L'homme se détend un peu, dévorant des yeux sa future partenaire. Il s'excuse car, dit-il, dans sa précipitation il a complètement oublié de prendre la jupe en cuir promise. Clotilde ne semble pas lui en vouloir. On bavarde assis sur le canapé. Sur la télé on peut voir une photo de Hervé en uniforme de colonel : il est parfait dans le rôle du mari plus âgé et absent. Les caresses se font plus précises...

A 3 h 25 du matin, le téléphone sonne au commissariat d'A... Hervé se présente et annonce : « J'ai surpris ma femme avec un autre homme, je l'ai tué. » Quand la police arrive, le cadavre de Charles, la tempe trouée par le coup à bout touchant d'un revolver à grenaille, gît, désespérément seul dans le salon.

Les amants infernaux ont décampé sans demander leur reste.

L'enquête démontrera que la victime, installée depuis seulement douze ans sur la Côte d'Azur, jouit d'une excellente réputation dans la région, tant sur le plan commercial que familial. Compétent et travailleur, responsable d'un club sportif, son image est parfaite en tout point et sa communauté d'origine, puisqu'il vient du Proche-Orient, à l'annonce du drame, le pleure et le regrette sans aucune fausse note. S'agit-il d'une sorte de Mr Hyde à la double vie ? Tout simplement un homme sensuel qui rêvait de caresses inédites que son éducation lui interdisait de demander à son épouse... Bel homme au demeurant. Mais il est mort... et bien incapable de donner sa version des faits.

Quelques semaines plus tard, les deux amants en fuite donnent à la famille de « Charles », dans une lettre postée du Piémont, leur version des faits : « Il s'agit d'un accident. Hervé ne voulait pas tuer cet homme... » Ils expliquent que Hervé est rentré inopinément dans l'appartement au moment où « Charles », entièrement nu, s'apprêtait à violer Clotilde. Pour l'impressionner, parce qu'il résistait, Hervé l'a alors menacé de son revolver. Le coup est parti accidentellement. Plus tard les amants meurtriers expédient, de Corse, une lettre à l'intention de la presse spécialisée annonçant leur intention de « mettre fin à leurs jours ». On ne découvre pas de cadavres intéressants à la suite de cette annonce.

Quelques mois plus tard, Hervé, transformé, affublé de perruques, moustachu, au volant d'un véhicule aux plaques maquillées, se risque à nouveau sur la Côte. Clotilde, de son côté, fait de même et pousse l'imprudence jusqu'à se promener à visage découvert. Elle pense, à tort, que la police a, depuis le meurtre, d'autres chats à fouetter. On l'interpelle assez vite et elle raconte que Hervé s'est enfui en Italie. On le retrouve cependant dans une chambre d'hôtel français, sous le pseudonyme princier de Grimaldi. Les voici tous deux sous les verrous : Clotilde est inculpée de complicité mais Hervé, lui, affronte une inculpation d'homicide volontaire et d'extorsion de fonds. Car, entre-temps, un élément important est parvenu à la connaissance de la police, élément qui changea toute l'affaire...

Parmi les nombreux correspondants de Clotilde, « la nymphomane qui cherchait un mâle », parmi tous ceux qui l'ont contactée au cours de ses cent dix-sept prises de contact des jours précédant le meurtre, un de ses amants potentiels, Albert B., fonctionnaire et père de famille, s'est lui aussi rendu, comme le malheureux Charles, à un rendez-vous nocturne. Lui aussi a été séduit par la pulpeuse brunette. Lui aussi a accepté de la suivre dans l'appartement du couple. Lui aussi a aperçu, posée sur la télévision, la photo de Hervé, tout galonné. Il raconte par une lettre à la police que Clotilde, tout en lui laissant espérer le meilleur d'elle-même, tout en cherchant sa bouche, n'a pas été beaucoup plus loin. En effet, au moment où les choses allaient devenir sérieuses, le malheureux Albert a vu surgir Hervé, le visage décomposé par ce qui ressemblait fort à la colère du mari trompé qui surprend son épouse en plein adultère.

Clotilde, devant la colère de Hervé, devrait nier les faits mais, bizarrement, devant Albert complètement effaré, elle semble presque admettre, par son silence gêné, qu'elle vient d'avoir des rapports intimes avec son invité. Albert comprend alors que l'homme et la femme sont complices. Il est victime d'un piège et, vert de peur, ne sait pas comment les choses vont se terminer... Il bredouille des excuses mais reçoit, en réponse, des coups de crosse de revolver au visage. Hervé, toujours dans son rôle de mari offensé, ricane et se vante de connaître les endroits précis où l'on peut faire mal sans laisser de trace. Puis il demande à son « épouse » de lui apporter le « couteau d'Algérie ». Albert croit que ses derniers jours sont arrivés. Ou du moins qu'il ne rentrera chez lui que privé de ses « bijoux de famille ». On lui demande de se déshabiller. Mais il s'y refuse.

Très rapidement le mari outragé change d'humeur. Il se déclare prêt à négocier son déshonneur. Albert, couvert de sueur, avoue qu'il n'a pas d'argent sur lui. Son chéquier est dans la voiture et Hervé l'accompagne jusque-là. Albert, tout penaud, signe, à titre d'acompte, un chèque de 2 000 F. On le laisse alors filer et il rentre chez lui presque heureux de s'en être tiré à si bon compte...

Dès le lendemain, tout déconfit, il fait opposition au chèque, puis, comme de nombreux autres sans doute, il s'abstient d'ébruiter son aventure, et de porter plainte. Il se promet simplement de ne plus « pianoter » sur le Minitel. En tout cas de ne plus suivre de brunes et jolies inconnues chez elles.

Quelques jours plus tard, en lisant dans le journal qu'un homme a été découvert mort dans l'appartement de Clotilde et de Hervé, Albert est saisi d'un remords. Il se dit que s'il avait eu le courage de porter plainte, il aurait provoqué l'interpellation du couple infernal et qu'il aurait sans doute sauvé la vie de « Charles ». C'est à ce moment qu'il décide de témoigner de sa propre histoire devant la police.

Ce témoignage pèse lourd devant les juges. La version de Clotilde et de Hervé, l'histoire du coup de feu accidentel, s'évapore comme rosée au soleil. La fable selon laquelle Clotilde n'invitait ses correspondants que pour une « conversation » sans arrière-pensée sexuelle ne tient pas davantage. Les témoignages de voisins, les aveux d'autres « mâles » minitélistes complètent le tableau, on comprend que les amants avaient mis au point un système qui leur permettait de maintenir leur train de vie. Hervé est condamné à dix-huit ans et Clotilde qui, en prison, est devenue sa femme légitime, écope de dix ans. Compte tenu de la préventive et des remises de peine, elle pourra bientôt se retrouver sous le beau soleil du Midi. Souhaitons qu'elle ait compris la leçon. « Charles », lui, victime de ses désirs, ne reviendra pas pour surveiller l'éducation de ses enfants.

Vidéosexuels

1960. Mohamed T. est instituteur et marocain. Il fait partie, dans son pays, de ceux qui savent... Il est bel homme, jeune, ambitieux, il a, comme on dit, du « tempérament ». Mohamed pose sa candidature pour entrer dans la police. Un corps de métier qui permet bien des choses...

1962. Mohamed T., policier, est nommé aux renseignements généraux d'Agadir, ville touristique s'il en est. 1972. Sa carrière, menée avec prudence, le conduit à un poste plus important : Mohamed est toujours aussi ambitieux, toujours bel homme, et son « tempérament » se fait de plus en plus exigeant. A présent qu'il est commissaire, il sait le pouvoir que lui confère sa fonction, il frémit de plaisir en constatant la crainte qu'il peut voir dans le regard de tous ceux qui l'approchent, spécialement ceux qui viennent quémander une faveur, un tampon sur un papier officiel, une autorisation. C'est un petit chef, comme on en rencontre dans tous les pays. Mais un petit chef tourmenté par le démon du sexe, par la haine des femmes. Pourquoi ? Une déception ? Un sentiment d'infériorité, un complexe d'Œdipe mal résorbé ? L'histoire et le procès ne le diront pas mais les faits sont là.

Le procès ne dira pas tout... On ne parlera que des « incidents de parcours » du beau Mohamed. Beau, puissant, il pourrait ne pas connaître beaucoup de cruelles, comme on disait autrefois. Mais la séduction n'est pas son fort. La violence l'est par contre.

En 1980, Mohamed attire chez lui une jeune fille marocaine et, après Dieu sait quelles péripéties, la viole tout simplement. Devant l'horreur de ce qui lui arrive, particulièrement dans un pays musulman où la virginité demeure le plus grand trésor d'une jeune fille honnête, la victime décide qu'elle n'a aucune chance de faire connaître la vérité. Elle choisit la seule voie qui semble possible et, enjambant le balcon, se jette dans le vide. Le commissaire Mohamed T. est bien embarrassé pour expliquer ce qui s'est passé. Heureusement pour lui, personne ne tient à éclabousser la police. La famille ne parvient pas à obtenir justice... La jeune fille est morte pour rien. Mohamed est... muté dans une autre ville. Il sait désormais que ses fonctions le mettent à l'abri de certaines sanctions. A condition de ne pas en abuser.

Dix ans passent, le commissaire poursuit son petit bonhomme de chemin, sans doute jalonné d'autres larmes méconnues, d'autres supplications, d'autres viols discrets. En 1990, Mohamed, qui possède une garçonnière à Casablanca, y attire une femme mariée : Mme H. L. Cette fois-ci il menace la belle d'un couteau et l'oblige à subir ses caprices, la viole. Mais la dame porte plainte. Mal lui en prend. Le « corps policier » réagit comme un seul homme. La victime se retrouve accusée : accusée de prostitution. Elle doit, à sa grande honte, retirer sa plainte et se rétracter. A présent Mohamed triomphe : il vient d'avoir la démonstration de son pouvoir absolu. Il sait qu'il peut se permettre de poursuivre ses viols... sur une plus grande échelle, si l'on peut dire.

Mlle F. est une jeune femme marocaine dynamique. Elle vient de se voir proposer un contrat de travail en Arabie Saoudite. Mais, pour rejoindre le poste qu'on lui propose, elle doit se procurer un passeport. Denrée rare pour les femmes marocaines. Mieux vaut, pour accélérer les choses, être dans les petits papiers d'un homme qui a le bras long. Un commissaire, dans le genre de Mohamed T. Pour son malheur c'est justement à celui-ci que Mlle F. fait appel. Convoquée dans la garçonnière du commissaire, elle est violée sans autre forme de procès. Elle a compris qu'elle n'a aucune chance de faire éclater la vérité. Mais, comme prix de son silence, elle obtient son passeport. Plus étonnant encore, elle demeure en relation « amicale » avec Mohamed. C'est lui qui, muni d'une procuration en bonne et due forme, gère son compte en banque tandis qu'elle travaille au loin. Mieux encore et plus surprenant : au moment où la jeune femme envisage de devenir l'épouse d'un Américain rencontré au Proche-Orient, c'est Mohamed qui se propose pour réparer les « dégâts » dont il fut responsable. Grâce à lui, Mlle F. rencontre un chirurgien très spécialisé qui parvient à reconstituer l'hymen déchiré par le violeur... Elle se mariera avec toutes les apparences de la virginité.

Le chirurgien n'a rien à refuser à Mohamed : depuis quelque temps il fait partie d'un groupe d'intimes du commissaire. Il partage avec lui les victimes qui tombent dans la toile de l'araignée policière. Lui et quelques autres, un retraité assoiffé de luxure, un promoteur immobilier très intéressant quand il s'agit de trouver des garçonnières discrètes, un technicien de la vidéo dont le savoir a lui aussi été mis à contribution, Akil M., un tenancier de bistrot qui sert de rabatteur quand les proies se font attendre. Tout cela pourrait durer éternellement. Le système policier, l'esprit de corps, la philosophie générale de la société, la place ambiguë des femmes, tout cela concourt à consolider le système du commissaire Mohamed... Jusqu'au jour où...

Ce jour-là, Mohamed, à bord de sa belle Mercedes bleue, est à l'affût près de la faculté. Il lorgne les étudiantes qui sortent des cours et regagnent le domicile de leur famille. Un couple de belles brunes attire son regard. Deux mignonnes petites bourgeoises qui, livres sous le bras, pouffent de rire en faisant des commentaires espiègles sur les gens qui passent. Elles ne remarquent même pas Mohamed quand elles arrivent à la hauteur de la Mercedes. Il démarre et les rattrape un peu plus loin. Il s'arrête juste devant elles, baisse sa glace et leur propose de les accompagner. La Mercedes, l'âge certain du conducteur, le fait qu'elles soient deux les rassurent. Emoustillées par cet imprévu, elles acceptent, pour le plaisir de la promenade. Erreur fatale...

L'automobile a redémarré en direction du parc de la Ligue arabe. Les jeunes filles échangent des regards complices. Ce Monsieur si galant a l'air d'un personnage important. Tout en conduisant il parle dans un talkie-walkie et donne des ordres à des subordonnés que l'on devine, à l'autre bout de la ligne, au garde-à-vous. L'aimable quinquagénaire se présente... sous un faux nom : Hamid. Il explique pourtant qu'il occupe un poste important dans la police. Les jeunes filles, intéressées, notent ces détails pour en agrémenter le récit de la journée qu'elles se promettent de faire dès le lendemain à leurs amies, qui en seront sans doute vertes de jalousie.

Soudain il freine... devant une pâtisserie et propose aux deux jeunes filles qui acceptent, enchantées, de grignoter, chemin faisant, quelques douceurs au miel. Elles se sentent de plus en plus en confiance. On repart et, toutes à leurs gâteaux, les jeunes filles ne remarquent pas que le véhicule ne va pas dans la direction proposée peu auparavant.

La Mercedes stoppe brutalement. L'aimable conducteur quitte le volant et change alors de discours. A présent il tient un revolver à la main et intime aux deux étudiantes médusées l'ordre de quitter leur siège pour l'accompagner dans l'appartement devant lequel il est garé. Devinant leur réticence, il leur explique en quelques mots rapides qu'elles n'ont plus le choix. Etant donné ses fonctions, Mohamed-Hamid leur explique que, si elles s'avisent de refuser, si elles appellent au secours, il aura tôt fait de les faire accuser de racolage et de prostitution. Etant donné le crédit dont la police bénéficie, du soutien que chaque policier peut espérer de sa corporation, du fait qu'au Maroc les femmes et surtout les toutes jeunes filles ont, par principe, toujours tort, les pauvres étudiantes se taisent, passives, obéissent, suivent Mohamed dans l'appartement.

Là, Mohamed, de plus en plus sûr de lui, allume la télévision et met dans le magnétoscope une vidéocassette pornographique. Puis on passe aux « travaux pratiques ». Elles doivent, tant bien que mal, exécuter sur leur tortionnaire les pratiques qu'elles viennent de découvrir sur la vidéo. Il les viole toutes les deux. Elles remarquent, dans l'angle de la pièce, une caméra qui fixe sur la pellicule tout ce qu'elles doivent subir. Mais leur supplice ne s'arrête pas là. Un autre homme d'un âge certain fait irruption. Lui aussi exige et obtient d'elles ce qu'elles viennent d'accomplir avec le commissaire. Lui aussi les viole. Puis on les laisse partir sur une dernière menace de représailles au cas où elles ne tiendraient pas leur langue. Elles rentrent chez elles en refoulant leurs larmes.

Le lendemain, en sortant des cours de la faculté, les deux jeunes filles, saisies, aperçoivent à nouveau la Mercedes bleue au coin du trottoir. Au volant Mohamed-Hamid. Veut-il leur faire subir à nouveau les atrocités de la veille ? Est-il à la recherche de nouvelles victimes trop aventureuses ? Veut-il recommencer avec elles les mêmes horreurs subies la veille ? La gorge serrée, terrifiées par la perspective d'une nouvelle « séance », elles n'hésitent plus. Elles courent pour porter plainte.

Heureusement pour elles, les deux jeunes filles appartiennent à la bourgeoisie de Casablanca. La situation de leurs parents, le fait de leurs témoignages communs vont mettre la machine judiciaire en marche. La gendarmerie royale prend les choses en main. On perquisitionne chez Mohamed et on y découvre cent dix-huit cassettes vidéo sur lesquelles on voit Mohamed et quelques-uns de ses amis dans l'exercice de leur sport favori : le viol accompagné de figures libres... très libres. Les mères sont violées devant leurs enfants, les coups pleuvent. Le dossier s'épaissit.

Mohamed, quant à lui, ne s'inquiète pas trop. Il est « commissaire aux renseignements généraux ». Un des puissants de ce monde au royaume marocain. Pratiquement un « intouchable ». Il est connu dans la hiérarchie mais, depuis longtemps, il constitue sur un certain nombre de collègues et de supérieurs des « dossiers » plus ou moins compromettants, accumulation de preuves concernant leur manque de moralité, leurs trafics, leurs prévarications bien méditerranéennes. Dès qu'on lui demande des comptes, il se précipite « en haut lieu » et menace. Si on l'ennuie tout le monde va plonger avec lui : il en sait trop sur beaucoup trop de monde. A la rigueur il accepterait qu'on le sanctionne par une « mutation »... qui lui permettrait de changer un peu d'air. Mais, à sa grande surprise, la hiérarchie ne se laisse pas impressionner : le palmarès de Mohamed est trop lourd. On sait déjà, indépendamment de la jeune fille qui s'est défenestrée, de la dame qu'on a fait taire en l'accusant de prostitution, on sait que Mohamed a violé, seul ou avec ses comparses, plus d'une centaine de femmes...

Les complices se révèlent tous plus ou moins lâches, plus ou moins terrorisés par les menaces que Mohamed faisait peser sur eux en cas de rébellion. Comment lui résister ? Comment résister au plaisir pervers de posséder des femmes sans défense ?... Mohamed, découvre-t-on soudain, est propriétaire d'un superbe bain de vapeur dont les clientes constituent, sans le savoir, un terrain de chasse privilégié. Avec quel argent, avec quelles protections a-t-il pu s'en rendre acquéreur ? Question sans réponse. On renonce à évaluer la fortune que son génie d'homme d'affaires manipulateur lui a permis d'acquérir... Simple détail aujourd'hui sans importance : au bout de trois semaines de procès, M, le commissaire Mohamed, tout étonné, s'entend condamner à la peine de mort.

La maman et les putains

Heidi, Elfriede, Sabina, Sylvia, Karin, Brunhilde et Regina... Une brune aux yeux verts, une rousse aux yeux noisette, une frisée, une autre aux cheveux lisses, une blonde, une châtain terne, une aux cheveux courts... des femmes, jeunes, moins jeunes, et même plus très jeunes, des prostituées. Etranglées, assommées, abandonnées dans des rivières ou des étangs, par un commis voyageur du crime, sur un trajet de tueur-touriste en Autriche. Sept femmes en presque deux ans, entre 1990 et 1991.

Lorsque la manière de tuer est quasi identique, cela s'appelle en jargon criminel un « modus operandi ». Et lorsque des services de police repèrent un « modus operandi », il s'agit presque toujours d'un criminel unique. Affreusement classique, le tueur de prostituées.

Celui-ci aurait donc opéré entre les mois de mai 1990 et d'octobre 1991. Sept femmes en dix-sept mois. Une moyenne régulière et un système identique : l'étranglement, avec un bas, une écharpe ou un soutien-gorge, sans mobile autre, apparemment, que celui de tuer, et sans traces suffisantes permettant d'identifier le tueur.

Le premier travail d'un policier dans ce genre d'affaires est de répertorier dans les fichiers des suspects possibles.

Un suspect brille parmi les autres. Il brille même de

tous ses feux. Libéré de prison justement au mois de mai 1990, après dix-sept ans de cellule, pour un crime commis en 1974.

Devant la fiche de cet homme, les enquêteurs réfléchissent avec précaution. C'est qu'il ne s'agit pas de n'importe qui. Hansi Unterweger, dit « le beau Jack ». Une célébrité. Auteur à succès, écrivain, poète, l'exemple même de la réinsertion parfaite. Il a été condamné à l'âge de vingt-quatre ans, il en a quarante et un. Et durant ses années passées en prison, il a grimpé sur l'échelle sociale avec une intelligence et une réussite remarquables. A tel point qu'il est devenu la coqueluche de Vienne, de l'intelligentsia autrichienne, une sorte de locomotive, qu'il est de bon ton d'inviter aux conférences, aux cocktails, aux réceptions diverses, sur qui l'on a écrit des articles flatteurs, vantant son talent d'écrivain et sa formidable réadaptation.

Un bel homme, brillant, mondain, qui a su profiter d'une condamnation, pourtant terrible à son âge, pour devenir « quelqu'un ».

L'homme est donc devenu un symbole. Après avoir été un enfant, un adolescent et un jeune homme du pavé.

Lors de son procès, toute sa vie a été étalée devant le tribunal, une vie d'enfer, une vie qui ne pouvait que le mener au crime. Sa mère, prostituée occasionnelle, rencontre à dix-huit ans un soldat américain, tombe enceinte et accouche d'un petit garçon dont elle n'a que faire et qui l'encombre à tel point qu'elle le confie à son propre père, alcoolique.

Joli départ. Hansi ne connaîtra jamais son Américain de père, occupant triomphant et passager de l'Allemagne des années cinquante. Et, durant sa petite enfance, il n'entendra parler de sa mère qu'en termes terriblement imagés : « Ta saloperie de mère est une pute, elle me laisse sans fric pour t'élever. » Ainsi parlait le grand-père, qui, le rudoyant par principe, le traitait également de « fils de pute ».

Le « fils de pute » voudrait bien, comme tous les petits garçons, avoir une mère tout de même. Il l'attend, il l'espère, elle ne vient pas, et entre-temps il copie le comportement de son grand-père, lequel ne pense qu'à boire et à trousser des filles, et entasse des revues pornographiques, y compris des photos de nus de sa propre fille, à portée du gamin.

Que se passe-t-il dans la tête d'un enfant, à la vue du corps de sa mère ainsi offert à tous les regards ?

Il fait l'amour à dix ans, avec une copine de maman, il apprend le trottoir, les vols, fréquente le petit milieu, le gros milieu. Maman exerçant son métier un peu partout dans le pays, il cherche à la retrouver de ville en ville, de trottoir en trottoir, sans jamais la rejoindre. Une quête sans espoir, durant laquelle il habite chez des prostituées, dort derrière un rideau tandis qu'elles œuvrent avec les clients, et vit de rapines.

Il n'a que quinze ans, et son casier est déjà marqué de délits divers, vols, récidives ; de fugue en fugue il n'a toujours pas rattrapé sa mère. L'Assistance publique l'arrache à la chaleur du trottoir et le met en apprentissage. Hansi pourrait devenir cuisinier sous les ordres du chef de l'hôtel de l'Agneau Blanc à Graz. Il ne deviendra que son petit ami de corps. Les autres apprentis refusent de supporter les chouchouteries homosexuelles du chef avec Hansi, et il se fait renvoyer.

A la fin des années soixante, il a dix-huit ans ; il est joli garçon, il a tout vu et tout connu sur le sexe, il est facile pour lui de se prostituer, de devenir lui aussi, sur le port de Hambourg où les marins chantent et s'abreuvent de bière, une « pute à matelots ». Tout en cherchant sa mère sur les quais, dans les ruelles, les hôtels miteux et les bars de malfrats.

Il ne l'aura vue que deux fois en vingt ans. Une fois à treize ans, où elle se contente de lui faucher ses économies de gamin, une autre fois à vingt ans, et là curieusement, il n'en parlera pas. Ni dans le récit de sa vie qu'il écrira plus tard, ni au tribunal. Il a rencontré sa mère. Point.

L'a-t-elle pris pour un client ? Un concurrent ? L'a-t-elle ignoré ? insulté ? rejeté ou conseillé sur la meilleure façon de tapiner ? Errance et trottoir, vols et bagarres, douze inculpations sur son casier, la treizième est capitale.

Une prostituée de vingt ans, Margarett Shafer, est découverte étranglée et ligotée dans un étang près de Francfort. C'est « Hansi » qui l'a massacrée à coups de barre de fer, et abandonnée dans la boue de son existence. Le crime a été commis sous le regard de sa « fiancée », plutôt sa complice, dans des conditions assez incertaines, mais qu'il ne nie pas. Tous les deux fuyaient, traqués par la police pour un hold-up dont ils n'étaient pas responsables, et une prostituée passait par là.

Hansi nie le hold-up, mais avoue le crime.

Il est condamné à perpétuité et se retrouve en cellule à la prison de Graz en Autriche. Un endroit sinistre que l'on nomme « la maison de pierre ». Il a vingt-quatre ans, aucune instruction — il s'est contenté depuis l'adolescence de se servir de son corps de joli garçon, sexuellement ambivalent. Aucune famille à laquelle se rattacher. Sa mère a été assassinée dans l'exercice de son métier, il n'a même plus la ressource de l'appeler à son secours. Sa mère prostituée a été assassinée, comme lui-même a assassiné une prostituée...

Que va-t-il faire de la prison, ce mauvais garçon au visage de jeune premier ? Servir la sexualité des autres prisonniers ? S'avilir davantage ?

Pas du tout. La seule concession faite à cette nouvelle vie derrière les barreaux, ce sont les tatouages qu'il arborera fièrement sur des biceps gonflés et un torse d'athlète. Pour le reste, il s'attaque à sa propre éducation. Cours par correspondance, pour apprendre à écrire : la technique de l'écriture, la construction littéraire. Il apprend à taper à la machine aussi et passe son bac qu'il obtient. Il lit énormément, romans, essais, journaux, revues de littérature — c'est un recyclage précis, méticuleux, sérieux, qu'il a entrepris, et qui l'amène un beau jour à fonder sa première revue littéraire : *Le Pont des Mots*. Et aussi à la faire éditer. Le jeune homme est habile en matière de communication, il a su solliciter et obtenir l'aide d'un petit cercle d'intellectuels et d'écrivains, ébaubis par son style et son parcours.

Les médias s'intéressent à ce phénomène : la première revue littéraire sortant de prison ! Dans sa cellule Jack écrit, écrit avec boulimie toutes sortes de textes, qu'il envoie partout. Des contes, des poèmes. On parle de lui à la radio, on l'interviewe, on lit ses textes, il commence à devenir un quasi-professionnel, qu'on édite. Il a dépassé la trentaine lorsqu'il écrit une pièce de théâtre, la première, grâce à laquelle il obtient une bourse. Immédiatement il se lance dans son premier roman autobiographique, *Le Purgatoire*, qu'un éditeur allemand trouve excellent, publie, diffuse, et qui devient un best-seller. Il y raconte le long chemin de galère de son enfance, son grand-père ivrogne, sa mère putain, les copines de sa mère, le chien sauvage qu'il avait apprivoisé enfant, qu'il adorait et qui s'est enfui à jamais. Il y parle de l'unique copain d'enfance, mort, qu'il n'a pas pu saluer à l'enterrement, chassé de l'église comme un bâtard qu'il était, un « fils de pute »...

Le succès est énorme. Son réel talent, son style incisif, sa sensibilité lui gagnent les faveurs du milieu intellectuel viennois qui s'emballe pour cet écrivain sorti de la fange et toujours derrière les barreaux. Il fascine. Toute l'intelligentsia autrichienne, dite de gauche, en prend fait et cause pour lui, mène campagne, et il est libéré après avoir accompli dix-sept ans de prison, quasiment en fanfare. Riche, grâce à ses droits d'auteur, sachant manier le langage, il donne des interviews vêtu comme un jeune lord — costume blanc, chapeau d'artiste, nœud papillon et mocassins immaculés. Séducteur, amant de jeunes femmes extatiques, il roule désormais en Mercedes, on l'invite partout, on l'attend partout, il paresse un peu côté écriture : la célébrité l'emporte sur le travail. Encore une pièce de théâtre, mais la critique se fait tiède, alors il se lance dans une forme de journalisme professionnel qui rapporte. Il connaît le milieu, le bas peuple, le sordide, les bordels et les malfrats, il en parle : reportages sur la prostitution, sur la prison, sur le sexe. On lui demande des articles jusqu'en Amérique, à Los Angeles. Il entreprend une enquête pour un magazine sur « Les trottoirs de Graz », obtient la collaboration de la police pour son article, interviewe même à la radio le directeur de la sécurité de Vienne. Et durant ce temps, des prostituées meurent, étranglées, étranglées, étranglées...

La police interroge ses relations, apprend que les pratiques sexuelles de Jack consistent souvent à « jouer à étrangler » les femmes. Une prostituée révèle qu'un écrivain, affirmant se prénommer « Walter », bien connu des filles du trottoir, était un habitué de l'une des victimes, et dans le journal de cette victime, Elfriede, retrouvé après sa mort, on peut lire : « Je suis allée chez lui aujourd'hui, rue Floriani, le mec aime bien les trucs avec les menottes, il m'a l'air un peu pervers, fier de ses tatouages... »

Elfriede a été retrouvée étranglée dans un bois, en mars 1991, six mois après sa mort. Jack était son client.

Tout est allé très vite pour lui, et l'ascension a été fulgurante. Comment ce modèle de réinsertion sociale, ce symbole de la réussite en prison peut-il devenir suspect numéro un, dans une affaire de meurtres en série ? Personne ne veut y croire. Sauf la police. Pourquoi ?

D'abord parce qu'il s'agit de prostituées et qu'il en a déjà tué une dans les mêmes conditions. Et aussi parce qu'un ancien policier qui enquêtait dans les années soixante-dix vient raconter à ses collègues de

Graz des années quatre-vingt-dix une petite histoire : « Je travaillais sur un meurtre, une jeune fille retrouvée étranglée et ligotée dans un lac aux environs de Salzach. Je n'arrivais à rien. Dix ans plus tard, je suis tombé sur des preuves évidentes de la culpabilité de ce Jack Unterweger. Mais il était déjà condamné à perpétuité, j'ai laissé tomber, et depuis je suis à la retraite... Maintenant, c'est différent. »

Le témoignage de ce policier porte à huit victimes les soupçons qui pèsent sur Jack.

Il y a aussi d'autres indices, qui font frémir l'instinct des enquêteurs. Cette dernière série de meurtres, commis dans des lieux différents, sur un itinéraire apparemment sans logique, présente une suite de coïncidences. A chaque fois, le beau Jack était sur place. Conférence, interview ou week-end, il était là. Non loin des corps retrouvés étranglés et abandonnés, qui dans une rivière, qui dans un étang ou un lac. Il était toujours dans les parages d'un cadavre retrouvé.

Si bien que le célébrissime produit de la réinsertion sociale autrichienne voit arriver les grands pieds des enquêteurs sur sa moquette de luxe. Où étiez-vous tel jour, à telle heure ? Avec qui ? Il a des alibis, huit alibis, dont un faux, un seul, ce à quoi il lui est facile de rétorquer sur un ton mondain : « Je voyage énormément, j'ai des tas de rendez-vous, je ne peux pas me souvenir de tout ! »

Certes. Alors les enquêteurs s'attaquent aux petits indices, cheveux, résidus de tissu, poussières... Mais dans ce domaine, les résultats ne sont pas certains à cent pour cent. Ce cheveu retrouvé dans la voiture de Jack pourrait appartenir à telle prostituée, ce fragment de laine à une écharpe qui a servi à étrangler telle autre...

Le *serial killer* est sous pression, la presse s'intéresse soudain différemment à lui, car le juge d'instruction de Graz ne s'interdit pas de faire aux journalistes des révélations, dont la plus importante, et la seule certaine, est celle-ci : « Jack Unterweger se trouvait dans les parages de chacun des huit meurtres, il ne peut pas s'agir de huit coïncidences ! »

Huit coïncidences, en effet, c'est beaucoup. Et le beau Jack, qui avait commencé à donner des interviews du genre : « mon passé me persécute », « la police s'acharne », « je suis victime de la machine judiciaire », choisit de prendre la fuite la veille du jour où un mandat d'arrêt est lancé contre lui en février 1992. Ce n'est pas le meilleur moyen de prouver son innocence.

Ses attaches avec le milieu viennois laissent supposer qu'il a été prévenu de l'imminence de son arrestation.

On recherche la voiture — une Volkswagen Passat immatriculée VW 266 DL — à bord de laquelle il a pris le large en compagnie de sa petite amie Bianca. On les repère en Suisse. Trop tard. Entre-temps, Jack a pris soin d'avertir la presse par téléphone : « Je suis traqué, ce n'est pas moi qui ai tué ces femmes, je suis victime de l'acharnement d'un policier de Graz. On veut me remettre en prison, mais même en préventive, je ne le supporterai pas. Je ne me rendrai pas, je n'irai pas en prison. J'avais gagné de l'argent, je n'ai plus un sou, je pense au suicide... »

La cavale le mène de Suisse en France, à Paris, où l'on découvrira plus tard qu'il a abandonné sa voiture dans la banlieue, à proximité de l'aéroport d'Orly, avant de sauter dans un avion avec sa petite amie.

Interpol le recherche. Avec d'autant plus d'acharnement que la police de Graz a été informée d'une autre « coïncidence » bizarre.

Jack a fait un séjour à Los Angeles, l'année précédente, et quatre prostituées y ont été étranglées durant la période de son séjour...

Huit coïncidences plus quatre.

Une perquisition à son domicile renforce, semble-t-il, la conviction policière. Des photos pornographiques du beau Jack en compagnie de dames diverses, ainsi que d'autres indices, dont la teneur exacte n'est pas révélée, mais qui justifient largement la demande d'extradition que la police autrichienne présente à la police de Los Angeles.

Los Angeles, où Jack l'écrivain joue la star en cavale, pose pour un magazine à la moralité douteuse, sur la première page duquel il apparaît avec cette légende : « Hello, c'est moi le *serial killer !* »

En Autriche, un débat s'instaure entre intellectuels, la droite dure et pure accusant la gauche « de salon » d'avoir pris fait et cause pour un récidiviste, sous prétexte de donner des leçons de réinsertion sociale et de prouver que la prison à perpétuité n'est pas une solution... Un psychiatre avait déclaré au moment de sa libération qu'il ne saurait récidiver. Les psychiatres, la police, les journalistes s'étaient emparés du sujet : un tueur est-il un récidiviste possible ? Comment le déterminer ? Qui doit prendre ou pas la décision de remettre un détenu en liberté ? etc. Sujet qui n'est pas propre à l'Autriche, loin de là. Tous les pays démocratiques le connaissent.

Reste que Jack Unterweger avait été condamné à dix-huit ans, qu'il n'avait été libéré qu'au bout de dix-sept ans, et qu'une année de plus, en admettant qu'il soit coupable, n'aurait pas changé grand-chose à l'affaire.

Jack est arrêté aux Etats-Unis, à Miami où il s'était réfugié en février, et est extradé en mai 1992. Puis mis en prison à Graz. Où il continue de se dire innocent. Son avocat estime que le dossier d'accusation ne tient pas, que jamais il n'a vu aussi peu d'éléments permettant de renvoyer son client en cour d'assises.

L'instruction sera longue, difficile, compliquée — expertise génétique sur un cheveu, confrontations de témoins douteux, tout cela très longtemps après les faits. Selon l'avocat de Jack, des éléments de pièces à conviction ont disparu, notamment un gant de plastique qui aurait permis d'identifier avec certitude l'assassin. Accuserait-il la police de complot contre son client ? Presque. Les corps ont été retrouvés en mauvais état, et toute la défense sera basée sur des batailles d'experts. Les enquêteurs vont concentrer leurs efforts sur deux meurtres en particulier, celui de Bianca, assassinée à Prague le 15 septembre 1990, et Heidi, à Bregenz le 5 décembre 1990. Sur les vêtements de cette dernière ont été retrouvées des fibres textiles présentant des similitudes avec les vêtements de Jack, ainsi que des cheveux qui pourraient être les siens. Ce qui ne prouvera pas de toute façon le meurtre, tout juste qu'il a été en relation avec la victime... Même chose pour ces cheveux retrouvés dans la voiture de Jack à cette époque, une BMW, lesquels cheveux pourraient appartenir à Bianca.

Le directeur de la police scientifique de Zurich, chargé de nouvelles expertises sur ces deux cas précis, a du pain sur la planche, car Jack nie évidemment avoir jamais rencontré ces deux « personnes ».

Procès envisagé dans le courant de l'année 1994. Et alors ? Les Etats-Unis vont-ils réclamer à leur tour l'assassin présumé de leurs quatre prostituées ? Ce serait simple si Jack retournait en enfance et en littérature, pour expliquer comment, haïssant sa mère prostituée et abandonné par elle, il se venge impulsivement sur des images vivantes, copies conformes de ce qu'il recherchait dans son enfance, une mère faisant le trottoir et lui échappant à jamais.

Ce serait simple, aussi, trop simple, s'il s'agissait d'une « machination policière » uniquement destinée à détruire cet homme-là. Et beaucoup plus compliqué si l'assassin présumé était lui-même innocent, victime d'un double, un *serial killer* profitant de sa célébrité pour accomplir ses propres fantasmes et assouvir ses pulsions de mort.

Jack Unterweger coïncide avec l'assassin onze fois en Autriche, quatre fois aux Etats-Unis. La justice va devoir se débrouiller avec ces quinze coïncidences-là. Si son avocat a du talent, si les experts se contredisent et s'il est innocent, bravo. Mais s'il est coupable...

Un couple idéal

Robert et Marguerite sont un couple idéal. Du moins est-ce ce que l'on vient de décider en ce beau jour, sur les plateaux de télévision. Ils ont répondu à toutes les questions et bien mieux que les autres couples concurrents. Marguerite a su deviner les réponses de Robert quand on lui a demandé : « Quel est le principal défaut de votre épouse ? » et Robert, de son côté, a répondu avec précision à la question : « Quel est l'objet qui pour Marguerite symbolise le mieux votre rencontre ? » Applaudissements, cadeaux, chèque : Robert et Marguerite rentrent chez eux tout fiers de la victoire, riches d'une jolie somme, leur voiture encombrée de multiples cadeaux aussi utiles qu'agréables. Pendant quelque temps ils deviennent les héros du quartier, on les félicite chez tous les commerçants. Leurs deux enfants, Faustine et Joël, charmantes têtes blondes, sont les petites vedettes de l'école.

Bonheur fugace pour ces deux fonctionnaires des PTT. Il faut dire que leur mariage a étonné tout le monde : la famille de Robert d'abord, sa mère effacée et craintive, son père, ancien militaire, violent et alcoolique. Robert leur a toujours semblé, hélas, malgré son intelligence indéniable et un peu au-dessus du commun, un fruit sec. Est-ce la violence du père qui bloque l'adolescent ? Toujours est-il que, depuis son jeune âge, il semble doté d'une paresse irrépressible.

Comme il faut bien se résoudre à travailler, il devient, sans enthousiasme, cuisinier, mais ce métier, trop salissant à son gré, trop fatigant, ne lui convient guère. Pour juguler son instabilité, sa mère lui conseille de passer le concours de la fonction publique. Il réussit. Dès son premier poste il rencontre Marguerite. Il a vingt-deux ans, elle en a dix-neuf. Elle aussi est plus intelligente que la moyenne. Elle occupe d'ailleurs un poste plus élevé que celui de Robert. En définitive, les deux jeunes gens se plaisent et décident de se marier.

Ils deviennent, au cours des années qui suivent, les parents attendris de Faustine et Joël. Leurs vies semblent toutes tracées jusqu'à l'âge de la retraite. Mais, si Marguerite, ambitieuse et sérieuse, construit sa vie avec opiniâtreté et volonté, Robert, lui, prend goût chaque jour davantage à l'alcool. Si, tous les matins, on le voit descendre pour aller acheter son quotidien, on ignore qu'en fait il s'empresse, en route, d'effectuer une petite visite au coffre de sa voiture, coffre rempli de diverses bouteilles de whisky. A moins de trente ans, Robert boit une bouteille d'alcool écossais par jour...

A ce régime-là sa santé n'est pas ce qu'elle devrait être. D'autant plus que Robert, fluet et d'allure un peu molle, n'a pas la carrure de certains grands buveurs nordiques. Aussi les conséquences ne se font guère attendre : absences à son travail, perte d'efficacité. Conscient de sa propre dégradation, Robert quitte le domicile conjugal. Pendant quinze jours... Au bout de cette période, il regagne l'appartement où Marguerite, furieuse mais digne, l'accable de son ironie méprisante. La vie reprend son cours.

Ce jour-là, un dimanche de juin 1990 comme les autres, Faustine et Joël regardent les dessins animés à la télévision. Le ménage est fait, le déjeuner de midi est en route. Robert exprime le désir d'accomplir son devoir conjugal. Marguerite, en bonne épouse, acquiesce. Le couple s'enferme dans la chambre à coucher. Les enfants ne reverront jamais leur mère...

Après quelques instants, ils entendent des gémissements qui viennent de la chambre. Inquiète, Faustine, du haut de ses quatre ans et demi, essaie d'ouvrir la porte. Fermée à clé. Puis Robert apparaît, seul, et déclare aux enfants que « maman est partie en promenade ». La journée se passe, un peu morne. A tout instant les petits interrogent leur père du regard : « Maman ne rentre pas ? » Son silence plonge l'appartement dans une atmosphère lourde.

Le lendemain Robert, après avoir habillé Joël, sort de l'appartement. Ils se rendent en ville et le fonctionnaire des PTT fait l'acquisition de deux scies à main et de divers instruments de bricolage. Puis, une fois rentré à la maison, il décroche le téléphone. Il informe sa belle-famille qu'il va leur amener les enfants. Marguerite, dit-il en pleurant, a fait une fugue, en emportant trois mille francs qui se trouvaient dans l'appartement. Pas de doute : elle lui rend la monnaie de sa pièce après sa propre défection de deux semaines. Quelques instants plus tard, Robert, après avoir fait la toilette des enfants dans la baignoire, les habille et les emmène chez ses beaux-parents qui sont très surpris devant la disparition de leur fille. S'ils savaient...

S'ils savaient que Marguerite n'a pas quitté l'appartement. Pour l'instant, morte, elle est soigneusement cachée dans le placard à balais. Bien emballée et encore toute dégoulinante d'eau. Car, après l'avoir tuée, dans un accès de colère, Robert s'est empressé de plonger le corps de son épouse dans la baignoire remplie d'eau. Pourquoi ? Mystère ! De toute manière, Marguerite s'obstine à flotter à la surface et, très déçu, Robert l'emballe dans du plastique et la dissimule dans le placard. De toute façon, les enfants, bien élevés, ne sont pas du genre à aller ouvrir toutes les portes.

Une fois seul, Robert s'occupe de faire disparaître

le corps de Marguerite. Le dépeçage sanglant commence. Mais Robert n'est pas adroit de ses mains. Les scies cassent, les mèches de la perceuse électrique restent plantées dans les articulations de la pauvre femme... Vaguement découragé, Robert ramasse quelques débris sanglants et jette dans la poubelle un avant-bras, un moignon... Pas de doute, il n'y arrivera jamais comme ça. Il décide alors de procéder autrement.

L'appartement est équipé d'un congélateur. Robert le vide de tout son contenu puis le remplit d'eau. Après avoir brisé les articulations, raidies par la mort, de Marguerite, il installe son ancien grand amour assis dans le congélateur qu'il remplit d'eau, puis il laisse le froid faire son œuvre. Au bout de quelques heures, Marguerite, doublement raidie dans la mort, se trouve au centre d'un énorme glaçon. Robert termine la dernière goutte de sa bouteille de whisky quotidienne...

Pour la vraisemblance de la chose, Robert s'est rendu à la police pour signaler la disparition de son épouse. La belle-famille, au loin, attend désespérément des nouvelles. L'assassin tourne en rond dans l'appartement vide. Le mois d'août arrive. Robert, faute de projets de vacances en famille, s'offre... une dépression nerveuse que son alcoolisme chronique aggrave s'il en était besoin. On l'hospitalise pour quinze jours. A peine remis, l'employé des PTT sympathise avec une infirmière qui accepte, sans se faire prier, de passer quelques instants au lit avec lui. Mais, en fait, Robert, toujours ulcéré par son dernier essai avec Marguerite, essai qui a provoqué le drame, veut simplement vérifier s'il est devenu impuissant ou si cette « panne sexuelle » était vraiment accidentelle.

Malheureusement l'infirmière, elle aussi, est bien forcée de constater que son « amant » n'est pas à la hauteur de la situation. Pis encore, il quitte le champ de bataille sans insister. Elle en est vexée et ne se gêne pas pour exprimer son dépit. Si elle savait combien ses commentaires sont dangereux... Robert rentre chez lui très déprimé. Combien de temps pourra-t-il continuer à vivre avec Marguerite congelée dans sa cuisine ?

D'autant plus que, pendant ce temps-là, au bureau des PTT, les responsables s'étonnent de l'absence inexplicable de leur employée modèle. Qu'elle ait fait une fugue loin de sa « chiffe molle » de mari, passe encore. Mais qu'elle n'ait donné aucune nouvelle, qu'elle compromette ainsi une carrière qui lui tenait tant à cœur paraît invraisemblable à tous ceux qui la connaissent un peu. L'assistante sociale prend sur elle de prévenir la police. Cette fugue en est-elle bien une ?

C'est la question que les agents viennent poser à Robert, par un beau matin, après avoir sonné à la porte de l'appartement du meurtre. Robert, les yeux bouffis par l'alcool, comprend qu'il est inutile de continuer ce jeu macabre sans issue. « Inutile de la chercher plus longtemps, dit-il d'un air las, elle est là-dedans. » Et du doigt il désigne le congélateur.

Il faut quarante-huit heures pour laisser fondre le glaçon. Robert raconte que, pris d'une colère subite devant les ricanements de Marguerite, au moment de sa « panne sexuelle », il a saisi son épouse par le cou et l'a étranglée, sans même se rendre compte de ce qu'il faisait... Après, il ne se souvient plus exactement des détails... Mais le médecin légiste n'est pas d'accord avec cette version des faits.

Indépendamment des mutilations *post mortem* dans ses efforts pour faire disparaître le corps, Robert ne parvient pas à expliquer ce qui s'est réellement passé dans la chambre à coucher conjugale. Marguerite, selon le médecin légiste, est morte après avoir été frappée de vingt-deux coups de couteau et de marteau, dont deux au moins furent mortels.

Malgré les circonstances atténuantes, dues à son enfance perturbée, accordées au meurtrier, celui-ci se voit condamner à vingt ans de réclusion criminelle...

Justice à la grecque

Athanassios D., un homme jovial et moustachu, incarne la joie de vivre. Il a un fils de seize ans, Georges, un beau garçon qui ressemble à son père et dont l'avenir semble tout tracé. Ce soir, jour de fête, Georges est sorti pour s'amuser un peu avec trois autres lycéens de son âge. Ils sont partis en voiture pour aller danser, rire, extérioriser la vitalité de leur adolescence.

Soudain on sonne à la porte. Athanassios, malgré l'heure tardive, va ouvrir en fredonnant un petit air qui lui trotte dans la tête depuis le matin. En voyant sur le seuil un agent de police en uniforme, le petit air s'arrête d'un seul coup. En quelques minutes, après avoir confirmé son identité au représentant de l'ordre, Athanassios voit son univers s'écrouler. Le policier est venu lui annoncer, avec toute la douceur dont il est capable, qu'un malheur est arrivé. Une minute plus tard, il lui avoue que Georges, son Georges adoré, est mort dans un accident de la circulation.

Sur le chemin de l'hôpital, Athanassios essaie d'en savoir davantage. Il imagine Georges sur un lit blanc, les médecins et les infirmières s'activant autour de lui. Puis, soudain, il réalise qu'il est en plein rêve. Là-bas, à l'hôpital, aucun médecin ne s'affaire autour de son fils, puisqu'il est mort. Il n'aura pas à guetter le moindre signe de vie : on va lui ouvrir un sinistre tiroir de la morgue. Son Georges, pâle et raide, reposera sous un horrible linceul qui recouvrira son visage à jamais immobile. Athanassios éclate en sanglots.

Mais, une fois sa douleur calmée, le père effondré apprend des détails sur les circonstances de l'accident. Le responsable est un policier qui conduisait son propre véhicule. L'enquête révèle que ce policier, Dimitri K., était, inutile de le nier, complètement ivre au moment du drame. Athanassios réalise que sa joie de vivre, que son petit Georges lui a été ravi par un ivrogne qui n'avait pas su résister à l'attrait de quelques verres d'ouzo avant de prendre le volant. Comble de l'horreur, les trois amis de Georges ont été tués avec lui... Les familles se replient sur leur chagrin. Athanassios se jure que justice leur sera rendue. Mais le responsable est policier...

Sa situation professionnelle semble le mettre relativement à l'abri de la justice... Athanassios et son épouse, elle-même ravagée par le chagrin, attendent cependant avec une certaine confiance que « justice soit faite »... Peine perdue, semble-t-il.

L'affaire traîne en longueur, les années passent. Après quatre mois de détention, l'ivrogne, Dimitri, retrouve une liberté conditionnelle et reprend son travail, indigne représentant de l'ordre auprès de ses concitoyens. Condamné, il fait appel, démarche qui révulse Athanassios. Celui-ci, rongé par la colère et la rancune, avertit qui veut l'entendre qu'il veillera à ce que « justice soit faite ». Le procès est encore à venir... Dimitri, le responsable, se fait assister par deux avocats qui n'ont pas de mal à faire valoir, par des arguments spécieux, tout ce qui peut diminuer la responsabilité de leur client.

Athanassios, dans son village, à Corinthe, prend certaines dispositions : il fait ouvrir la tombe familiale, celle-là même où Georges repose au bout d'une si courte vie. Il fait nettoyer le caveau et prépare un nouvel emplacement qui, selon ses dires, sera prochainement rempli. Personne ne comprend trop ce qu'il entend par là. On le saura, hélas, très vite.

Avril 1993 : la salle d'audience bourdonne. Le procureur vient de prononcer son réquisitoire, les avocats ont fait valoir leurs arguments, l'accusé, Dimitri, arbore déjà un petit sourire de satisfaction. On comprend qu'il va s'en tirer avec le minimum et que, dès le soir même, l'affaire jugée, il va reprendre le cours tranquille de sa vie d'ivrogne, sans plus se préoccuper des quatre cadavres d'adolescents qu'il laisse dans son sillage sanglant.

Athanassios, lui aussi, comprend et devine ce qu'il va entendre. D'un mouvement preste, il sort un revolver de la ceinture où il l'avait glissé. Sautant derrière un policier qui se trouve là, il lui passe son bras autour du cou, tout en lui appliquant le canon du revolver sur la tempe. Tout le monde est debout mais personne n'ose intervenir de peur de déclencher l'irréparable... D'autant plus que le policier qui est l'otage du père indigné n'est pas là par hasard. Le soir fatal il était le passager de Dimitri. Ce soir-là, il ne pouvait pas manquer de remarquer l'état où se trouvait le responsable du drame. Lui aussi, par son silence et sa négligence, est en quelque sorte responsable des quatre morts d'adolescents.

Traînant son otage avec lui, Athanassios désarme alors un policier qui est en faction à la porte du tribunal. Il oblige celui-ci à ligoter, avec des cordes qu'il a pris la précaution d'apporter avec lui, tout un groupe qui comprend l'accusé, l'autre policier, témoin et passager, ainsi que les deux avocats, qui, à ses yeux, par leurs plaidoiries vicieuses, sont les complices du chauffard criminel.

Athanassios, semble-t-il, ne veut qu'une chose : que le tribunal reconnaisse officiellement que, le soir du drame, Dimitri était complètement soûl. Car, au fil des ans, cet élément de la tragédie a été soigneusement gommé par les avocats. Dimitri, selon eux, avait bu normalement, comme chacun boit pour son repas du soir. L'accident serait dû à la fatalité, spécialité grecque depuis la plus lointaine Antiquité, pas du tout à l'inconscience d'un alcoolique... De toute manière il risque, au maximum, quatre ans de prison ferme et, en suivant les voies légales, il a « racheté » ces années de prison en payant une amende de deux millions six cent mille drachmes, c'est-à-dire de soixante-cinq mille francs, ce qui met le cadavre de Georges et ceux de ses amis à seize mille deux cents francs la pièce...

Athanassios exige qu'on reconnaisse la pleine responsabilité d'un policier ivrogne... Mais il ne veut pas d'une confidence murmurée à l'intention des quelques personnes présentes et apeurées. Il veut que la presse vienne enregistrer ces aveux, photographier ses otages bien ligotés en petit fagot et qui claquent des dents...

Juge, greffier, avocats, tous regroupés dans un coin, s'efforcent de calmer le père fou de douleur. En vain, sa colère semble grossir à vue d'œil. Athanassios, une dernière fois, demande à ce qu'on « dise la vérité », publiquement, officiellement. Il n'obtient rien qui aille dans ce sens. Alors il tire...

Athanassios, méthodiquement, systématiquement, sans réfléchir, tire dans le paquet d'otages qui se macule de taches sanglantes. Sans écouter les râles et les gémissements de ses victimes, Athanassios grimpe rapidement l'escalier qui conduit à la tribune surplombant la salle du tribunal. Et, de là, froidement, il continue à tirer sur les juges, les greffiers, les spectateurs. Il blesse gravement cinq personnes qui se disent qu'elles auraient mieux fait de ne pas être là.

D'une dernière balle Athanassios met fin à son chagrin terrestre et à sa colère, tout en se soustrayant définitivement à la justice des hommes. Il part, sans doute l'espère-t-il, pour rejoindre son cher petit Georges dans un paradis céleste qui ne connaît aucun ivrogne chauffard.

Quelques jours plus tard, avec toute la dignité et

toutes les traditions des funérailles antiques, la famille d'Athanassios, entourée par les familles des trois autres adolescents morts en 1991, l'a enfoui dans le caveau de pierre. Les familles ont juré d'obtenir que justice soit enfin faite, après les vaines tentatives d'Athanassios. Car, ultime ironie des dieux, dans le massacre du palais de justice, quelqu'un s'en est sorti sans trop de mal. Enfoui sous les corps de ses deux avocats tués sur le coup, Dimitri, l'ivrogne, a été à peine égratigné.

Fin de parcours

Marcel en a marre. De tout, de la vie, de sa famille, des voisins. Cinquante-trois ans, sec, le visage buriné, une petite moustache, le regard qui peut passer de l'extrême douceur à la plus grande férocité, surtout quand il a bu, ce qui lui arrive plus souvent que de coutume. Cinquante-trois ans de galère, depuis sa naissance dans une famille de quatorze enfants, sans amour ni viande dans l'assiette. Cinquante-trois ans de survie grâce à des trafics de chaises rempaillées ou de peaux de lapin. La plupart ont disparu, sont morts, les autres ne donnent pas de nouvelles. Reste Véronique, la sœur, qui n'habite pas trop loin, dans la brume de l'est de la France. Marcel aime bien Véronique mais il ne va pas trop souvent la voir. Elle ne vient pas non plus lui rendre visite dans la « schoutt », cette espèce de zone de jardins abandonnés où Marcel demeure dans un chalet de bois.

Il y a aussi Céline, sa fille aînée, et Zora, la seconde. Elles vivent ensemble faute de mieux. Céline, une belle plante, se retrouve avec quatre enfants et pas de mari. Zora n'a pas de charges de famille. Marcel aimait bien Céline, mais elle vient de lui jouer un sale tour.

Faut dire qu'il y a quelques semaines, Marcel, pris d'une envie subite de voir sa fille, s'est présenté plutôt éméché devant la porte du HLM où elle demeure. Rien qu'au son de sa voix, Céline a compris qu'il était dans un mauvais jour et elle a refusé de lui ouvrir. Avec lui, on sait comment ça commence, mais on ne sait jamais comment ça finit. On lui ouvre et le voilà qui se croit en pays conquis. Il s'installe, il se couche, il boit, il hurle, il jure, il menace tout le monde.

Quand il en a assez, Marcel est capable de tout. Il le démontre en saupoudrant le goûter de ses petits-enfants avec du poivre moulu, en ajoutant une bonne giclée de liquide à vaisselle sur leurs steaks hachés. Et puis, pour Céline, tout à coup, ça fait trop longtemps que ça dure, cette façon qu'a son père de se glisser dans son lit et de « faire sa petite affaire ». Encore heureux quand ça se passe au lit. Depuis l'âge de seize ans qu'elle doit supporter ça...

Alors, ce jour-là, Céline met son manteau et file à la gendarmerie où, pour en finir, elle porte plainte. Pour viol, pour inceste : elle raconte tout ce qu'elle a subi, sa sœur aussi. Puis elle rentre et, comme son père, après avoir enfoncé la porte d'un coup de pied, s'est installé chez elle pour Dieu sait combien de temps, elle lui jette les nouvelles fraîches au nez. Marcel, furieux, repart en claquant la porte qui n'a pas besoin de ça... Un moment il songe à tuer Céline. Il a tellement l'habitude de « couper » tous ceux qui lui résistent, ceux qui refusent ses invitations à boire, ceux qui lui « manquent ». Le couteau, le coup de poing, il ne sait pas résoudre le moindre problème autrement.

Marcel retourne ensuite à son petit chalet dans les herbes folles. Il salue d'un grognement ceux qui gravitent autour de lui dans son petit monde de magouilles. Il y a Fernand, un SDF, qu'un soir de bon cœur Marcel a récupéré à Metz ou dans les alentours et qu'il loge dans une sorte de cabanon de béton, rempli d'objets rouillés. Autour, flotte l'ombre d'un clochard algérien qui occupait les lieux il y a quelques années et qu'on a retrouvé brûlé à mort par un vieux poêle mal réglé...

Comme Fernand est seul, un beau soir, Marcel lui ramène un cadeau : Mireille, une sorte de virago qu'il a dégotée dans une banlieue, vivant tristement entre ses deux enfants et son mari sourd-muet. Il lui dit qu'elle est une fleur et cette fleur à gueule d'empeigne le croit suffisamment pour le suivre jusqu'à son terrain vague. Mais Marcel n'aime pas ce genre de femme, bâtie en largeur, les traits trop virils. Il n'aime que les petites fluettes qu'il peut appeler « poupée ». Alors il offre carrément Mireille à Fernand et, tandis que le couple se forme sur un lit de cartons ondulés, Marcel rentre dans son chalet afin de remâcher sa colère.

Avant, il prend soin de passer chez « Fifi », une vieille clocharde qu'il héberge aussi dans une caravane qui tombe en ruine et prend l'eau de toutes parts. Fifi, fermement sollicitée, lui remet une bonne part de la pension qu'elle vient de toucher.

Faut dire que Marcel est un homme à femmes. Il y a eu les siennes d'abord : la première, une gitane qui lui a fait sept enfants et qui vit maintenant au loin ; la seconde, Liliane, est morte d'un cancer généralisé après lui avoir fait deux fillettes qui, aujourd'hui, sont placées par la DDASS loin de ce père trop soupe au lait. Céline dit à qui veut l'entendre qu'il est dangereux, Jacques, l'un de ses fils, surnommé Eddy, ne l'approche plus car Marcel, qu'on surnomme « Pierrot le Fou » dans le voisinage, a juré de le « trouer » à la première occasion.

C'est ce que raconte Geneviève, une aide-soignante qui voit, depuis ses fenêtres, évoluer toute la tribu autour de Marcel. C'est ce que dit Richard, un ferrailleur taillé en armoire à glace, qui traite certaines affaires avec « Pierrot le Fou » mais se méfie comme de la peste tout autant de ses coups de colère que de ses coups de tendresse. D'autant plus qu'on sait que Marcel possède chez lui trois fusils, un pistolet et une ribambelle de couteaux qui coupent.

« Pierrot le Fou » est capable de vous donner sa chemise si vous êtes dans le besoin, il peut aussi bien vous trouer d'un coup de couteau si vous lui faites remarquer qu'il manque un bouton à ladite chemise. Mais au fond, pour se venger de son enfance brutalisée, de sa jeunesse souillée, Pierrot aime faire mal, il aime terroriser, humilier, frapper. Plus peut-être...

Cette nuit-là, Richard, le gentil ferrailleur, est réveillé par des coups sur ses volets. Pierrot-Marcel est là, un fusil à la main. Il a besoin d'un service : que Richard l'emmène, d'un coup de voiture, jusque chez Céline, sa fille aînée. Richard, pour éviter le pire, accepte. Mais, par précaution, il se fait accompagner de son fils Jérôme. Seconde précaution, il demande à Marcel de poser son fusil dans le coffre de la voiture. Et les voilà partis. En route, histoire d'animer la conversation, Marcel-Pierrot déclare, hilare : « Je viens d'en buter trois ! » Pas de réponse de Richard qui sait qu'il en est capable. « Tu ne me crois pas ? — Si, si, je te crois ! » Il ne demande pas de détails. On roule.

Marcel décide alors que, plutôt que d'aller chez sa fille « pour la tuer », Richard va l'emmener jusque chez Véronique, sa sœur. Ça fait un an qu'il ne l'a pas vue. Elle sera certainement ravie de le voir débarquer à trois heures et demie du matin. Mais en arrivant, nouvelle déception, la maison est vide. Va-t-on, en pleine nuit, repartir chez Céline, la dénonciatrice, la traîtresse, pour l'exécuter ? Marcel soliloque à haute voix, puis, soudain pris par le sommeil, décide de rentrer chez lui. Richard, dès qu'il l'a déposé à l'entrée du terrain vague, file chez lui et évacue sa femme et ses enfants vers un lieu plus sûr. On le comprend...

Le lendemain Marcel, un peu dessoûlé, rend visite à Richard. « Qu'est-ce que je tenais hier soir », dit-il en s'esclaffant. Du coin de l'œil, il aperçoit, dans un chantier tout proche, un jeune homme qui téléphone. « J'ai jamais pu l'encadrer, dit-il à Richard, si tu veux, je le descends. » Richard se garde de rien dire, mais il sait que Marcel est prêt à tout... Marcel qui rentre chez lui... songeur...

Comment ne pas être songeur devant trois cadavres ? En effet, la veille, avant l'expédition chez sa sœur, Marcel-Pierrot, pris d'une envie de « faire le ménage », a tué d'une balle dans l'œil son copain Fernand, comme ça, pour ne plus le voir. Quelques minutes plus tard, Mireille, elle aussi, a pris une balle dans l'œil. Aujourd'hui les deux cadavres sont restés en place, « artistiquement » disposés dans une dernière étreinte par leur assassin, sur les cartons qui leur servaient de couche. Des mouches d'été commencent à bourdonner. Un peu plus loin, dans le cabanon qui sert de W-C, Fifi, elle aussi, vieille soûlarde qui ne se lavait jamais ni les mains, ni les pieds, ni le reste, n'aura plus besoin de songer à son hygiène intime. Marcel lui a logé une autre balle dans la tête. Elle est affalée, impudique. Il lui jette une couverture par-dessus, comme pour arranger la chose.

Alors, soudain découragé, Marcel se dit qu'il s'est mis dans de beaux draps. C'est, pour leur malheur, le moment que choisissent Albert, son neveu, et Raoul, son beau-frère, pour lui rendre visite. Les enquêteurs essaient de savoir à quel moment et à quel propos Marcel-Pierrot leur tire à chacun une balle dans le crâne. Autre question : pourquoi s'en va-t-il téléphoner à Guy P., un homme de soixante-neuf ans qui lui sert de chauffeur et exécute divers petits boulots ? Pourquoi l'invite-t-il soudain à dîner au restaurant et pourquoi lui tire-t-il trois balles mortelles dans le corps ?

Après cette hécatombe, « Pierrot le Fou » décide qu'il a pris le mauvais chemin. On le retrouvera le lendemain, couché dans son lit. Après cette vie de galères, après huit condamnations, dont cinq pour violences volontaires, deux pour conduite en état d'ivresse, une pour port d'armes illégal. Après six meurtres en vingt-quatre heures, « Pierrot le Fou » est parti ailleurs en se tirant une balle dans la tête...

Jour de gloire

« Je suis un voleur professionnel ! Je ne suis pas un violeur ! » La déclaration éclate dans le prétoire, incongrue, tonitruante. Celui qui hurle à la fois cette profession de foi peu orthodoxe et son innocence est un homme encore jeune, la trentaine à peine. Ce qui frappe, quand on le regarde, ce sont ses tatouages qui envahissent jusqu'au visage. Sous les yeux, deux larmes d'encre lui donnent l'allure d'un pierrot triste au crâne rasé. Mais ce pierrot est aujourd'hui accusé d'avoir, récemment, sur un banc public, violé une jeune femme.

Qu'on l'accuse de tout ce qu'on veut en matière de cambriole, ça d'accord, mais celle-là, une rencontre de hasard pour cet errant toujours entre deux condamnations, celle-là, affirme-t-il avec vigueur, elle s'est donnée à lui volontairement, sans faire de chichis. C'est après qu'elle a dû penser à tirer quelques avantages de la situation. Non pas qu'il soit très riche mais Wolfgang, normand malgré son prénom germanique, est riche d'un lourd casier judiciaire. Dix ans ont passé depuis sa majorité : dix ans de tôle... Alors, si on l'accuse de viol, cela ne devrait pas faire trop de problèmes : ce sera vraisemblable...

La jeune femme qui accuse, Maryvonne, malheureusement pour elle et ses avocats, est un peu floue dans son récit de l'agression. Bien sûr, c'était il y a deux ans, par une douce nuit de septembre. Tout ça est un peu loin. Elle est légitimement mal à l'aise. Ce qui fait qu'elle n'est pas très convaincante sur les raisons qui l'ont amenée sur ce banc, destiné aux amoureux et aux promeneurs fatigués plus qu'aux violeurs et à leurs victimes. Ce qui n'empêche pas le procureur, très enflammé, de réclamer entre huit et dix ans de réclusion criminelle pour Wolfgang qui vient quand même de faire vingt et un mois de prison préventive. Un peu long si l'on est innocent...

Mais le « voleur professionnel » se lève et clame son innocence à sa manière : « Je ne suis pas un "pointeur" ! » Il faut dire qu'il n'est pas antipathique malgré ses tatouages d'apache. Et ses avocats ont la langue bien pendue. Juste avant la délibération des jurés, Wolfgang s'arrange pour bien faire comprendre qu'il a, en plus des vols, une certaine ambition dans la vie. Quand le président lui demande, comme ça, juste pour voir, ce qu'il a l'intention de faire quand il aura recouvré sa liberté, Wolfgang, jamais pris de court, se lève et s'écrie, à l'étonnement de l'assistance : « Je veux la gloire... Demain sera mon jour de gloire ! »

Pour l'instant, on ne peut pas dire qu'il en ait vraiment pris le chemin, de prison en centrale...

Miracle, le bon Dieu est avec Wolfgang car un verdict d'acquittement vient récompenser ses protestations d'innocence. Sans perdre de temps, muni d'un viatique d'à peine cent francs, le voleur non violeur retrouve la clé des champs... Ses avocats sont satisfaits, Maryvonne plutôt dépitée. Voilà une affaire réglée. Eh bien non, voilà une tragédie qui commence...

Le lendemain, à quelques kilomètres de là, dans une petite bourgade typiquement méridionale, c'est jour de marché. Tout le monde est là, les gens du village du bas et ceux qui sont descendus du village du haut. Toutes les boutiques sont ouvertes et la foule, vêtue de couleurs vives, anime les rues.

Il y en a un qui, malgré le soleil et les couleurs, fait tache sur le reste de l'humanité bourdonnante. On le remarque tout de suite, ne serait-ce qu'à cause des tatouages qui lui décorent le visage. Ces larmes tatouées sous les yeux attirent les regards des petits et des grands. Certains sourient, mais d'autres s'inquiètent car, à part ses tatouages, on remarque que l'individu porte un revolver coincé dans la ceinture de son pantalon. On n'est pas au Far West ici. Et, en plus, il a l'air passablement agité. Il tient des propos décousus... Et le voilà qui entre dans un café. Enervé comme s'il avait bu un coup de trop...

Il réclame un café et va, dans sa lancée, jusqu'à en offrir un à un inconnu qui est accoudé au bar. L'inconnu, impressionné par les tatouages et surtout par le revolver que l'énergumène brandit maintenant, refuse en se faisant tout petit. On ne sait jamais quelle idée peut passer par la tête d'un bonhomme assez « disjoncté » pour brandir une arme dans un lieu public en pleine matinée. « Minus ! » lui crie Wolfgang, car c'est lui, on l'a reconnu. Et voilà notre acquitté de la veille qui décide que des affaires l'appellent au loin. Il quitte le café sans plus inquiéter personne. Mais le patron croit de son devoir d'appeler les gendarmes pour leur signaler l'incident.

Un homme avec une arme qui déambule dans les rues, excité, en pleine journée, au milieu des femmes et des enfants qui font leur marché : voilà une « atteinte à l'ordre public » qui mérite qu'on intervienne. Aussitôt l'adjudant Jean-Pierre V., un gaillard sympathique et moustachu, accompagné de deux de ses hommes, saute dans un véhicule et se dirige vers le quartier concerné...

Wolfgang, de son côté, vient de s'acheter une barquette de fraises bien mûres lorsqu'il s'aperçoit qu'il lui manque quelque chose : il monte dans un taxi en stationnement et lui demande de l'emmener vers l'armurerie de la commune. Le taxi, qui vient de remarquer le revolver, obéit, désolé d'avoir embarqué un tel client. Pourtant, malgré ses airs de matamore, Wolfgang, le client, ne semble pas animé de mauvaises intentions : il offre quelques fraises au chauffeur qui les refuse, sans doute par peur de se salir les doigts...

Ils roulent le long des rues quand, à un carrefour, leur route est croisée par le véhicule bleu des gendarmes. Aussitôt Wolfgang s'aplatit derrière le siège du chauffeur qui comprend, s'il en était besoin, que son client a quelque chose à se reprocher. Mais, à cet instant précis, Wolfgang, acquitté de la veille pour le non-viol de Maryvonne, n'a rien à se reprocher. Il cherche la gloire, rien de plus.

Les gendarmes, comme on s'en doute, n'ont pas remarqué Wolfgang, qu'ils ne connaissent d'ailleurs pas, et celui-ci arrive bientôt à destination. L'armurerie est ouverte et l'armurier attend les clients éventuels — l'ouverture de la chasse est pour très bientôt... Wolfgang entre et réclame, aussi normalement qu'il le peut, des « cartouches ». Il a formellement demandé au taxi de l'attendre, mais celui-ci préférerait presque perdre le prix de sa course plutôt que de la continuer avec l'amateur de fraises...

Tandis qu'il observe à travers la vitrine de l'armurerie son « client » qui discute, en gesticulant, avec l'armurier, le chauffeur de taxi décroche son téléphone et appelle lui aussi la gendarmerie pour signaler son drôle de client. Le message est transmis jusqu'au téléphone mobile de l'adjudant V., homme calme et résolu qui décide de se rendre à l'armurerie. Opération de routine. D'ailleurs, pour l'instant, pas un seul coup de feu n'a été tiré : il s'agit simplement de calmer un homme qui brandit une arme et ne menace personne, bien au contraire...

Dès qu'il pénètre, sans arme, dans l'armurerie, l'adjudant V., d'un ton posé, s'adresse au « tatoué » : d'un ton ferme, il lui intime l'ordre de lâcher son arme, un revolver qu'il identifie comme un 22 LR. Mais l'autre, qui vient de passer vingt et un mois de résidence forcée et peut-être injustifiée derrière les barreaux, s'affole un peu. A-t-il l'intention d'accéder à la « gloire » ? Le saura-t-on jamais ? Toujours est-il qu'il tire une balle dans la direction de l'adjudant.

Après cette attaque caractérisée, bien des gendarmes, à la place de celui-ci, dégaineraient sans plus d'explications et mettraient l'énergumène tatoué hors d'état de nuire. Une balle bien ajustée dans la main ou dans la jambe ferait parfaitement l'affaire. Mais, pour son malheur, l'adjudant V., père de quatre enfants, croit en son métier. « Quand j'endosse mon uniforme, confiait-il encore récemment à des proches, j'en suis fier et j'ai des ailes. » Les ailes de son ange gardien qui devrait le protéger.

Wolfgang entend l'adjudant, toujours sans arme, lui demander de « ne pas faire le con » et de lui rendre son arme. Wolfgang réalise qu'en tirant sur un membre des forces de l'ordre, il est bon pour un nouveau séjour au cabanon. Il veut la « gloire », il ne sait plus bien où il en est, il tire, une fois, deux fois. Un des gendarmes qui suit l'adjudant dégaine, lui aussi, et blesse Wolfgang d'une balle dans le ventre. Blessure superficielle puisque notre énergumène tente de s'enfuir par la porte arrière de l'armurerie. Le second gendarme, non sans mal, le maîtrise et le désarme.

Des trois balles tirées par Wolfgang, une s'est logée dans la tête de l'adjudant V. Pour celui-ci, ce ne sera qu'un triste jour de gloire « posthume ». Wolfgang, déjà transféré à la prison, risque d'être à jamais enfoui dans l'oubli et l'anonymat de la perpétuité qui lui pend au nez.

Maman ira au paradis...

Joseph a des problèmes. Joseph est mal dans sa peau. Joseph va faire une bêtise, une de plus en ce beau jour d'avril 1993, dans le doux pays de Vendée, paisible entre tous. Pourtant Joseph est, en ce moment même, assis dans une cellule de l'abbaye de M., abbaye cistercienne où, depuis neuf cents ans, des hommes cherchent à rapprocher l'humanité souffrante de Dieu, par leurs prières, par leurs humbles travaux, par leur silence, par leur dénuement... Joseph, cependant, n'est pas bénédictin. C'est un ouvrier, un menuisier de profession. Célibataire, âgé de trente-neuf ans, Joseph souffre depuis plusieurs années, depuis son enfance, d'un état dépressif. Il en souffre très exactement depuis l'âge de onze ans, quand son père meurt brutalement. Cette mort qui le touche de si près l'abat à un tel point que l'idée même de mort devient obsédante chez ce gamin jusque-là pourtant si gai et plaisant.

Après avoir terminé ses études primaires, Joseph entre en apprentissage chez son oncle Fernand. Après le décès du père, Louise, la mère, continue à s'occuper de ses enfants avec tendresse. Tendresse qu'ils lui rendent bien. D'autres membres de la famille, d'ailleurs, demeurent tout près, la tante Berthe, sœur de Jeanne. Le groupe familial reste solidement soudé. Joseph pourrait vivre heureux : il n'est pas vilain garçon, sérieux, gentil, calme. Mais une mauvaise étoile le rend victime de cette obsession : la mort, le grand saut dans le vide auquel nous sommes tous condamnés. Après ? Quoi ? Où ? Questions métaphysiques sans doute trop élevées pour les capacités intellectuelles de Joseph.

Quand vient le moment d'entrer dans la vie professionnelle, Joseph, menuisier compétent, choisit d'aller, en octobre 1989, se présenter à l'abbaye cistercienne de M. Les moines l'accueillent à bras ouverts, d'autant plus que, au fur et à mesure que les jours passent, Joseph se révèle tout à fait en accord avec la vie de la communauté. Comme les moines il se lève tôt, comme eux il obéit aux directives du père supérieur.

Il n'envisage pas d'entrer dans les ordres, il se contente de participer aux travaux agricoles de l'abbaye, d'exécuter les travaux nécessaires, de mettre ses capacités de bricoleur au service des autres. Les moines, enchantés de Joseph, envisageraient volontiers qu'il devienne l'un des leurs à temps complet. Mais il n'en est pas question. Joseph, pour l'instant, est logé dans une vieille caravane qui, posée sur des cales, est là, le long des murs de la communauté.

Toute la semaine il vaque aux occupations qu'on lui confie. Il s'est fait un ami, un autre ouvrier travaillant lui aussi pour l'abbaye. Mais ce collègue, Rémy X., ne peut guère aider Joseph à s'épanouir. Traumatisé par la guerre de 39-45, il est muré dans le silence. Silencieux, replié lui aussi sur lui-même. Les frères remarquent, à divers petits incidents, qu'il souffre d'une certaine fragilité nerveuse, qu'il n'est pas bien dans sa peau. Ils essaient de l'aider à se trouver, à retrouver sa joie de vivre. En vain, semble-t-il.

Chaque fin de semaine Joseph, quittant la communauté, se rend chez sa mère, à vingt-cinq kilomètres de là, au volant de sa petite Renault. Dès qu'il arrive, après avoir donné à sa mère un baiser affectueux mais rapide, Joseph va s'enfermer dans sa chambre avec son cocker, le fidèle Ernest, qui, lui aussi, partage toute la semaine la vie des moines. Là, couché sur son lit, silencieux, Joseph regarde les programmes de la télé. Au bout d'un moment il se lève, saisit une carabine 22 long rifle qu'il conserve précieusement en souvenir de son père, et sort de la maison en déclarant : « Je vais faire un carton. » Effectivement, un peu plus loin on peut le voir en train de tirer sur d'innocentes bouteilles vides, qui éclatent sous les impacts des balles.

Mais qui est, en réalité, l'ennemi invisible que Joseph cherche à pulvériser ainsi ? La mort sans doute. Après le décès brutal de son père, Joseph a dû affronter aussi la mort accidentelle de Jean-Charles, son frère chéri... Cela fait peu de temps que Joseph s'est installé à l'abbaye. Le voisinage de Dieu ne parvient donc pas à chasser la mort de sa vie ? Joseph sent comme une rage monter en lui. D'autant plus que, un triste jour, Louise, sa mère chérie, lui annonce qu'on doit l'opérer. Opération sérieuse. On parle de cancer. Joseph sent que la mort marque des points, que la personne qui compte le plus à ses yeux va lui être arrachée, elle aussi. Il rentre à l'abbaye et, d'un seul coup, avale tous les cachets qui lui tombent sous la main. On le sauve de justesse. Tout le monde se pose des questions sur sa santé psychique, de toute évidence terriblement précaire.

Sous l'emprise de la colère, Joseph, perdant tout son sang-froid, entre un jour comme un fou furieux dans la cellule du frère Henri, alors que celui-ci est penché sur la comptabilité du monastère. « Vous êtes le diable ! » lui hurle Joseph en brisant une chaise sur le mur de la cellule. Puis, de ses mains puissantes d'ouvrier, il saisit le frère Henri au cou et commence à l'étrangler.

Heureusement, d'autres frères, surpris par ces cris qui troublent le silence habituel du cloître, se sont précipités, ont maîtrisé le forcené. Le médecin appelé d'urgence préconise un placement immédiat dans un établissement hospitalier. Au bout de quelques semaines Joseph peut rejoindre le domicile de sa mère pour se détendre. Hélas, une nouvelle terrible pour lui le rejette soudain en pleine obsession de la mort. Rémy, le copain silencieux du monastère, est mort d'un infarctus. Joseph est persuadé que la « camarde », la mort, vient encore de marquer un point en lui arrachant un de ses proches... Il disjoncte.

Après son séjour en établissement psychiatrique, les moines se manifestent pour récupérer Joseph, pour l'aider à retrouver son équilibre. Au lieu de la caravane installée à l'extérieur de la communauté, ils lui offrent d'occuper une des chambres réservées aux hôtes de passage. Elle dispose même d'un réfrigérateur et de la télévision. C'est le nouveau domicile que, chaque soir de la semaine, Joseph rejoint après ses huit heures de labeur. Pour y remâcher ses craintes et ses colères...

Louise, la mère, après son opération, rejoint elle aussi la maison basse et blanche, à la mode du pays, de son village... Joseph lui trouve les traits tirés, elle marche plus difficilement. Il voit dans chacun de ces symptômes les indices évidents d'une mort inéluctable... Cela ne cessera-t-il donc jamais ? Soudain il entrevoit une solution... et passe à l'exécution.

Pour l'instant Joseph, assis dans sa cellule, se remémore le parcours sans joie qui est le sien depuis la mort de son père. Il vient d'installer une toute nouvelle carabine, récemment achetée au chef-lieu de canton. Coincée par une chaise, elle est reliée par des ficelles à la poignée de la porte. La première personne qui va ouvrir cette porte va avoir la surprise de sa vie... surprise de sa mort, vaudrait-il mieux dire.

Le frère Philippe J., soixante-trois ans, inquiet de l'absence de Joseph à la table du repas de midi, prend l'initiative de venir aux nouvelles. Il frappe à la porte de la cellule. N'obtenant aucune réponse, il ouvre la porte et... reçoit en plein poumon une balle. Mais sa nature robuste lui laisse assez de force et de réflexe pour se précipiter en avant malgré la douleur. Le frère saisit l'arme et la jette par la fenêtre, dans le jardin. Puis il se met à lutter avec Joseph, car celui-ci semble à nouveau pris de démence.

Le coup de feu, le bruit de la lutte, les appels au secours du bénédictin font, une fois encore, accourir les autres moines. Cette fois, la chose est grave. Les gendarmes, appelés par téléphone, se présentent. Ils ne sont pas au bout de leur surprise. Joseph, à présent accablé, leur dit, sans émotion apparente : « J'ai fait une autre bêtise. » Sur ses indications, les gendarmes se rendent au domicile de Louise, la maman tant aimée, et découvrent celle-ci, couverte de sang, écroulée dans le fauteuil où elle aimait à se reposer. Joseph, de son propre aveu, lui a tiré huit balles d'affilée, dont six lui ont fait exploser la tête et deux l'ont atteinte en plein cœur. Dans la chambre de Joseph, on retrouve aussi le cadavre, tué d'une balle en pleine tête, d'Ernest, le fidèle cocker...

Il semble que ce jour-là, Joseph, après une nuit sans sommeil, ait tenté dès l'aurore de se confier à un moine. Mais celui-ci, pressant le pas vers l'office des matines, lui a, avec un sourire charmant, proposé de le voir après la prière de la communauté. Joseph, contrarié, a sauté dans sa voiture. Quelques minutes plus tard il tuait sa mère et son chien, les deux êtres qui lui étaient le plus chers... pour leur épargner, sans doute, les souffrances de notre monde sordide. « Pour qu'ils aillent au paradis », expliquera-t-il au premier substitut du procureur...

Contrat

Michel P. en a assez. A quarante-trois ans la vie lui semble « croche et filandrine », comme dirait Bécaud. A quoi bon vivre ? Vivre de quoi ? Vivre pour quoi ? Autant de questions qu'il n'est pas près de résoudre. Surtout depuis sa dépression nerveuse. Aujourd'hui il est chômeur, il habite un petit studio de location. Mais ce moustachu au visage avenant est bien vu du voisinage. Correct. Rien à dire, poli, souriant. Il ne fait rien, à part fréquenter les bistrots du coin. Il en est le client assidu, bien vu là aussi de tout le monde, car il est jovial, rieur, généreux. Il est un des rares à offrir des tournées générales.

Pourquoi a-t-il envie de mourir ? Pourquoi chaque matin se réveille-t-il en souhaitant ne plus avoir à affronter une nouvelle journée ? Qui pourrait le dire ? Même pas sa famille qui vit loin du Jura, dans la région parisienne, même pas son frère qui demeure dans la région du Mans. Personne pour déchiffrer la mélancolie de cet homme normal.

Dans ces bistrots que fréquente Michel le moustachu, une autre victime de la vie vient aussi se désaltérer et oublier les vicissitudes du quotidien. Félicien D., vingt-neuf ans, a lui aussi du mal à vivre. Mais en ce qui le concerne, on comprend mieux les raisons de son spleen. A vingt ans tout juste, un grave accident de voiture le laisse dans le coma et il demeure sans réaction aucune pendant deux mois. Quand il reprend conscience, son entourage, et lui aussi peut-être, se rend compte de l'étendue des dégâts. Félicien, qui n'était peut-être pas un génie avant l'accident, est devenu un peu plus lent dans ses réactions et dans ses démarches « intellectuelles ». Il est aussi devenu plus lent dans ses mouvements physiques et, désormais, une boiterie assez forte donnera une allure saccadée à ce grand garçon qui ressemble comme deux gouttes d'eau à un jeune Jacques Brel.

Félicien, suite à cet accident, perçoit une pension d'invalidité et c'est là son seul revenu. Son épouse Julie, mère d'une petite fille, n'a pas les épaules assez larges pour envisager de vivre toute sa vie durant avec ce grand boiteux qui n'est plus que l'ombre de celui qu'elle a épousé. Elle demande et obtient le divorce, entame une autre vie, sans aigreur, sans haine, pour simplement essayer de préserver l'avenir de sa fille, la petite Patricia. De temps en temps Félicien jouit de son droit de visite et essaie de donner à la gamine le peu qu'il possède, en argent, en amour... Si peu, il le sait et cela le désole. Mais... c'est la vie.

Heureusement qu'il y a la chaude ambiance du bistrot. Des copains, comme Michel, par exemple, le moustachu sympa et généreux.

Justement, ce soir, devant une bière, Michel aborde Félicien et lui glisse presque confidentiellement dans l'oreille : « Il faut que je te parle, si tu es libre, ça serait bien qu'on aille tous les deux au restaurant demain à midi. Je t'invite à l'auberge Marguerite. » Félicien, incrédule, contemple Michel et hésite à comprendre : l'auberge Marguerite ? Mais c'est l'endroit le plus élégant de la ville et le plus cher aussi. Avec des menus à « y a pas de prix ». Il a sans doute mal compris. « A l'auberge Marguerite ? » Michel confirme : « Mais oui, t'en fais pas, c'est pour célébrer quelque chose et pour te faire une proposition qui te rapportera pas mal d'argent. Je pense que tu ne vas pas cracher sur le pognon ? »

Ce soir-là Félicien a du mal à s'endormir. Mais le

lendemain matin, conformément aux recommandations de Michel, il revêt ses plus beaux vêtements et, après un petit parcours au volant de sa R 18, il rejoint Michel qui vient tout juste d'arriver devant l'auberge avec sa Ford Fiesta. Félicien est presque étonné de voir l'autre à l'heure pour le rendez-vous. Michel a, lui aussi, revêtu son plus beau costume, orné de quelques faux plis. Les deux copains pénètrent dans la salle à manger cossue. Le feu dans la cheminée réchauffe l'atmosphère et invite à déguster les plats les plus fins.

Michel, d'un air décidé, demande une table pour deux à Sophie, la serveuse. Celle-ci, d'un œil professionnel, jauge machinalement ces nouveaux arrivants. Sont-ils du genre à laisser un pourboire généreux sur la soucoupe, au moment de l'addition ? L'un d'eux a les ongles en deuil et des traces de cambouis sur les mains, l'autre semble avoir oublié de repasser son pantalon. Qui sait ?... Ce sont peut-être des camionneurs qui viennent de gagner au Loto ? En tout cas ils se tiennent correctement et s'installent sans complexe à la meilleure table.

Bientôt le plus âgé passe commande de deux menus à quatre cent soixante francs. Le grand jeu : foie gras, poêlée de Saint-Jacques au jus de truffes, homard rôti, poulet de Bresse aux morilles, fromage, pâtisseries. Ils ont bon appétit et arrosent ce festin du meilleur beaujolais. Entre eux la conversation va bon train. A vrai dire c'est surtout le plus âgé, le moustachu, qui parle et l'autre, les sourcils froncés, écoute, et opine du chef pratiquement sans répondre aux propos de son interlocuteur, propos qui échappent à la serveuse.

Ce que Sophie, la serveuse, n'entend pas la ferait certainement sursauter si elle en saisissait la teneur. Michel, souriant, détendu, le verre de beaujolais à la main, explique à Félicien qu'il en a assez de l'existence, qu'il voudrait quitter ce bas monde. Pourquoi ? Une maladie incurable, précise-t-il, sans d'ailleurs donner plus de détails, ni sur les symptômes, ni sur un éventuel traitement, ni sur l'identité des médecins qui auraient déclaré son état sans espoir.

Félicien, de l'autre côté de la table, écoute, approuve, sans trop comprendre. Il a déjà entendu, au bistrot, Michel se plaindre de l'amertume de l'existence. Lui aussi, souvent, se demande si la vie vaut la peine d'être vécue. S'il n'avait pas les visites à sa petite Patricia... Mais voilà que Michel, après avoir commandé une nouvelle bouteille, dévoile son plan : il veut mourir mais il ne sait pas trop comment s'y prendre... Il n'a pas non plus tellement de courage pour s'envoyer seul une décharge de chevrotines dans la bouche ou dans le crâne. Et s'il se ratait ? Et s'il se retrouvait handicapé à vie ?

Aussi Michel demande-t-il à Félicien, tout de go, de bien vouloir lui rendre le service d'appuyer sur la détente de la carabine. Michel a tout prévu, tout calculé : l'endroit, tout près de la station de pompage désaffectée, l'arme : une carabine qu'il possède. Il a prévu aussi les réticences de Félicien et les conséquences prévisibles. Il explique qu'il ne s'agit en fait que d'un acte d'euthanasie. D'ailleurs Michel a déjà écrit une lettre de « décharge » qu'il montre à son copain. Il reconnaît qu'il désire mourir et que Félicien lui rend simplement le service de l'aider. Et, comme toute peine mérite salaire, Michel offre à Félicien, pour mieux jouir de l'existence, pour gâter un peu plus la petite Patricia, un chèque de cinquante mille francs.

Félicien hésite. Michel, versant le beaujolais à pleines rasades, fait sauter tous les arguments que son copain pourrait objecter. Félicien accepte enfin de rendre ce service. Michel, élevant le ton, réclame l'addition. Sophie l'apporte, discrètement pliée en deux dans un petit panier : pas loin de mille francs.

Michel rédige son chèque, y joint un généreux pourboire et, dans la foulée, sous les yeux de la serveuse, rédige un nouveau chèque : celui de cinquante mille francs qu'il remet immédiatement à son invité. La serveuse, malgré tout, regarde la scène avec des yeux étonnés. Et Michel, grand seigneur, explique : « C'est pour son anniversaire. » La serveuse songe que son propre anniversaire tombe quelques jours plus tard. Dommage pour elle de ne pas avoir d'ami aussi généreux. Les deux convives sortent du restaurant, salués par les plus aimables sourires de la patronne et de Sophie.

Le lendemain, dans la lumière brumeuse de ce mois de mars, deux promeneurs choisissent de porter leurs pas vers la station de pompage désaffectée. Un corps gît dans l'herbe. Michel, dans son beau costume, est face contre terre, la nuque déchirée. Les gendarmes, aussitôt appelés, constatent qu'il ne s'agit sans doute pas d'un suicide : difficile de se tirer une balle dans la nuque, l'absence de l'arme confirme d'ailleurs leur hypothèse. Pourtant les poches du mort renferment encore un peu d'argent. Le vol ne semble pas le mobile du crime. Avec l'argent voici son carnet de chèques : l'avant-dernier de presque mille francs : c'est l'addition de l'auberge Marguerite. Le dernier de cinquante mille francs est plus étonnant. Mais le nom du destinataire est noté sur le talon : Félicien R... Intéressant ! D'autant plus que, sur la page de garde du carnet, Michel, de son écriture d'ouvrier aux mains calleuses, a noté : « Je veux quitter la vie mais il ne faut pas m'en vouloir. J'ai demandé à R. de m'aider. »

Toute l'histoire est écrite là. L'enquête s'achève avant même d'être commencée. Les gendarmes ont tôt fait de retrouver Félicien. Celui-ci dort lorsqu'on vient sonner à sa porte. Il était en train de rêver, se voyait en train d'offrir à Patricia la plus belle poupée qu'on puisse trouver dans la ville. C'est sans émotion qu'il avoue aux gendarmes le meurtre qu'on lui reproche. Il exhibe même la lettre de « décharge » de la victime. Pour lui tout est en ordre. Félicien, surpris et indigné, est chargé dans un fourgon cellulaire. On pourrait le traiter avec un peu plus de ménagement quand même... On ne peut plus rendre un service à un copain maintenant ?...

Dans sa cellule Félicien a du mal à comprendre qu'il vit dans un monde absurde où, à vingt ans, on peut se retrouver handicapé à vie, divorcé. Un monde où même un bon copain comme Michel peut vous rouler... Car le chèque de cinquante mille francs (comme celui de mille francs d'ailleurs) s'est révélé... sans provision.

Petit boulot au noir

Il vaut mieux être riche et en bonne santé que pauvre et malade, dit ironiquement la sagesse populaire. Birgit von R., blonde baronne allemande aux yeux bleus de porcelaine, est riche, seule et, somme toute, bien qu'elle ne soit plus de toute première jeunesse, en assez bonne forme physique. Elle est pourtant bien malheureuse car la solitude lui pèse depuis qu'elle a perdu le baron.

Elle ressent le besoin de refaire sa vie et, comme elle en a les moyens, elle s'adresse à une agence matrimoniale qui lui garantit que, malgré son âge, elle va sûrement retrouver un compagnon digne d'elle. Quand on sait que, sur le « marché du mariage » on rencontre dans les fichiers des agences un grand nombre de messieurs de moins de quarante ans et de revenus parfois modestes, il est évident qu'il peut être difficile de les assortir avec des dames qui sont, elles, souvent pourvues de moyens financiers intéressants mais qui ont souvent aussi, hélas, largement dépassé la quarantaine. Si l'on reste conscient du fait qu'une riche dame de quarante-cinq ans n'acceptera que très, très rarement de refaire sa vie avec un ouvrier désargenté, même musclé et honnête, de dix ans plus jeune qu'elle... on comprend mieux les problèmes du « marché de la solitude ».

Mais Birgit croit qu'elle peut, grâce à l'agence, dénicher l'oiseau rare : beau physique, niveau intellectuel supérieur, libre de tous liens et prêt à se laisser mettre la corde au cou par une dame « dans sa tranche d'âge ».

Tout d'abord les événements donnent raison à l'optimisme de Birgit. L'agence lui présente très rapidement l'homme idéal. Un professeur d'université, très connu dans une petite ville d'Allemagne de l'Ouest : il est beau, distingué, élégant. C'est pratiquement le coup de foudre. Pour la baronne Birgit, en tout cas... Comme elle n'a pas de temps à perdre, et lui non plus semble-t-il, les choses vont rondement. Petits dîners, promenades, week-ends en amoureux, longues nuits d'amour, petits déjeuners campagnards, longues promenades en barque. Birgit vit un rêve. Elle est persuadée que les mauvaises années sont loin derrière elle.

Pourtant son bel amant n'est pas né de la dernière pluie. Birgit, avant de construire leur avenir, s'inquiète un peu de son passé au moins sur le plan sentimental. Il faut toujours se méfier d'un homme proche de la cinquantaine qui n'aurait jamais eu aucune liaison, aucune vie affective, à plus forte raison s'il vit encore avec sa maman. Mais ce n'est pas le cas de Rolf. Il a été marié... Il l'est encore à dire vrai, mais, ajoute-t-il avec un joli regard d'enfant pris en train de dérober des confitures, « nos relations ne sont plus que des relations d'intérêt financier, le divorce est en cours ». Birgit soupire. Autant ferrer le poisson avant qu'une autre ne se mette en travers. L'homme « en instance de divorce » est souvent à nouveau « en main » quand le jugement est rendu.

Hélas, un triste soir, tous les rêves de Birgit s'écroulent. Rolf, au bout du fil, lui annonce, sans grand ménagement, qu'après tous les bons moments, toutes les jolies soirées et toutes les nuits exaltantes qu'ils viennent de passer ensemble durant ces quelques semaines de bonheur, il est « contraint » de prendre une décision « qui fait mal » mais qui, pourtant, « tout bien considéré », est la seule vraiment raison-

nable « pour le bien de tout le monde ». Il « repart pour reprendre la vie commune avec son épouse »...
Clic !

Le bruit du téléphone raccroché et le signal sur la ligne explosent littéralement dans la tête de Birgit. Comme dans les films d'amour, elle s'écroule lamentablement sur son lit, la tête enfouie dans les oreillers et, pendant de longues minutes, des heures peut-être, secouée de sanglots elle revit les moments magiques de son amour qui est bien mort.

Mais Birgit n'est pas femme à sombrer dans le désespoir sans lutter. Froidement, elle considère la situation. Bon, Rolf vient de lui faire savoir qu'il repartait pour reprendre la vie commune avec son épouse. Tout cela est bien joli, mais, si l'épouse venait à disparaître, Rolf se retrouverait à nouveau libre et, après les moments qu'ils ont connus, l'entente sexuelle qui a été la leur, nul doute qu'il reviendrait vers elle.

En attendant, pour y voir un peu plus clair, Birgit se décide à aller consulter une voyante dont une amie lui a dit le plus grand bien. La pythonisse, vêtue d'oripeaux colorés, se donne le genre « gitane » dans son appartement décoré de tous les symboles ésotériques les plus classiques. Elle tire le grand jeu et annonce à Birgit, un peu étonnée, qu'il y a un homme dans sa vie, un homme qui l'aime passionnément. Birgit approuve avec un soupir. Cependant cet amour est contrarié car « une autre femme s'oppose au bonheur de Birgit ». Elle s'oppose même, précise la voyante, « par la sorcellerie » et jette des sorts à tour de bras. La baronne Birgit, selon les dires de la voyante, est en danger de mort. Qu'elle se méfie de tous les déplacements, des voyages en avion, des promenades en voiture.

Birgit rentre chez elle plus contrariée qu'elle n'en est sortie. Ainsi la femme de Rolf, qu'elle a toujours considérée comme une créature faible et négligeable, serait une redoutable adversaire, prête à tout. Birgit a l'habitude de se battre. Elle décide de le faire. A magie, magie et demie.

Une relation lui indique l'adresse d'un mage arabe particulièrement efficace dans les « retours d'affection » et le désenvoûtement. Birgit se rend chez le mage qui considère son problème comme assez banal. Il détient d'ailleurs la solution à portée de la main. Tandis que Birgit lui rédige un chèque confortable, le mage d'au-delà des mers lui confie une poignée des feuilles d'un arbre inconnu d'elle. Il préconise de réciter des formules adéquates inscrites sur un papier et de faire brûler ces feuilles, puis d'aller, aussi discrètement que possible, les répandre sur le seuil de la maison de son ennemie.

Birgit s'exécute et, pendant les jours qui suivent, elle attend en surveillant les journaux. Mais aucun d'entre eux n'annonce le moindre accident concernant l'épouse de Rolf. Pas le moindre appel de celui-ci pour lui apprendre que sa femme est brusquement atteinte d'un cancer généralisé. Le temps passe.

Birgit, qui voit les jours, les semaines défiler, se dit que les années, elles aussi, s'avancent inexorablement. A son âge on n'a plus le temps d'attendre. Elle décide de passer à l'action. Il faut que l'épouse de Rolf meure. Mais bien sûr, étant la première bénéficiaire de ce décès, la baronne ne peut se permettre d'exécuter elle-même son projet. Il lui faut trouver un « tueur à gages ». Justement la radio annonce que la criminalité est en pleine recrudescence en Allemagne de l'Est. Le mur de Berlin n'est pas encore démoli.

Birgit passe alors une petite annonce dans un journal de RDA : « Recherche homme entre 20 et 30 ans, possédant casier judiciaire, désireux de refaire sa vie en Allemagne de l'Ouest avec un nouvel emploi. » Des dizaines de réponses parviennent au journal. Birgit les examine longuement le soir chez elle...

Elle finit par fixer son choix sur un homme de trente-cinq ans, ancien garçon boulanger, déjà titulaire de quelques condamnations. Elle lui écrit et lui explique qu'il s'agit tout simplement de liquider une « mauvaise femme ». Cette femme, selon la lettre de Birgit, est séropositive et, le sachant, a contaminé « volontairement » un jeune homme qui vient de mourir du sida. Birgit, sous le nom de « Gerardt P. », prétend être le « père » du jeune homme en question. L'élimination de la femme de Rolf, la « mauvaise femme », sera payée au prix de quatre mille cinq cents deutsche Mark, soit environ quinze mille francs. En plus, bien sûr, il s'agit d'une œuvre de justice...

L'ancien boulanger répond, en poste restante, et reçoit un premier acompte de cinq cents marks accompagnés de conseils techniques : il doit se présenter au domicile de la victime en se faisant passer pour le facteur, la neutraliser avec une bombe lacrymogène puis la traîner jusqu'à sa baignoire et, une fois la mauvaise femme dans l'eau, l'électrocuter au moyen d'un quelconque appareil électrique plongé tout allumé dans le bain.

Au cas où ce procédé, somme toute discret, se révélerait impraticable, l'exécuteur peut, si le cœur lui en dit, « couvrir le visage de la victime d'un oreiller et lui tirer une balle dans la tête... ». Il est d'autre part prié de bien vouloir effectuer son petit boulot au noir pour la date du 15 mars 1991. Birgit ne s'embarrasse pas de prévoir ce qu'elle pourrait avoir à répondre aux policiers... Elle vit dans un rêve.

Manque de chance pour elle, l'ex-boulanger, en attendant de procéder à son « petit boulot », se livre à d'autres « petits boulots » dans le genre cambriole. Et c'est parce qu'un contrôle de police fortuit sur une autoroute révèle qu'il transporte dans sa voiture des objets récemment dérobés, qu'on l'arrête, le 14 mars 1991, veille du jour où il devait exécuter sa « commande ».

Les policiers allemands, grâce à la douceur de leur interrogatoire, finissent même par lui faire avouer... le projet commandé par ce mystérieux « Gerardt P. », père inconsolable et indigné. On trouve les lettres, on remonte sans difficulté jusqu'à la baronne Birgit, baronne désespérée, prête à tout pour retrouver l'amour de son beau professeur d'université.

Aujourd'hui, devant le juge, elle retombe lourdement sur terre et se dit qu'au lieu de se lancer dans cette entreprise criminelle, elle aurait mieux fait, il y a quelques mois, de consulter un psychiatre plutôt qu'une voyante.

Bienfait-méfait

Tout le quartier est en émoi : pensez donc, ce matin Mme B., la femme de ménage qui vient régulièrement pour travailler chez Mme P., a trouvé sa patronne raide morte au milieu de l'appartement. La porte était ouverte et le téléphone décroché. De toute évidence Mme Henriette P. a été assassinée, au moins depuis deux jours... Qui pouvait lui en vouloir ? C'est la question que se pose tout le voisinage dans cette petite ville des Pyrénées. Une si bonne personne, si aimable, si prompte à rendre service...

Mme Henriette P., trois jours plus tôt, est une retraitée de soixante-quinze ans, ancienne secrétaire, et elle fait l'unanimité de ses voisins. Elle vit dans le même appartement depuis vingt-cinq ans. Elle n'est pas riche mais jouit d'une bonne retraite de neuf mille francs par mois. Elle n'a pas d'héritiers, à part un frère artiste peintre qui, étant donné son âge, vit de son côté dans une maison de retraite. Son défunt mari, qui a mis fin à ses jours dans leur appartement quinze ans auparavant, n'a pas laissé, lui non plus, de famille. Aussi, Mme Henriette P., assurée de ses rentrées financières chaque mois, peut planifier son budget et son existence au mieux de son bon cœur.

Elle apprend ainsi qu'un peintre en bâtiment qui ravale l'immeuble n'est pas des plus riches, elle le fait parler et lorsqu'il lui révèle, avec réticence, que ses deux enfants, faute de lits, dorment sur deux matelas à même le sol, Henriette lui fait immédiatement un chèque pour lui permettre d'améliorer le confort des deux petits... Mieux encore, quand, quelque temps plus tard, elle apprend que la belle-mère dudit peintre est morte, elle fait aussi un chèque pour régler les frais d'obsèques... Et ce n'est pas tout : le peintre, un homme bien charmant, bénéficie une fois encore des bienfaits de Mme Henriette : elle lui donne une jolie somme (quinze mille francs) pour l'aider à construire sa maison dans un village tout proche... Brave Mme Henriette.

D'autres personnes se félicitent aussi de ses largesses. Mais Mme Henriette n'a pas la générosité discrète : elle fait volontiers état des dons et des prêts qu'elle accorde à ceux qui lui sont sympathiques. A la limite, elle espère qu'ils sauront lui démontrer leur reconnaissance en lui rendant de petits services. Donnant, donnant, comme on dit. Ainsi fait-elle comprendre au peintre qu'elle aimerait volontiers faire quelques promenades en voiture, durant les week-ends, à l'occasion. Une manière de la remercier de ses bienfaits.

Tous les jours, presque à treize heures, Mme Henriette se rend, juste avant la fermeture, chez Michel R., le charcutier qui tient boutique tout à côté de chez elle. Elle passe sa commande et Michel la taquine un peu, sur son choix, sur sa tenue, aimables propos d'un commerçant de bonne humeur et d'une vieille dame qui n'a pas non plus sa langue dans sa poche. Parfois Michel fait la livraison à domicile de ce que la vieille dame lui commande. Il en profite pour lui monter, du même coup, jusqu'au second étage, le vin et l'eau minérale qu'elle attend. C'est l'occasion de prendre un café ou un petit apéritif... Relations de bon voisinage comme on en trouve en province... De l'avis de tous, Henriette le traite comme s'il était son fils ; en échange il la réjouit de sa bonne humeur perpétuelle.

Pourtant, pour Michel, la vie n'est pas si rose : sa

charcuterie ne lui rapporte pas autant qu'il l'avait espéré. Bien qu'il soit lui-même fils de charcutier, l'affaire périclite. A-t-il mal choisi l'emplacement, a-t-il trop investi, est-il victime de la concurrence des grandes surfaces ? Michel sent que son affaire coule doucement vers le dépôt de bilan. Bien qu'il ne soit pas marié, Michel a des responsabilités familiales, sa concubine lui a donné une petite fille de dix mois... Il s'angoisse. Les conversations affectueuses avec la vieille dame lui remontent le moral.

Ce qui lui remonte le moral, c'est aussi, hélas, quand les clients se font attendre, de traverser la rue pour aller boire un petit coup au café d'en face... La boutique du charcutier est de plus en plus abandonnée. Et l'humeur du charcutier, de plus en plus alcoolisé, est de plus en plus instable.

Un beau jour Mme Henriette, comme tout le reste du quartier, se heurte à une porte close au moment où elle s'apprête à acheter sa tranche de jambon et la cervelle de veau qu'elle envisage de cuisiner pour son déjeuner du dimanche. Un petit papier laborieusement calligraphié mentionne : « Fermé pour cause de congé du 1er au 15. » Comme on n'est encore que le 1er décembre la date semble curieuse pour des vacances... Mme Henriette, déçue, poursuit ses courses dans le quartier. Mais elle ne peut s'empêcher de faire part de son opinion sur Michel, le charcutier défaillant. Elle n'oublie pas de mentionner qu'elle est déçue à titre de cliente, mais aussi, bien plus encore, à titre de bailleuse de fonds. Tout le quartier apprend donc qu'elle a avancé entre quarante mille et cinquante mille francs à Michel, le gentil charcutier.

Après mûre réflexion, Mme Henriette se demande si elle n'a pas avancé cette somme à fonds perdus ? Quand il apprend les bavardages de sa vieille cliente, Michel est plus que contrarié. Il se rend chez elle. Deux jours plus tard, on découvre le corps de la bienfaitrice étendu raide près de la salle de bains.

L'autopsie révèle que la pauvre Henriette a été

étranglée. Des traces suspectes sur son visage poussent à un examen approfondi du cadavre qui indique un écrasement des vertèbres cervicales. Les policiers, après une brève enquête, s'intéressent à tous ceux qui ont bénéficié des générosités de la vieille dame : certains sont retenus, gardés à vue pour des interrogatoires musclés. Personne n'avoue.

Mais, finalement, un faisceau de présomptions, la présence de ses empreintes digitales en des endroits incongrus poussent à accuser formellement Michel, le charcutier serviable. Depuis la mort d'Henriette, dégoûté de la charcuterie, il est en train de suivre un stage de gestion hôtelière. Pressé de questions par les gens de la police, il craque et passe aux aveux : oui, c'est vrai, furieux d'apprendre qu'Henriette s'était vantée dans tout le voisinage de ses bienfaits, ce qui ruinait en quelque sorte son crédit, Michel a rendu visite à sa bienfaitrice. Au bout de quelques phrases peu aimables, la discussion s'envenime. Puis il l'assomme soudain, d'un coup de poing sur la tête. Pourquoi, il n'en sait rien. Il achève son œuvre en l'étranglant et rentre chez lui... « Je ne sais pas ce qui m'a pris », dit-il simplement aujourd'hui.

Pleine lune

John, un joli blondinet qui va sur ses douze ans, est ravi. Ce soir, il va faire un grand tour de bicyclette. Mais, bien sûr, il ne va pas faire cette promenade tout seul. Christopher, son copain hispano-américain, dix ans, va l'accompagner. Et un troisième petit larron, gentil bonhomme de huit ans, Steve, sera aussi de la fête. Les parents n'ont pas donné leur autorisation pour cette promenade exceptionnelle et un peu tardive. Les trois gamins font l'école buissonnière. Autour du pâté de maisons entourées de jardins de leur quartier bourgeois. Mais, parfois, dans les buissons, de grands méchants loups guettent...

Les trois gamins, par cette nuit tellement belle, tellement chaude, ont décidé de s'éloigner un peu du périmètre rassurant de la zone pavillonnaire. Ce soir, ils vont pousser jusqu'au parc de Robin des Bois, cette forêt aménagée pour les pique-niques, ce lieu délicieux et embaumé, orgueil de W., petite ville universitaire de l'Arkansas. Un grand tour dans les bois, autrefois fréquentés par les ours et les loups, aujourd'hui, parfaitement balisés et policés. On ne risque de rencontrer que des amoureux en train de flirter à l'intérieur de voitures discrètement garées dans des allées un peu sombres.

Pour les trois garçonnets c'est une petite aventure à l'insu des parents. Qui sait, se disent-ils, s'ils n'auront pas la chance de rencontrer E.T. ou quelque autre

gentil Martien débarqué d'une planète amicale ?...
Hélas pour eux, notre planète contient assez d'esprits
maléfiques pour nourrir la rubrique des horreurs des
quotidiens locaux...

John, Christopher et Steve, dans leurs jolis vêtements bien propres, sur leurs beaux vélos flambant neufs et bien astiqués pédalent déjà vers leur destin tragique.

Bien différents de John, Christopher et Steve, sont Michael, Jesse et Charles. Plus âgés tout d'abord : tous les trois ont aux environs de dix-huit ans. Un milieu social bien différent aussi : des familles plus que modestes engluées dans les problèmes de chômage, de naissances trop fréquentes, d'alcool, de drogue aussi. Charles et Jesse vivent tous deux dans des camps de caravanes, entre les détritus et les chats errants. Michael, Jesse et Charles, pour sortir de la grisaille gluante et malodorante qui forme leur vie quotidienne, se sont forgé une personnalité qui tranche sur le conformisme bien-pensant qu'on leur propose quotidiennement. Faute de pouvoir accéder au statut doré de « jeunes cadres », les trois adolescents ont choisi, depuis quelques mois, de se forger une image de « lucifériens ».

En bons adeptes de l'Ange du Mal, ils commencent par la tenue. Noire pour Jesse, des pieds à la tête, ce qui forme, pense-t-il, un heureux contraste avec sa chevelure blonde de Nordique. Des gants de cuir noir complètent logiquement cette tenue de serviteur du mal.

Charles, quant à lui, ne possède pas les mêmes cheveux aux reflets dorés. Il décide donc de teindre les siens d'un roux flamboyant, couleur tout à fait de circonstance quand on veut évoquer les flammes rougeoyantes de l'enfer, royaume de son « maître »... Pour compléter son image personnelle il ne se sépare jamais d'un baladeur, dont les écouteurs, perpétuellement collés sur ses oreilles, lui percent les tympans de décibels véritablement infernaux, rythmes et hurlements de cuivre, de guitares dans le style « démoniaque » très à la mode...

Le troisième de ces ados marginaux, Michael, a choisi, pour se distinguer et pour mieux terroriser ses compagnons du campus, le style « tatoué-imperturbable ». Ses biceps, qui n'ont rien de particulièrement musclé, s'ornent déjà d'images noires et angoissantes. Il s'affuble du pseudonyme de Damien et se promène souvent en compagnie de sa petite amie, une blonde trop maquillée et trop enceinte pour son âge. Lui porte une chaîne dorée. Au bout de cette chaîne, un pendentif aussi macabre qu'original, le squelette d'une tête de chat, toutes dents dehors, qui se balance...

Ainsi sont les trois « lucifériens », puisque telle est leur dénomination. Agressifs envers tout le monde, ils n'ont aucun respect pour leurs camarades, pas plus que pour leur professeur. Michael, à l'occasion d'une réprimande lors d'un cours, n'hésite pas à hurler en direction de l'enseignant : « Si vous croyez que j'aurais peur de tuer un homme, vous avez tort ! » Chacun se le tient pour dit, car les trois copains ont vraiment mauvaise réputation.

Ils entretiennent cette réputation en se vantant d'organiser dans les forêts des environs des « messes noires ». Ceux qui ont eu la « chance » d'y être invités sont revenus en colportant des histoires de sacrifices d'animaux, malheureux chats ou chiens égorgés au milieu de cercles démoniaques tracés dans la poussière du sol, parmi des bougies, rouges ou noires, simulacres de messes dont les accessoires, volés dans les églises des alentours, ont été profanés et brisés : crucifix que l'on plante la tête en bas dans la boue, ciboires déformés à coups de pied, souillés de toutes les manières. Une fois les victimes sacrifiées, on doit les dépouiller, les faire cuire, en manger la patte arrière. C'est la condition *sine qua non* pour être admis au sein des orgies...

Des filles folles consentent, et Dieu sait ce qui les y

pousse, à prêter leurs corps nus pour servir de tables d'autel d'un soir. C'est sur leur ventre que le sang des animaux égorgés s'écoule. C'est dans leur intimité qu'on enfouit le pain et le vin de ces célébrations impies. Les livres qui donnent le mode d'emploi de ces horreurs ne manquent pas. N'importe qui peut les consulter, même à la bibliothèque de l'université.

Une fois la messe dite, les participants, énervés de bière et de drogue, soûlés de produits pharmaceutiques, se jettent souvent les uns sur les autres, sans distinction de sexe, pour arriver, dans le fracas du rock, à une jouissance qui se transforme souvent en abrutissement de plusieurs heures, sinon de plusieurs jours... Mais la jeunesse a le don de récupérer vite. Du moins pendant les premières étapes de cette descente vers l'enfer...

Cette nuit donc, nuit de pleine lune, Michael, Jesse et Charles décident d'une cérémonie qui doit, au moins font-ils semblant de le croire, faire descendre sur eux les vibrations de l'astre blême et indifférent. Toutes les statistiques, y compris celles de la police et des compagnies d'assurances, confirment que, ces nuits-là, les crimes sexuels, les meurtres et les accidents divers augmentent d'une manière sensible...

Nos trois énergumènes décident d'organiser, sous les futaies du parc de Robin des Bois, une messe qui fera date dans leurs annales personnelles. Mais il s'agit aussi d'éviter les rondes de police, de ne pas se faire remarquer... Transportant dans des sacs à dos les accessoires nécessaires à leur célébration, Jesse, Charles et Michael s'avancent vers le lieu précis où ils ont donné rendez-vous à leurs invités...

Mais, soudain, ils entendent derrière eux le bruit d'une conversation. D'un bond ils se dissimulent dans les buissons qui bordent le chemin. S'agit-il de promeneurs, d'amoureux, de policiers ? Rien de tout cela : ce sont simplement Christopher, Steve et John, les trois gamins si propres, sur leurs vélos nickelés. Ils pédalent à toute vitesse en s'encourageant pour ne pas être saisis par la peur dans la forêt trop noire. Mais, hélas pour eux, leurs petites bicyclettes d'enfants sont bien incapables de les emmener assez vite au loin.

Dès que les trois « lucifériens », dissimulés dans les buissons, comprennent à qui ils ont affaire, ils se rassurent. Michael, dans un réflexe, se persuade qu'en cette nuit de pleine lune, Lucifer, son maître, lui envoie des victimes exceptionnelles pour une « messe noire » hors du commun. En un éclair, les trois adolescents maléfiques bondissent sur le chemin et courent derrière les trois petits vélos. Un instant plus tard les trois gamins, qui ne comprennent rien, sont aplatis au sol. Michael crie un ordre : « Chacun le sien ! » Les deux autres n'ont aucun mal à maîtriser une proie... La lune reste indifférente.

Deux heures plus tard, Mark, le père de John, trouve que l'absence insolite de son fils dépasse les limites du normal. Il se met sur le seuil de sa villa pour ordonner au gamin, dès qu'il l'apercevra, de rentrer immédiatement. Mais personne n'apparaît. Mark se met alors en contact avec les parents de Steve. En vain. John serait-il chez eux ? L'autre famille est dans la même ignorance, dans la même inquiétude que lui. De même chez les parents de Christopher vers lesquels on se tourne. Chaque famille pense que son enfant s'attarde chez un de ses petits copains. Soudain l'angoisse saisit les trois familles.

Elles décident d'alerter la police. Celle-ci patrouille immédiatement dans tout le quartier, mais sans résultat : aucune trace des enfants, pas plus que des bicyclettes. Où donc ont-ils pu s'égarer ? La nuit devient blanche sous la lune qui luit sans rien révéler de ce qu'elle sait peut-être...

Le lendemain, dès le point du jour, les recherches reprennent, s'élargissent. Faute d'indices dans la partie urbanisée de la ville, une patrouille pousse un peu plus loin vers le parc de Robin des Bois. Un policier dont le regard fouille le paysage aperçoit soudain une tache rouge et blanche à la surface d'un des fossés qui évacuent les eaux usées. Qu'est-ce que c'est ? Une basket semblable à celles dont, selon ses parents, Christopher était chaussé hier soir... Le policier se penche à la surface de l'eau, tire sur la basket. Horrifié, il comprend que dans la chaussure, un pied d'enfant est encore enfermé : au bout du pied la jambe et le corps, le cadavre tout entier. Le père de Christopher va passer un mauvais moment dans quelques minutes...

Hélas, il n'est pas le seul : en très peu de temps, on retire des eaux les corps des deux autres enfants. Très vite, rien qu'en les regardant, on comprend qu'il ne s'agit pas d'un accident. L'horreur est telle que certains policiers sont pris de vomissements. Qui a pu ainsi torturer les trois pauvres mioches, hier encore si pleins de vie, de rires, d'espoir en l'avenir ?

L'autopsie pousse l'horreur à son comble. Non seulement les trois petits ont été tués mais, auparavant, on les a torturés, violés, assommés à coups de gourdin. L'un d'eux a même été émasculé... L'épouvante saisit la ville. Les mères, légitimement inquiètes, accompagnent les enfants jusqu'à l'école, les pères les récupèrent. Chacun regarde ses voisins d'un drôle d'air. La police examine les faits avec logique. Les psychologues analysent les blessures, les mutilations. On pense alors aux méfaits d'une secte. On s'intéresse bien vite aux « satanistes » ; l'ombre de Manson, l'assassin de Sharon Tate, immense, s'étend sur toute la région. A l'école, les sièges vides de Christopher, de John et de Steve sont couverts de bouquets et de dessins d'enfants.

Fatalement les policiers finissent par resserrer le cercle des présomptions autour des adolescents « lucifériens » du campus. Ils surveillent Michael, Jesse et Charles. Ceux-ci protestent de leur innocence, se fournissent mutuellement un alibi pour la nuit du crime... Mais Jesse, les nerfs plus fragiles, finit par craquer et il raconte, d'un seul flot, sans pouvoir s'arrêter, la nuit d'horreur. Il raconte le rapt des petits cyclistes, la cérémonie démoniaque en plein bois, loin de tout, près d'une grotte sauvage où ils ont coutume de dissimuler leurs motos. Il raconte les chants destinés à évoquer l'Ange des Ténèbres.

Il avoue la soûlerie à la bière, les danses, la manière dont ils se roulent nus dans la poussière, la frénésie sexuelle qui les saisit tous les trois. Il fait revivre, si l'on peut dire, les trois enfants, ligotés, jetés dans un coin, terrorisés, incapables de comprendre ce qui les attend, comme des agneaux destinés au sacrifice. Il avoue les tortures sadiques, le viol des trois innocents. Il décrit Michael, le visage défiguré par de grands dessins noirs en forme de larmes, transformé en grand prêtre satanique, hurlant : « Le moment est venu, Satan veut du sang ! » Jesse, aujourd'hui effondré, décrit les coups sur les crânes qui éclatent, le couteau de Michael tranchant dans le bas-ventre sanglant. Il raconte comment Michael, le lendemain, l'appelle chez ses parents pour lui demander le silence total sur la nuit démoniaque, sous peine de mort. Jesse, claquant des dents, dit qu'il ne comprend pas ce qui les a pris. Il parle d'une force inconnue qui les poussait, sans l'aide d'aucune drogue, ce soir-là, à se transformer en « bouchers de l'enfer », lui qui, l'après-midi même du crime, gardait, comme il en a l'habitude, les enfants de voisins...

Pitié pour la meurtrière

Une femme âgée, malade, presque aveugle, qu'une autre femme plus jeune aide à s'installer dans une ambulance, au coin de l'hôpital d'une petite ville de province, quelque part en France. Scène banale un jour d'été 1986.

Elles ne se connaissent pas. Thérèse approche de la soixantaine, c'est la malade. Eliane a la trentaine, c'est l'ambulancière.

Les malades ne sont pas toujours faciles, les ambulanciers le savent. Tel on est bien-portant, tel on se retrouve malade. Un mauvais caractère demeure un mauvais malade. Thérèse est ainsi. Elle râle, elle traite les gens de haut, méprise celle qui la transporte, refuse de signer les papiers de prise en charge, et Eliane la trouve immédiatement antipathique. Avec sa voix rauque, son fume-cigarette trop long et prétentieux, ses lunettes noires de vieille belle sur le retour... Mais tout de même, l'administration a ses exigences, ce papier doit être signé et, après avoir fait descendre sa malade devant chez elle, Eliane l'accompagne dans le jardin, puis sur le pas de sa porte. Mais la râleuse s'obstine. Qu'on lui fiche la paix avec ce papier idiot ! « Je vous téléphonerai ! Ne m'embêtez pas avec ça ! »

Curieux personnage que cette Thérèse. Elle a dû être belle, elle paraît cultivée, parle avec autorité et méchanceté, mais surtout, elle paraît terriblement seule à la jeune femme. Une vague pitié, un brin de malaise, Eliane abandonne les formalités, en se disant qu'elle verra plus tard.

Plus tard c'est le lendemain, et c'est la vieille dame qui se manifeste. « Passez me voir chez moi ! »

Ce n'est ni une invitation ni une prière, c'est un ordre. Eliane devrait refuser, se contenter d'avertir son service, d'envoyer le papier par la poste, bref de se sauver. Eliane n'aurait jamais dû mettre les pieds dans ce jardin d'une maison maudite, où Thérèse l'accueille ce jour-là d'un air mystérieux, l'entraîne sous un arbre, un sureau au parfum pénétrant, en lui disant : « Vous me rappelez un mari que j'ai épousé il y a longtemps... c'était au XIVe siècle... »

Eliane ne se sauve pas, au contraire, elle est fascinée, attirée par cette vieille femme autoritaire, dominatrice. On ne rencontre pas tous les jours quelqu'un capable de vous parler d'un homme aimé au XIVe siècle ! Puis elle se laisse entraîner à l'intérieur de la maison, se laisse raconter des histoires, la vie, le passé d'une femme fascinante certes, mais qui aime à parler d'elle, encore et toujours d'elle, de sa beauté passée, de ses deux ex-maris, de sa vie en Afrique, des gens célèbres qu'elle a connus... Albert Schweitzer par exemple.

Les yeux écarquillés, Eliane écoute l'extravagante lui parler de peinture, car elle peint, c'est une artiste. Et elle écrit aussi, et elle joue de la guitare...

Surtout, mais c'est un secret, Thérèse est médium. Thérèse a vécu des tas d'autres vies antérieures, elle n'a qu'à claquer des doigts pour allumer les lampes, on entend chez elle des bruits de chaînes la nuit, des visiteurs fantomatiques viennent lui tenir compagnie...

« Revenez demain, mon petit, vous me plaisez. »

Eliane n'est pas entièrement convaincue de trouver cette dame sympathique. Il y a quelque chose qui ne colle pas, une peur et une attirance en même temps. Mais le téléphone ne cesse de sonner depuis cette rencontre : « Venez, j'ai des tas de choses à vous dire, venez, nous serons amies... »

Thérèse est déjà âgée, mais attirante. Et Eliane, la jeune ambulancière, tellement romantique. Son jeune passé n'est pas gai. Un fiancé qu'elle a quitté pour une passion avec un homme beaucoup plus âgé qu'elle ; au bout de deux ans, c'est la rupture, assortie de ce genre de phrases dont les hommes ont le secret pour se débarrasser d'une femme en douceur : « Il vaut mieux nous séparer maintenant, je suis trop vieux pour toi, un jour tu me tromperais, nous souffririons tous les deux... »

Eliane ne s'est pas encore remise de ce drame. Le désespoir amoureux est pour elle comme une drogue. Elle écrit des poèmes, des tas de poèmes, et tous les hommes qu'elle rencontre lui font peur, désormais. Quant à son métier, ce n'est qu'un choix de résignation. Elle aurait voulu être infirmière, mais l'école n'était pas à sa portée. Alors, après une tentative dans les postes, elle s'est rabattue sur le métier d'ambulancière. Aider les autres, servir, se dévouer, c'est ce qu'elle préfère.

En juin 1986, lorsqu'elle rencontre Thérèse, Eliane est à la fois attirée par la personnalité de sa malade et mue par son besoin d'aider. Devenir l'infirmière, le chauffeur d'une femme de cette classe, la soigner, l'aider à vivre malgré sa solitude, pourquoi pas ?...

Et puis, Thérèse est alcoolique, elle se détruit avec obstination, comme pour un suicide programmé. Un gâchis que la jeune femme croit pouvoir stopper. Pourquoi détruire ainsi son talent de peintre, pourquoi risquer de perdre la vue, de sombrer dans le noir, alors qu'avec un peu d'aide, un peu d'affection...

Si l'on pouvait plonger à cette époque dans l'inconscient d'Eliane, peut-être y découvrait-on une homosexualité latente, un besoin de refuge auprès d'un corps féminin, besoin exacerbé par ses expériences masculines ratées. Mais cette femme n'a rien de physiquement attirant. C'est vers une personnalité plus forte que la sienne qu'Eliane se tourne, en désespoir de vie, en désespoir d'amour. Pour une fois elle n'est pas rejetée ; au contraire, on l'aime et on a besoin d'elle.

Hélas, les alcooliques sont presque toujours dangereux pour les autres. Ils font naître chez leurs partenaires une dépendance affective terrible. Vouloir aider un alcoolique c'est entrer dans son jeu destructeur, dans sa pulsion de mort, d'anéantissement personnel, et l'on en sort très rarement indemne.

Juillet 1986. Dans la maison hantée, sombre, sont accrochées aux murs des toiles de nus sans sexe défini, ambigus. Thérèse tient son journal intime, y décrivant des amours sulfureuses, interdites. Elle y consigne ses maris, ses amants, et aussi ses fantasmes, vécus ou non : « J'aime l'inquiétant petit voyou garni de cuir et bardé de chaînes... » « J'aime la femme du monde qui cache sous ses longs gants noirs des lames de rasoir afin qu'on s'y écorche... »

Eliane se laisse approcher, comme par un serpent. Cette vieille amoureuse, de trente ans plus âgée qu'elle, lui offre à présent une relation homosexuelle sans ambiguïté et elle s'y laisse prendre. Elle ne fait plus confiance aux hommes, de toute façon, elle a une préférence pour les êtres plus âgés et dominateurs, et Thérèse réunit ces deux conditions.

En un mois, elles sont donc devenues amantes. Au début Eliane éprouve un sentiment de sécurité, elle retrouve un amour de la vie qu'elle avait perdu depuis sa rupture avec son amant. Elle ne traîne plus sa dépression de femme abandonnée, de laissée-pour-compte, et peut enfin revoir sans souffrir les êtres et les lieux où elle fut heureuse. Thérèse a dévoré son passé sans gloire, une nouvelle vie s'offre à elles.

Pour sceller cette union, Thérèse exige de pratiquer une coutume africaine douteuse : mélanger leurs sangs dans une éprouvette. Cérémonial mi-magique, mi-ridicule, qu'Eliane commence par refuser puis par accepter. Car elle va tout accepter de sa maîtresse, désormais. Sous prétexte d'admiration pour son talent, pour sa beauté ancienne mais toujours imposante, pour sa culture, son aisance à parler d'art et à faire étalage de ses connaissances.

Et au bout de deux ans, c'est une relation diabolique, infernale, étouffante qui s'établit. Thérèse se révèle jalouse, possessive, coléreuse, elle boit de plus en plus et parle de suicide, comme on parle d'amour, au noir. Le chantage est permanent, la domination psychologique totale. Cette femme est en permanence au bord du gouffre, la mort l'attire, la mort lui sert de mode d'expression. Elle se regarde dans la mort comme dans un miroir funeste, on dirait... On dirait qu'elle la veut, qu'elle la désire charnellement, et qu'elle l'attend de son amante. Alors lentement, le poison de mort pénètre dans la tête, dans les veines, dans le comportement d'Eliane.

Dans l'entourage de Thérèse, un petit village où tout se sait, cette liaison n'est pas inconnue. On s'en étonne. Que fait donc cette jeune femme lisse et tranquille, en âge d'aimer et d'avoir des enfants, avec la « sorcière » de la maison hantée ?

Quels maléfices ont envoûté Eliane ? Comment fait-elle pendant cinq ans pour supporter la tyrannie de sa vieille compagne, écouter ses discours d'alcoolique, la regarder se prendre pour une panthère en chaleur ? Car il est certaines nuits où Eliane entend des feulements bizarres. Thérèse se prend pour un félin égaré dans la jungle, griffe, râle, joue les sorcières d'Afrique, bref, se fait un cinéma personnel en noir et blanc complètement délirant.

Eliane s'obstine ; esclave, elle veut la sauver de l'alcool, l'aider à ne pas perdre la vue, devenir l'héroïne de ce sauvetage, et l'autre la tient par on ne sait quels pouvoirs. Par la jalousie permanente d'abord ; où étais-tu ? Avec qui ? Que vas-tu faire dehors ? Plus domestique qu'amante, plus terrorisée que consciente, plus esclave que concubine, Eliane encaisse les scènes interminables. Au village on lui dit parfois : « Va-t'en ! Fiche le camp ! Elle est folle ! C'est une malade dangereuse. Tu vas y laisser ta peau ! »

La panthère a aussi une fille à l'étranger, qui s'est éloignée d'elle, qui ne peut plus rien pour sa mère depuis longtemps. Car on ne peut rien contre sa méchanceté pathologique, ce besoin obsessionnel de détruire l'autre parce qu'elle refuse sa propre déchéance. Thérèse est une mère abandonnée — par une fille qui, elle, n'a que des pulsions de vie, pas de mort.

Petit détail de méchanceté pathologique : un jour, alors qu'elle était encore jeune, Thérèse a voulu provoquer une crise cardiaque chez sa propre mère, en introduisant un serpent dans sa chambre...

A quoi joue cette vieille femme ? Au jeu de la mort. Et elle y a entraîné Eliane définitivement. Reste qu'il n'est pas sûr du tout que la jeune femme en ait compris la règle.

Les années passent ainsi, et Eliane vieillit, subjuguée par un être qui la torture au quotidien. Piégée. Comme ces femmes battues qui ne trouvent jamais le courage de quitter leur mari frappeur. Elle écoute à l'infini les histoires de Thérèse parlant de ses amants, de ses folies sexuelles, de ses fantasmes vécus ou non, allez savoir...

« J'ai eu l'impression de faire l'amour avec le diable... » Voilà ce qu'Eliane dira au procès, après une scène ultime, où Thérèse va la manipuler jusqu'à la mort.

Elle y pense sans cesse à cette mort. Sa mort. Elle en menace Eliane en permanence, les crises sont de plus en plus rapprochées, exacerbées. Elle en avertit sa fille qui ne la croit plus, lassée des extravagances de sa mère, et on la comprend. Elle a connu cette mère en prêtresse vaudoue un soir, en sorcière du Moyen Age un autre. Cette mère qui est allée jusqu'à lui enlever son fiancé. Cette mère qui prétend rendre à une voisine l'affection dont elle manque depuis le départ de son époux, en lui offrant, comme un talisman, un tas de terre et de cailloux du cimetière voisin...

Mort, destruction, sadisme, sorcellerie, alcool, le couple se déchire maintenant quotidiennement, et Eliane est à bout.

A cette époque, Thérèse écrit une sorte de roman dans lequel elle raconte comment elle a tué Eliane, qu'elle surnomme aimablement « la Girafe ». Elle se réserve quant à elle le rôle de panthère ou de guépard, prédateur noble et élégant, féroce et carnivore devant un mammifère stupide au long cou.

Elle écrit ceci qui s'adresse directement. à Eliane : « J'ai pris mon revolver dans une crise de folie et, Dieu que c'est difficile à dire, je t'ai menacée ; devant ton impassibilité je suis devenue plus folle encore. Tu reposais sur l'oreiller, pâle, émaciée, immobile. Tu as fermé les yeux et j'ai tiré. » Autrement dit, en clair, je rêve de te tuer pour ta faiblesse, ta servilité, je suis le bourreau glorieux, toi la victime stupide.

Le 19 février 1991, c'est l'apothéose. Après un dîner auquel assiste un ami d'Eliane, Thérèse, probablement plus ivre que d'habitude, entame une longue scène. Eliane a réellement peur cette fois, une peur physique, viscérale. Elle a soudain la certitude que Thérèse va la tuer, ou se tuer elle-même, en tout cas que le dénouement est proche. Il y a une arme dans la maison, un revolver chargé.

Le convive est parti, les deux femmes sont maintenant seules. Thérèse appelle sa fille à l'étranger et entame son chantage comme d'habitude : « Je vais mourir ce soir, je ne veux plus vivre, je vais me foutre en l'air ! » Et elle raccroche. Puis hurle et insulte Eliane, en réclamant le revolver. « Tu n'as pas le courage ! Tu voudrais me quitter, tu voudrais que je meure, être débarrassée de moi, et tu n'es même pas bonne à ça ! »

Au fond, rien ne l'empêcherait d'aller le chercher seule, ce revolver. Même aveugle, elle le trouverait bien...

Eliane, terrorisée, appelle au téléphone l'ami qui a dîné avec elles. « Elle dit qu'elle veut se tuer, mais c'est moi qu'elle va tuer, j'en suis sûre !

— Calme-toi, enferme-toi dans le salon et barricade la porte. »

Sur les faits précis, on ne sait rien d'autre. Sauf que l'une des deux femmes va mourir.

Thérèse a écrit dans son embryon de roman autobiographique que c'est elle qui tuait sa maîtresse. Et Eliane le sait, elle a lu le roman. « Le Guépard » rêve de mettre une balle dans la tête de « la Girafe ». Elle est folle de peur.

Personne ne peut l'aider cette nuit-là. Ni la fille de Thérèse ni l'invité rentré chez lui. Ils ont cru tous les deux qu'une fois de plus, il s'agissait d'une crise due à l'alcool, à la névrose.

Complètement paniquée, Eliane téléphone au médecin traitant de Thérèse, il est vingt-deux heures. Le médecin, une femme, connaît la situation, plusieurs fois déjà elle a conseillé à Eliane de quitter cette maison, de ne pas gâcher sa jeunesse avec une névrosée... Ce soir, elle la supplie de s'enfuir immédiatement, de laisser Thérèse aller au bout de sa crise, seule. Mais Eliane refuse : « Si je m'en vais, elle est capable de mettre le feu à la maison et de brûler avec, je n'ai pas le droit de faire ça. »

S'en aller, c'est pourtant ce qu'elle devrait faire devant ce scénario d'une mort annoncée. La mort arrive à une heure du matin.

Allongée par terre, une balle dans la tête, c'est Thérèse que les gendarmes découvrent. Eliane est pétrifiée. Elle déclare d'abord qu'à bout de nerfs, à bout d'insultes, elle est allée chercher le revolver pour faire peur à Thérèse, puis qu'elle a tiré, dans une crise de colère subite.

Plus tard, Eliane modifie cette déclaration. « En fait, dit-elle, j'ai pris l'arme, je la lui ai tendue, j'étais exaspérée, elle l'a approchée de sa bouche pour se suicider, ou faire mine de se suicider, j'ai voulu l'en empêcher, il y a eu une bousculade, et le coup est parti accidentellement. »

Explication plus plausible, qui facilite la défense. Mais au fond, Thérèse n'a-t-elle pas cherché délibérément sa mort ? Elle la voulait, la réclamait, probablement de la main de sa maîtresse, afin de parfaire la destruction de l'être qu'elle disait aimer et de l'entraîner avec elle. Pour la réduire, la contraindre à faire le geste qu'elle ne parvenait pas à accomplir elle-même. Son désir de suicide devait passer par une exécution.

Ou alors Eliane a tiré dans l'affolement, pour se préserver.

Ou bien encore, entre ces deux femmes hors d'elles, dans la lutte qui les opposait, dans les hurlements de celle qui criait : « Je vais me tuer ! » et ceux de l'autre qui répondait : « C'est moi que tu veux tuer ! » l'arme a choisi sa cible au hasard.

En mars 1993, après deux années d'emprisonnement, Eliane est devant les assises. Elle a trente-cinq ans, l'air d'une adolescente pâlotte et mal dans sa peau.

L'accusation maintient la version de l'homicide volontaire, s'en tenant à la première déclaration d'Eliane : « J'ai tiré dans un accès de colère. » Et les témoins défilent. Il est rare, dans un procès d'assises, d'une part qu'il n'y ait pas de partie civile, et d'autre part que les témoins s'emploient à diaboliser ainsi la victime. Le prêtre du village dit qu'il a tenté d'envoyer un exorciste voir Thérèse pour la débarrasser de ses sorcelleries. Mais, lorsque l'homme de l'art s'est présenté chez l'envoûteuse, ou l'envoûtée, l'alcool qu'elle avait ingurgité ne lui a même pas permis de s'exprimer. Le même prêtre fait l'éloge d'Eliane, il n'a rien à lui reprocher ; au contraire, la victime c'est elle. Un peintre qui a connu Thérèse au temps de son talent décrit ses manigances insupportables, au point qu'il lui a même crié un jour : « Arrête ou je te tue ! »

Les jurés peuvent également découvrir une œuvre de Thérèse, un autoportrait, où elle s'est représentée en Lucifer. Puis son journal, puis son roman, *Les Tribulations de la Girafe*, où elle décrit la mort de sa compagne comme si elle décrivait la sienne. Eliane ajoute : « Elle m'a dit alors, "c'est toi qui écriras le dernier chapitre". » Phrase aux allures de suspense, mais qui n'est pas si mystérieuse au fond. Et que l'on pourrait traduire par : « C'est toi qui finiras par me tuer, puisque je le veux. »

Mais le témoin le plus important est la propre fille de Thérèse, qui reconnaît : « Eliane était prisonnière de ma mère, c'est aussi une victime. »

Ainsi, tout le monde demande pitié pour la meurtrière. L'enfer, elle l'a déjà vécu. Il faut la rendre à la vie, la débarrasser de ce cauchemar. Les circonstances atténuantes sont si nombreuses, si indiscutables, si précises... « Je l'aimais, dit Eliane, j'avais juré de ne jamais la quitter. Je l'ai soignée envers et contre tout, y compris elle-même, j'étais là jour et nuit, je voulais l'aider et je me mettais en colère devant ceux qui la dénigraient. C'était une femme extraordinaire et même aujourd'hui, je ne regrette pas de l'avoir connue. »

Mystère des histoires d'amours sulfureuses, qui finissent souvent mal. Mystère de celle qui choisit d'être esclave, le larbin, d'admirer et d'aimer, aux limites du supportable, ce qui n'est ni admirable ni amour, ni sérénité ni échange, mais torture. Mystère de celle qui a choisi son bourreau. Eliane doit répondre de la mort de ce bourreau. Même si le bourreau a téléguidé cette mort, ce qui est fort probable.

Bien défendue, soutenue par tout un village, Eliane n'est pas une meurtrière ordinaire. Les jurés le reconnaissent en deux heures de temps : ils lui accordent toutes les circonstances atténuantes nécessaires.

Trois ans de prison. Dont deux déjà accomplis. Eliane, à l'heure où paraît ce récit, a dû retrouver la liberté. « Pour repartir sur des bases saines », a-t-elle déclaré.

Il lui reste un long travail de deuil à accomplir pour

oublier cette pulsion qui a crispé son doigt sur la détente, par une nuit d'horreur et de confusion mentale. Pour oublier le Guépard, toutes dents et griffes dehors, qu'elle a croisé un jour sur sa route, dans la jungle des amours infernales.

Au commencement était le chaos

Au commencement était une femme. Une grande prêtresse, du nom de Lois Roden. Une grand-mère, âgée de soixante-sept ans dans les années quatre-vingt de notre ère et amante d'un jeune homme amateur de rock qui aurait pu être son petit-fils. La vie privée de chaque Américain ne regarde en principe personne. Sauf lorsque la grande prêtresse est à la tête d'une secte, fondée par un Bulgare dans les années trente, secte elle-même dissidente des adventistes du Septième Jour.

Consacrons quelques lignes à l'histoire des adventistes du Septième Jour, puis de leurs dissidents. La chose est nécessaire, puisque le dernier des dissidents en date a fait la une des journaux du monde entier en 1993, pour s'être nommé lui-même le Christ de Waco...

Au commencement des adventistes donc, était aussi une femme : Ellen White, grande prophétesse, laquelle prônait la supériorité du samedi (le sabbat juif) sur le dimanche. Le septième jour de la semaine devait donc être le samedi. Il était également prédit aux adventistes le retour imminent du Christ, la fin du monde ayant commencé pour eux en 1844, et devant se conclure — dans le chaos — environ cent ans plus tard. 1944 aurait dû être la fin du monde ! Raté. De peu, mais raté tout de même. Le Christ, revenu sur terre à ce moment-là, aurait jugé les impies, il y aurait eu la grande bataille dite d'Armageddon, au cours de laquelle Satan et sa bande de méchants auraient été anéantis par les justes. Après quoi, la terre purifiée serait redevenue le paradis d'avant Eve...

Les adeptes de ce qu'on l'appelle le « millénarisme » prévoient régulièrement la fin du monde à chaque millénaire — ils y sont bien obligés puisque cela n'arrive toujours pas. Nous ne serions donc pas loin à nouveau de la catastrophe. A noter également que cette histoire reprend aussi régulièrement du poil de la bête à chaque fin de siècle, les chiffres ronds semblant attirer les amateurs de catastrophes universelles.

Donc, dans les années trente, un premier dissident, bulgare, fonde une secte dissidente des adventistes, laquelle est prise en main dans les années quatre-vingt par Lois Roden, qui prophétise bien entendu la fin du monde. Cette grand-mère alerte a un jeune amant, nommé Vernon Howell, étudiant médiocre, mécanicien sans avenir et rocker sans talent.

Las, elle a également un fils, George, et lorsque meurt la prophétesse, en 1986, la succession est redoutable, guerrière. Les deux prétendants au trône, amant et fils de la défunte, Vernon Howell et George Roden, se lancent un défi l'année suivante, en 1987. George propose de déclarer prophète unique celui qui ressuscitera un être humain. Pour ce faire, il fait exhumer le corps d'une adepte décédée. Vernon refuse de ressusciter qui que ce soit, et l'affaire se termine par une fusillade entre chaque bande. Vernon arme une bande de sept mercenaires pour abattre George. Mission ratée.

Tout le monde se retrouve d'abord en prison, puis devant un tribunal, où l'on imagine la stupéfaction du jury d'accusation. Quel est le plus fou, qui a tiré sur qui ?

Pas de témoins. George n'étant ni mort ni blessé, sa plainte est déclarée irrecevable. Quant à Vernon, relaxé faute de témoins de sa tentative meurtrière, il disparaît avec la majorité des adeptes de la secte, qui ont, semble-t-il, donné la préférence au guerrier plutôt qu'au déterreur de cadavres.

George Roden insulte le tribunal, appelle les foudres du Seigneur sur eux, en le conjurant de les punir « par l'herpès et par le sida » ! Amen...

Alors, libéré de ce plus fou que lui, Vernon Howell se baptise lui-même David Koresh, décide qu'il est le Christ et entraîne son petit monde d'abord à Dallas, où l'Eglise locale le regarde de travers, ensuite en Californie, où il espère apporter la « nouvelle lumière », mais où il n'est pas le seul à délirer dans ce sens, et enfin dans une tranquille petite ville du Texas : Waco. Il y déniche un ranch, le baptise le « Mont Carmel » et déclare l'apocalypse pour bientôt. Accessoirement il déclare également que le Christ, donc lui-même en personne, est le fiancé de toutes les femmes, qu'elles sont là pour faire des enfants du Christ, lesquels, peu à peu et d'ici à la fin du monde, constitueront une armée « pure », laquelle ira s'installer en Israël, afin d'y fonder le monde nouveau, le paradis retrouvé et autres balivernes... L'humain moyen se demande toujours comment d'autres humains moyens peuvent adhérer à ce genre de discours, entrer dans la secte, y vivre, laisser leurs femmes subir les assauts sexuels du maître, les enfants y grandir dans la terreur, la violence et les abus, et vivre eux-mêmes cette condition de cocu stupide. La question reste posée, il n'y aura jamais de réponse.

Désormais, ils sont une bonne centaine dans ce ranch, ils s'appellent les « davidiens », du nom choisi par « leur Christ David ».

Et, à Waco, Texas, on commence à s'inquiéter de ce nid dangereux. Des bruits courent, colportés par d'anciens adeptes, venus au « Mont Carmel » et repartis en courant. Par d'autres, plus obstinés, y ayant vécu l'enfer et s'étant enfuis. Par des parents, des maris, des pères de famille qui ne parviennent pas à extirper femmes ou enfants de ce lieu maudit.

Mais, au commencement des Etats-Unis, était la démocratie. Et en démocratie chacun jouit de la liberté de confession, de culture, d'association, bref, il est illégal de condamner une secte parce, qu'elle est une secte. Il n'existe donc aucun moyen légal de prouver la folie de David, le Christ de Waco. Aucun moyen légal d'y faire une perquisition, le « Mont Carmel » est un domaine privé.

Cette folie prend des proportions pourtant dramatiques. Les enfants sont battus, certains, les filles évidemment, doivent obéir dès le plus jeune âge aux désirs du Christ. Une enfant de douze ans couche dans le lit de David, en toute confiance, et à quatorze ans lui donne un enfant, en toute confiance ou pas, puisqu'il est une loi davidienne qui dit : « Dieu a ordonné à David de distribuer sa semence. » Ainsi naissent des enfants non déclarés, de père inconnu, puisque nés du fils de Dieu...

En réalité David se garde bien d'avertir l'état civil et interdit aux adeptes de le faire — il serait immédiatement accusé d'abus sexuels sur enfants, de viols et autres pratiques condamnables.

Les hommes se lèvent à l'aube, s'entraînent comme des commandos et les armes s'entassent à l'intérieur du ranch. Car il n'est pas illégal d'acheter des armes. Beaucoup d'armes, de tous calibres, sont en vente libre au Texas, au Texas surtout, où le fait de porter un colt est un droit incontesté. Les troupes davidiennes font des exercices de tir, à Waco les voisins s'en plaignent, mais sur une propriété privée, un shérif ne peut pas intervenir... Démocratie, liberté, droits civiques, que d'abus sont parfois commis en votre nom.

En 1993, le Christ a trente-trois ans. Deux mille adeptes aux Etats-Unis, des pensionnaires à Waco, venus d'un peu partout, d'Australie, d'Angleterre, de Nouvelle-Zélande et d'autres Etats. Les adultes à demeure au « Mont Carmel », les « disciples », sont estimés environ à une centaine. Le nombre d'enfants n'est pas certain, probablement une quinzaine directement issus du « Christ », qui dispose à sa guise d'un harem de quinze femmes. Il a fait des hommes une armée d'esclaves combattants et consentant à tout pour leur maître, sur la promesse de trouver chacun un jour l'épouse parfaite. En attendant, ils sont tenus de lui offrir la leur. Une sorte de cocufiage en règle, bien pratique pour satisfaire les pulsions sexuelles de David Koresh, alias Vernon Howell.

Au Mont Carmel, en réalité une vieille ferme abandonnée et nauséabonde, constituée d'un bâtiment principal et d'un groupe de baraques sans hygiène, on prie du matin au soir, jusqu'à l'abrutissement. Les femmes servent d'esclaves, les enfants sont fouettés à la moindre bêtise, les hommes fabriquent des bombes, montent la garde, récitent des prières et recommencent. Car la guerre est pour bientôt. Le gourou les y prépare, un combat sanglant devra régler leur compte aux incroyants, assurer la résurrection du Christ, donc la sienne, et mener tout le monde davidien au paradis, en passant par Israël.

Mais, depuis un an, un enquêteur se penche sur le problème. Un journaliste du *Waco Tribune*, journal local. Et il découvre que, tout de même, la démocratie et le premier amendement ont bon dos. D'abord, Vernon Howell est devenu pathologiquement fou. Il déclare parler à Dieu comme on parle à son voisin. Il règne en maître sur toutes les femmes de la secte, et surtout sur les adolescentes. Il abrutit ses disciples en décortiquant la Bible à longueur de nuit ou de jour, et en leur faisant réciter par cœur des passages entiers. Cet abrutissement intellectuel dure souvent plus de dix heures d'affilée. Il est le seul à pouvoir manger de la viande, à boire du Coca-Cola et de la bière. Les autres doivent se contenter de légumes. La musique « religieuse » davidienne étant avant tout le rock, il dépense également une fortune, puisée dans les économies des adeptes, pour installer un studio d'enregistrement. Il compose des musiques hurlantes, se prend pour une pop star, a une passion pour les voitures de course, et en fin de compte dispose d'une fortune estimée à un bon million de dollars, tirée de la poche des pauvres gens qui lui obéissent aveuglément. Enfin, et c'est le plus grave, il dispose d'un stock d'armes et de munitions impressionnant.

Et voici que le FBI sursaute : dans un coin perdu du Texas, un Christ s'est transformé en chef militaire ? Rien ne va plus. Renseignements pris, des caisses de munitions arrivent jusqu'au ranch, par l'intermédiaire d'un petit transporteur de Waco, lequel a trouvé judicieux — il est bien le seul — de prévenir les autorités.

Il existe aux Etats-Unis un bureau fédéral, l'ATF, qui contrôle à la fois les alcools, le tabac et les armes. Au temps de la prohibition, les agents de l'ATF étaient surtout chargés de traquer l'alcool. Le trafic d'armes les occupe aujourd'hui davantage. Le transporteur donne au bureau fédéral les informations dont il dispose, et le bureau fédéral prend son temps pour examiner l'affaire. Grave erreur. Car, ce faisant, il exaspère quelque peu le *Waco Tribune*, pressé de faire paraître sa série d'enquêtes sur le gourou local et d'informer l'Amérique des horreurs qui se pratiquent au ranch installé sur son territoire.

Le pouvoir de la presse aux Etats-Unis est connu. Libre et indépendante, capable de faire sauter un président de son siège. Usant de son droit, le *Waco Tribune* fait paraître un premier article, juste avant la décision des autorités fédérales d'encercler le ranch pour y mettre bon ordre. Ou bien, autre hypothèse et polémique oblige, les autorités fédérales se décident enfin à régler le problème, l'article étant déjà paru, et d'autres devant suivre...

C'est ainsi que, le 28 février de cette année 1993, commence le siège le plus fou de toute l'histoire des sectes depuis le massacre de Guyana. Guyana, c'était la jungle d'Amérique du Sud où un autre Américain fou, Jim Jones, entraîna dans un suicide collectif neuf cents adeptes probablement drogués, un 18 novembre 1978, au moment où des officiels américains tentaient de les libérer.

A Waco on redoute le même drame. Mais David Koresh penche pour une autre forme de suicide collectif. La lutte armée. De plus, il est au courant du siège qui se prépare. Comment ? Les fédéraux voudraient bien le savoir, mais le résultat est qu'on leur tire dessus à la première tentative d'encerclement, le 28 février 1993. Quatre morts parmi les policiers, deux chez les adeptes. Le FBI arrive en renfort, cinq cents hommes armés, véhicules blindés en tête, et l'immense bavure commence.

Le monde voit surgir sur tous les écrans de télévision le visage apparemment normal de ce Vernon Howell, dit David Koresh, dit le Christ. Un Christ qui porte des Ray Ban, des cheveux un peu longs, avec brushing, une cravate, et qui arbore un sourire tranquille. L'air d'un jeune cadre dynamique... On apprend par sa mère Bonnie qu'il était un enfant sage, extrêmement religieux, par sa grand-mère que c'est un bon garçon, qui savait par cœur le Nouveau Testament à douze ans.

Un bon garçon qui a fait tirer sur les forces de police à la mitraillette. La mitraillette est une arme automatique, elle n'est pas en vente libre. Le délit est largement prouvé, enfin ! Il est illégal d'une part de détenir des armes automatiques, d'autre part de s'en servir pour tirer sur les fédéraux.

Sept semaines de siège viennent de commencer. Toutes les télévisions américaines sont sur place. Les badauds défilent, on vend même des tee-shirts à l'effigie du gourou, et à quinze kilomètres de là, la petite ville de Waco est investie par les fédéraux, les journalistes et les touristes. Si, dans un premier temps, et malgré les morts, Waco y trouve un bénéfice, le gouffre financier ne tarde pas à s'ouvrir. Chaque jour de siège coûte au contribuable américain deux millions de dollars ! Onze millions de francs. Et les jours passent, le gourou distillant menaces et offres de reddition, relâchant au compte-gouttes quelques femmes et enfants terrorisés.

Le quatrième jour, il annonce : « J'attends les instructions de Dieu. » Le cinquième jour, il dit qu'il attend davantage d'instructions divines, qu'il acceptera de se rendre si on le laisse parler sur une radio locale.

Les psychologues et spécialistes du terrorisme en tout genre acceptent, espérant éviter un bain de sang. Le gourou parle cinquante-huit minutes d'affilée — propos essentiellement concentrés sur sa vision biblique, sa vocation de messie et ses prédictions d'apocalypse. Les adeptes sont toujours derrière lui, prêts à la guerre, et le FBI réalise que l'armement dont dispose l'assiégé est bien plus important qu'il ne l'avait imaginé au départ. Le treizième jour, l'affaire est toujours au point mort, le FBI a dû convoquer des experts religieux pour pouvoir discuter avec les davidiens. Seul résultat : la libération de six enfants et de deux femmes âgées.

Le 8 mars, le messie annonce qu'il est prêt à la guerre. La semaine suivante, on apprend qu'une chaîne de télévision a acheté les droits de l'histoire à la maman du Christ davidien — un téléfilm est déjà prévu !

Le siège dure. Waco craint de devenir la ville maudite du Texas, Etat qui a déjà mauvaise réputation. C'est à Dallas qu'a été assassiné le président Kennedy...

Le FBI décide de priver le ranch d'eau et d'électricité. Puis de braquer sur les bâtiments de puissants projecteurs. On espère ainsi faire craquer les assiégés. Plus de nuit, plus de jour, plus de nourriture, plus d'eau. Vont-ils abandonner leur gourou pour des prisons plus clémentes ?

Ça ne marche pas. En avril, la secte célèbre la pâque juive, le gourou annonce qu'il écrit un livre sur l'apocalypse et ne se rendra qu'après l'avoir achevé... Il se dit blessé sans qu'on en ait la preuve ; de toute façon, l'attaque est décidée.

Au bout de cinquante et un jours de siège, multipliés par deux millions de dollars, le FBI décide de donner l'assaut. Les chars font mouvement sur les bâtiments. 19 avril 1993, un char équipé d'une grue s'attaque à l'un des murs du bâtiment. Le but est de faire des brèches suffisantes pour y faire passer des gaz lacrymogènes et contraindre les assiégés à sortir. Un haut-parleur leur hurle de ne pas s'affoler, les gaz ne sont pas mortels : s'ils sortent en rang, bien sagement, ils seront bien traités. La télévision est là, l'état-major du FBI aussi, le président des Etats-Unis est au courant, l'affaire occupe suffisamment d'énergie, de forces, d'argent et de patience, depuis cinquante et un jours, pour que la retransmission de la reddition du Christ passe par les meilleurs satellites et fasse le tour du monde.

Le « Christ » répond par le feu. Il semble que l'incendie qui dévore le ranch des davidiens en quelques heures se soit déclenché de l'intérieur, peut-être au moment où un char faisait une nouvelle brèche dans un mur, peut-être à la faveur des lampes à pétrole qui remplaçaient l'électricité, coupée depuis des semaines. Les bâtiments sont essentiellement en bois, le feu va vite, des coups de feu ont été tirés, les observateurs de la télévision, contraints d'utiliser des téléobjectifs, ne voient bientôt plus qu'une énorme fumée noire et, quelques heures plus tard, malgré l'intervention des pompiers, un immense amas de décombres noirs.

Il y a quelques survivants. Neuf membres de la secte, dont certains sont blessés ; l'un d'eux affirme que de l'essence a été répandue à l'intérieur des bâtiments. Le Christ davidien a-t-il lui-même allumé cet enfer ?

Le ministre américain de la Justice, Mme Janet Reno, se charge de la déclaration officielle, dès le lendemain matin 20 avril. Elle assume « l'entière responsabilité » de toute l'opération. Affirme qu'un suicide collectif de cette sorte n'était absolument pas prévisible et que le gourou, David Koresh, est mort dans l'incendie — il avait lui-même menacé le FBI, une semaine avant l'attaque finale, de « mourir par le feu ».

Tandis que l'on tente d'identifier les corps des quatre-vingt-quinze assiégés dont dix-sept enfants, la polémique prend le relais dans les médias américains. Qui a mis le feu ? Est-il concevable que personne au FBI n'ait envisagé un incendie ? Les pompiers n'ont-ils pas mis trop de temps à intervenir ?

Les réponses du FBI sont à la fois fermes et contradictoires : les membres de la secte, libérés avant l'attaque, n'ont jamais fait allusion à ce genre de risque. Par contre, les enfants ont révélé que David Koresh leur avait dit adieu et qu'il portait autour de la taille une ceinture de grenades... D'autre part, il avait la possibilité d'épargner au moins les enfants : un bus servant d'abri, installé par les forces de l'ordre à proximité du ranch, le lui permettait. Le FBI précise qu'à aucun moment ce refuge n'a été gazé.

Que penser ? Mme le ministre propose sa démission au président Clinton, qui la refuse en l'assurant de son soutien total, tout en ordonnant une enquête sur le drame de Waco.

Que fallait-il donc faire ? Poursuivre le siège ? Ne pas utiliser les gaz ? Les journaux américains sont divisés ; ils polémiquent, sans grande vigueur toutefois car ils n'ont guère de proposition à faire devant pareille situation. Mme le ministre est quant à elle persuadée que la secte a déclenché elle-même l'incendie et que le gourou a volontairement immolé son monde. Parvenu à un tel degré de paranoïa, il lui était sûrement impossible de se rendre avec un drapeau blanc, de se laisser abandonner par ses « puissants », ses hommes de guerre et d'affronter tout simplement la justice de son pays. N'oublions pas les sévices, le conditionnement sexuel des femmes, le trafic d'armes — et peut-être, dit-on, de drogue.

Les enfants rescapés, pauvres témoins de la folie des adultes, pris en charge dans un service pédiatrique, sont marqués à vie. Un médecin a déclaré qu'à leur libération ces enfants avaient un rythme cardiaque de cent quarante pulsations-minute, au lieu de soixante-dix, révélateur d'un état de stress et de terreur permanent.

Waco, petite ville du désert texan, attend le procès qui en dira plus long sur le parcours de Vernon Howell. Procès intéressant, édifiant, espérons-le, car aux Etats-Unis sévissent encore plus de sept cents sectes, et il est important de savoir que lorsqu'un individu fonde une secte dite religieuse, adoratrice de n'importe quoi ou de n'importe qui au nom d'une Bible « revisitée », les revenus de ladite secte sont exemptés d'impôts ! Tentation évidente pour les extrémistes et les escrocs de s'intituler fils du Ciel. Les plus redoutables en ce domaine sont rarement dirigées par des illuminés, font parler d'elles le moins possible, sautent sur la moindre occasion de faire un procès à qui les conteste et accumulent des fortunes en détruisant le mental de ceux qui les suivent.

On taxe à peu près tout, de l'entrecôte au livre, en passant par les médicaments, la cigarette, et le droit de récupérer l'héritage de son grand-père. Si l'on taxait les gourous ? Car il n'est pas impossible que, dans quelque temps, un autre illuminé, ou un autre escroc, déclare du sommet d'une colline quelconque : « Non, le Christ de Waco n'est pas mort, il est ressuscité, c'est moi ! » Sur une déclaration d'impôts, il aurait du mal à le confirmer.

Mort, calciné dans les ruines de son Mont Carmel, Vernon Howell a emporté avec lui le secret de ses pulsions sexuelles, mortelles, à l'origine de la destruction totale de vies d'enfants et d'adultes. Certains êtres entraînent des foules dans la charité, l'aide, le « bien » sous toutes ses formes. Ce sont des êtres dits

« charismatiques », qui disposent d'une force exceptionnelle de communication et de persuasion. La pulsion qui les anime trouve son épanouissement dans la vie. La même pulsion, chez d'autres, tout aussi charismatiques, s'épanouit dans la folie et la mort.

L'humain moyen a bien du mal à s'y retrouver parfois.

Un assassin dans la ville

Le commissaire Palmer, de la police canadienne, prend tranquillement son café matinal dans son bureau. C'est une habitude à laquelle il est très attaché. Tous les matins il s'accorde ainsi un petit quart d'heure avant de commencer son travail. Il faut dire que Richmond, au Québec, est plutôt du genre paisible : quelques immeubles de bureaux dans le centre, pas mal de magasins et d'entrepôts autour de la gare, le reste de la cité étant composé uniquement de pavillons et de jardinets alignés le long d'avenues qui se coupent à angle droit. Tout autour, sans transition, c'est la campagne, avec ses grosses fermes perdues au milieu des immenses champs de pommes de terre, la monoculture de la région.

Oui, Richmond est la ville rêvée pour un policier à condition qu'il ne soit pas trop ambitieux, et c'est le cas du commissaire Palmer, qui, à cinquante-cinq ans, attend la retraite... Sa tâche principale consiste à s'occuper de la circulation et à rechercher les animaux perdus. De temps en temps, il y a bien quelques querelles entre voisins et, le samedi soir, un ivrogne ou deux, mais c'est tout.

Le commissaire Palmer s'attarde à contempler les marronniers déjà roux sous ses fenêtres. Il fait particulièrement beau ce 6 octobre 1993, une splendide et douce journée d'automne. C'est à ce moment que le téléphone sonne :

« Commissaire Palmer ? Ici police fédérale, Ottawa. »

Le commissaire reste un instant sans répondre... La police fédérale : il s'agit de quelque chose de grave...

« Commissaire, c'est très urgent. La police américaine nous informe que le dénommé Gordon Mac G. a franchi cette nuit la frontière. Voici son signalement : vingt-deux ans, 1,80 mètre, cheveux blonds en brosse, taches de rousseur. Je vous envoie sa photo par fax. Vous la ferez afficher dans les rues de Richmond.

— Afficher ?

— Ne m'interrompez pas. L'homme est très dangereux. Il a trois meurtres à son actif aux Etats-Unis : un marchand d'articles de pêche, une jeune serveuse et un pompiste. Il leur a volé des petites sommes, après quoi il les a fait s'allonger face contre terre et leur a tiré une balle dans la nuque. C'est un déséquilibré. Il était en traitement pour dépression. Il est armé d'une carabine à répétition à canon scié. »

Le commissaire Palmer parvient enfin à se ressaisir :

« Mais enfin, pourquoi viendrait-il à Richmond ? Qu'est-ce qu'il pourrait bien faire chez nous ?

— C'est là qu'habite son ex-femme, Barbara Lynch. Elle est retournée chez ses parents après son divorce. Il faut essayer de l'arrêter chez elle s'il n'est pas trop tard. Bonne chance, commissaire. La police fédérale vous envoie des renforts. »

Le commissaire Palmer a déjà raccroché. En un instant, il a retrouvé tous ses réflexes de jeune homme... D'abord l'annuaire. Le numéro de téléphone de Barbara Lynch. La prévenir, lui demander de retenir l'homme le plus possible, le temps d'arriver... Le numéro sonne. On décroche.

« Miss Lynch, ici la police. »

La voix qui répond est en larmes :

« C'est affreux ! Il est venu. Il m'a demandé de partir avec lui. J'ai refusé. Il m'a menacée avec son arme. J'ai cru qu'il allait me tuer. C'est mon ancien mari, c'est...

— Je sais. Vous a-t-il dit où il allait ?

— Non. Il est parti comme un fou. »

Le commissaire Palmer regarde encore une fois par la fenêtre... Derrière les marronniers, sur la pelouse du pavillon d'en face, il y a des enfants qui jouent. Il faut à tout prix éviter le drame. Pour la première fois de sa vie, le commissaire Palmer a très peur.

Il est maintenant six heures de l'après-midi. George Levin rentre chez lui au volant de sa voiture. Entre son entreprise d'appareils sanitaires, au centre de Richmond, et le pavillon qu'il habite, il y a environ dix minutes. Mais c'est long dix minutes. Il peut s'en passer des choses en dix minutes. Bien sûr, avant de partir, il a une nouvelle fois téléphoné chez lui. Kate lui a dit que tout allait bien, qu'elle s'était barricadée avec les deux petites.

George Levin appuie sur l'accélérateur autant qu'il peut. Au-dessus de sa tête, le bourdonnement d'un hélicoptère l'agace, le rend plus nerveux encore... Mais non, il a tort. Ça, c'est plutôt rassurant. Dans la voiture, le poste de radio diffuse les mêmes nouvelles que depuis le début de la matinée :

« Nous répétons le signalement de Gordon Mac G. : 1,80 mètre, yeux bleus, cheveux blonds coupés en brosse, taches de rousseur sur les deux joues. Il a vingt-deux ans mais paraît plus jeune. Il tue ses victimes après les avoir fait allonger par terre. N'ouvrez à personne. Prévenez la police au moindre fait suspect... »

Enfin, la barrière blanche de la maison. George Levin se précipite, sonne selon le code convenu. Et il pousse un soupir de soulagement. Elles sont là toutes les trois : Kate, sa femme et ses deux filles : Judith, douze ans, Sandra huit ans. Les petites courent se blottir contre leur père. Elles ont peur. Mais George ne cherche pas à les rassurer. Il faut qu'elles continuent à avoir peur. C'est indispensable pour qu'elles ne commettent pas d'imprudence.

George est en train de montrer à sa femme le maniement du revolver qu'il vient d'acheter pour elle chez l'armurier, quand la chaîne de télé locale interrompt de nouveau son programme :

« Demain matin, les cars de police viendront ramasser tous les enfants de la ville. N'envoyez pas vos enfants seuls à l'école. Attendez que le car s'arrête devant votre porte. »

George Levin se sent un peu soulagé. Demain Kate aura une arme et les filles seront protégées par la police. Aussi, il s'endort sans trop de mal, avec le revolver sur la table de nuit. Et le lendemain, en partant pour son travail, à sept heures, il n'est pas exagérément inquiet.

Tout au long du chemin, il croise des policiers... D'autres renforts sont certainement arrivés d'Ottawa pendant la nuit. A la radio, on n'annonce rien de nouveau. Les recherches continuent.

L'entreprise de matériel sanitaire Levin Limited se situe derrière la gare, dans un quartier désert. A peine sorti de sa voiture George a un choc : la vitrine d'exposition du magasin a été brisée. Il s'approche pour constater les dégâts... et presque immédiatement, il se rend compte qu'il n'aurait pas dû, qu'il fallait fuir tout de suite, au premier coup d'œil... Mais il est trop tard. Une forme s'est levée derrière une baignoire. Une forme avec un fusil.

« Par ici, mon gars. Et pas de blagues, hein ! »

Sur le coup, George n'a qu'une seule réaction : s'il est là, au moins Kate et les enfants sont en sécurité. Ce n'est pas qu'il soit spécialement un héros, du moins il ne le pense pas, c'est tout simplement l'unique pensée qui lui vient à l'esprit en cet instant.

D'un pas mécanique, George Levin s'approche de Gordon Mac G. C'est vrai qu'il fait jeune. On dirait un gamin qui joue au cow-boy avec la carabine qu'on vient de lui acheter. Mais ce n'est pas un jouet. Mac G. lui enfonce le canon dans les côtes.

« C'est au-dessus, ton bureau ? »

George ne peut que secouer la tête affirmativement.

« Passe devant. Je te suis. »

A peine entré dans la pièce, Mac G. se remet à questionner :

« Il y a combien de personnes qui vont venir ? »

George Levin s'efforce de parler calmement.

« Cinq. La secrétaire, les deux camionneurs, l'ouvrier et le comptable.

— Eh bien, on va les attendre... »

Gordon a un regard vers le fond de la pièce.

« Dis donc, c'est toi le patron ? »

Levin fait « oui » de la tête...

« Alors, ouvre le coffre ! »

George Levin sent tout d'un coup un immense vide. C'est la fin. Car c'est incroyable mais c'est ainsi, il ne sait pas ouvrir le coffre, son propre coffre. Bien sûr, il connaît la combinaison, mais c'est un vieux modèle qui marche mal. Il n'y a qu'Ernie Collins, son comptable, qui ait le coup de main pour le faire fonctionner.

« Ecoutez... Je vous demande de me croire. C'est la vérité... Je ne sais pas ouvrir le coffre. Il n'y a que le comptable qui puisse. Je vous jure que c'est vrai ! »

Pour toute réponse, Gordon Mac G. le met en joue.

« Non, non, ne tirez pas ! Ernie va venir. Il sera là dans quelques instants. Il va ouvrir le coffre, je vous jure qu'il va l'ouvrir. Et il y a beaucoup d'argent ! »

Mac G. le regarde longuement. Il n'y a aucune expression sur son visage poupin. Enfin, il laisse tomber :

« D'accord... »

George se retient de pousser un soupir. Il est sauvé, du moins pour l'instant. C'est à ce moment qu'il voit par la fenêtre Louis et Andrew, les deux camionneurs. Ils sont en train d'examiner les dégâts de la vitrine... Maintenant, ils lèvent la tête. Ils l'aperçoivent.

L'espace d'un éclair, George essaie de faire passer dans son regard toute l'horreur de la situation, tandis que sa bouche esquisse un « non » muet. Mais ils ne comprennent pas. Ils lui font un signe de la main en lui lançant une phrase qu'il n'entend pas. L'instant d'après, ils sont dans le bureau.

« Dites voir, patron, on n'aurait pas reçu de la visite cette nuit ? »

La voix, derrière leur dos, est impersonnelle, froide.

« C'est exact. Ne bougez pas. Restez comme vous êtes. »

Puis c'est le tour de l'ouvrier réparateur, de Nancy, la secrétaire, enfin d'Ernie Collins, le comptable. Avant qu'il ait pu comprendre quoi que ce soit, le jeune homme se jette sur lui.

« Allez, Ernie, ouvre le coffre, vite ! »

C'est alors que le drame se produit. Le malheureux comptable, qui vient d'être plongé brusquement dans cette situation inimaginable, perd tous ses moyens. Il a beau s'escrimer, tourner les cadrans dans tous les sens, il n'arrive pas à ouvrir le coffre. Ses mains, dégoulinantes de sueur, glissent sur le métal. Il ne voit plus rien, il ne sait même plus ce qu'il fait.

Cette fois, Gordon Mac G. s'énerve :

« Si dans une minute tu n'as pas ouvert le coffre, je te descends. »

George Levin sent qu'il faut faire quelque chose tout de suite pour éviter la catastrophe. Il s'approche de son comptable et lui parle aussi calmement qu'il peut.

« Ne te presse pas, Ernie. Prends ton temps. C'est long, tu sais, une minute. »

Le comptable regarde son patron et fait « oui » de la tête. Il sort son mouchoir, s'essuie les mains aussi soigneusement que possible et, avec toute la concentration dont il est capable, il se remet au travail.

Au bout d'une trentaine de secondes, il y a un déclic presque imperceptible, mais que tous ont entendu, puis un second, puis un troisième et enfin le coffre s'ouvre.

Gordon donne des ordres précis :

« Toi, le patron, mets l'argent dans un sac et lance-le à mes pieds... Bien, maintenant, va chercher cette paire de ciseaux sur le bureau. »

George reste un moment avec sa paire de ciseaux dans les mains. Pour la première fois, Gordon Mac G. a un petit sourire.

« Maintenant, monsieur, coupez les fils du téléphone, s'il vous plaît. »

Visiblement, il est content de lui. Appeler Levin « monsieur » et lui dire « s'il vous plaît » pour lui donner un ordre, il a l'air de trouver cela très amusant. Il promène son regard de l'un à l'autre en attendant une réaction. Nancy, la secrétaire, essaye de lui adresser un petit sourire crispé, mais elle fond brusquement en larmes.

George Levin se racle la gorge.

« Euh... Maintenant que vous avez l'argent, vous n'avez plus besoin de nous. Ce n'est pas la peine de rester... »

Le jeune homme ne répond pas. Il annonce simplement d'un ton uniforme, comme si c'était maintenant qu'il fallait le dire, parce que cela va de soi :

« Allongez-vous face contre terre. » Mais tout aussitôt, il se ravise. « Tout compte fait, je préfère vous attacher. Toi, le patron, il y a bien de la corde dans cette baraque ?

— Oui, dans l'entrepôt au rez-de-chaussée.

— Alors va la chercher. Mais fais pas le malin. Sinon dans deux minutes, il y aura un beau tas de cadavres. »

Comme un somnambule, George quitte la pièce, descend l'escalier, repasse par le magasin, entre dans l'entrepôt. Et c'est au moment seulement où il saisit la corde qu'il se rend compte... Mais, c'est vrai ! Il n'est plus sous la menace de Mac G., il est hors de sa portée. La porte est là. Il n'y a qu'à la pousser et à s'enfuir.

Mais non, pas s'enfuir, chercher du secours... C'est cela : il va s'en aller chercher du secours. Mac G. a dit « deux minutes ». En deux minutes, il a bien le temps de trouver un agent et de revenir avec lui.

Seul, sa corde à la main, George Levin secoue la tête. Non, ce n'est pas vrai. Il sait bien qu'il n'aura jamais le temps, que Mac G. les aura tous descendus avant. Il ne pensait qu'à sauver sa peau, c'est tout... Alors, s'il doit fuir, il faut qu'il se l'avoue à lui-même, qu'il s'avoue qu'il est un lâche qui va laisser massacrer cinq personnes pour se sauver. George ne réfléchit plus. Il s'entend prononcer à haute voix : « Non, je ne peux pas, bien sûr. »

En remontant, alors que chaque marche qu'il franchit lui coûte un effort de volonté, il essaye de se donner des raisons d'espérer. Tout n'est peut-être pas perdu. Mac G. n'a jamais attaché ses victimes ; s'il le fait cette fois c'est sans doute qu'il a l'intention de les épargner. Et puis, cela va prendre du temps. Avec tous les policiers qui sont dans la ville, il y en a bien un qui va remarquer la vitrine brisée.

George a un frisson lorsqu'il se retrouve en face de l'assassin au visage de gamin. Entre-temps, il a fait s'allonger à terre tout le personnel.

« T'en as mis du temps ! Allez, grouille-toi, tu vas les attacher. Vous autres, restez comme vous êtes. »

La première est la secrétaire, Nancy. En accomplissant sa besogne George Levin se répète sans arrêt à lui-même : « Il y a encore un espoir, il y a encore un espoir... »

Gordon lance un ordre bref.

« Recule-toi. »

Il s'approche de la secrétaire.

« Dis donc, c'est ça que tu appelles un nœud ? Refais-le en vitesse et si tu recommences, je descends la fille ! »

La mort dans l'âme, George doit s'exécuter. Et il passe au second corps allongé. Dans sa tête, il y a toujours la même pensée, la seule qui lui permette de tenir le coup : « S'il veut nous attacher c'est parce qu'il n'a pas l'intention de nous tuer. »

George continue à s'affairer, agenouillé sur le plancher, coupant les bouts de corde et faisant les nœuds maladroitement. Personne ne dit un mot : le silence est total. En dessous de lui, il sent depuis quelque temps une sorte de vibration. Il met un moment avant de comprendre que ce sont les battements de cœur de ses cinq compagnons allongés.

La voix de Gordon Mac G. retentit, sarcastique, cette fois :

« N'aie pas peur de serrer, mon gars. De toute façon, ils n'auront pas mal aux poignets longtemps ! »

George Levin a senti une brusque contraction dans son estomac et il a vu les autres se raidir. Cette fois, c'est la fin. Mac G. a jeté le masque, il vient de dévoiler ses intentions : il va les tuer tous, un par un, comme des lapins...

Non, ce n'est pas possible ! Il faut faire quelque chose. N'importe quoi, mais quelque chose, sinon, de toute manière, il est fichu, ils sont tous fichus. Gordon est assis sur une chaise, la carabine sur les genoux. George a remarqué que lorsqu'il s'accroupit pour ligoter ses compagnons, le canon est pointé très légèrement au-dessus de sa tête.

Jusqu'à présent, il en a attaché trois. Or le quatrième, Andrew, un des camionneurs, est juste en face de Mac G., à deux mètres environ... Il va se baisser au-dessus d'Andrew, se détendre d'un seul bond en plongeant sous la carabine et là, il faudra agripper le canon et le relever vers le plafond...

George Levin se penche sur Andrew... Il prend un morceau de corde comme s'il allait l'attacher. Son cœur bat avec une telle violence qu'il se force à attendre quelques secondes... « Du calme, George, du calme. Ne pas regarder Mac G., ça lui donnerait l'éveil. S'il a changé sa carabine de position, tant pis ! Avoir l'air affairé pour qu'il ne se doute de rien... Voilà... Maintenant ! »

George a bondi. Mac G. a tiré, mais la balle est passée au-dessus. Maintenant George est sur lui. De la main gauche, il maintient la carabine relevée, tandis que de son poing droit, il le frappe de toutes ses forces à la mâchoire. Andrew et Ernie, le comptable, qui n'étaient pas encore attachés, se précipitent. C'est fini...

Cinq minutes plus tard, le commissaire Palmer est là, avec une nuée de policiers.

Tandis qu'on emmène Gordon Mac G., qui n'est pas encore revenu de sa surprise, George Levin déclare simplement au commissaire : « Je rentre chez moi. Je vais dire à ma femme qu'elle n'a plus besoin de son revolver. »

Frankenstein

Il est cinq heures de l'après-midi, ce 25 juin 1993. L'heure en elle-même n'aurait qu'une importance secondaire si nous n'étions en Angleterre. Car, cinq heures de l'après-midi outre-Manche, c'est l'heure du thé.

A la même minute, dans les foyers restés fidèles aux habitudes traditionnelles, les théières fumantes ont pris place à côté du pot de lait et des gâteaux secs. Et dans bien des entreprises encore, malgré la crise et tous les problèmes qui secouent le pays, les employés s'arrêtent quelques instants pour sacrifier au rituel quotidien.

Les Laboratoires pharmaceutiques Hamilton à Bovingdon ont conservé cette habitude. Stanley F., le magasinier, préposé depuis longtemps à cette quotidienne mission, fait le tour des bureaux avec son plateau. Il est accueilli comme chaque jour avec cordialité.

« Hello Stanley, belle journée, n'est-ce pas ?
— Un nuage de lait, comme d'habitude... »

Ce sont des paroles courtoises et banales comme en échangent des milliers de Britanniques au même instant. Pourtant, ce jour-là, aux Laboratoires Hamilton, l'heure du thé sera loin d'être banale, elle va même être très particulière.

Stanley F., après avoir fait le tour des laboratoires, se dirige avec son plateau vers les bureaux de la direction. Dans les couloirs, il croise quelques employés qui lui adressent un sourire de convention. Il a l'habitude. Depuis quinze ans qu'il est dans la maison, personne n'a vraiment fait attention à lui. Qui, d'ailleurs, ferait attention à ce magasinier de trente-cinq ans, chétif, aux allures effacées, aux cheveux bruns soigneusement peignés avec une raie au milieu ? Un garçon de café : c'est l'image qu'il doit donner à tous ces gens pour qui il n'est, dans le fond, pas autre chose.

Et pourtant, s'ils savaient ! S'ils cherchaient à connaître la réalité derrière les apparences. S'ils lui posaient des questions, mais des vraies questions, pas sur la pluie et le beau temps ou le dernier match de foot, alors Stanley tâcherait de leur faire comprendre, de leur expliquer qu'il est bien autre chose qu'un simple magasinier.

Il leur parlerait, par exemple, de son admiration pour Hitler, le plus grand homme qui ait existé. Ou alors, il leur raconterait son enfance et cette manie qu'il a depuis qu'il est tout petit : sa passion pour les médicaments. Il en emportait dans ses poches, à l'école. En cachette, chez lui, il ouvrait les flacons et il les respirait. Il adorait l'éther surtout. Dès son plus jeune âge, il avait décidé de travailler dans la pharmacie ou pas du tout. Voilà qui est quand même peu banal ! C'est quelque chose qui le distingue des autres magasiniers.

Mais personne n'a jamais eu la curiosité d'interroger Stanley F. sur Hitler ou sur son enfance. Et puisqu'il en est ainsi, il va leur montrer lui-même qui il est. Ce ne sera pas difficile. Il n'aura rien d'autre à faire que ce qu'il fait chaque jour : servir le thé...

Stanley F. frappe trois coups discrets à la porte vitrée du bureau de William Ross, l'assistant du patron, et entre.

A son arrivée, William Ross ne lève pas la tête de ses dossiers. Il lui marmonne, tout en continuant à griffonner ses notes :

« Bonjour Stanley, laissez ma tasse sur le bureau, je vous prie. »

William Ross, un grand gaillard blond, est plus jeune que Stanley, il doit avoir juste la trentaine. Mais il a fait une belle carrière. Rentré comme simple laborantin, il vient d'être nommé, après un peu plus de cinq ans, à la direction.

Stanley F. pose le thé :

« Deux sucres comme d'habitude, monsieur Ross ? »

L'autre émet un grognement, toujours sans lever la tête. Il ne voit pas le regard du magasinier qui est braqué sur lui, ni sa grimace amère... « Stanley » : tout le monde l'appelle par son prénom. Pourtant, il a un nom de famille comme les autres. Lui, il est bien obligé de dire : monsieur Untel, madame ou mademoiselle Unetelle, et on lui répond : « Posez ça là, Stanley... Belle journée, Stanley. »

William Ross porte la tasse à ses lèvres sans lever les yeux. Stanley F. attend exactement trente secondes. Et soudain, William Ross, le grand blond, lève enfin la tête. Son visage est congestionné, presque violet et défiguré par l'angoisse.

« Stanley, un médecin, vite ! »

F. se précipite :

« Tout de suite, monsieur Ross. »

Avant de repartir avec son plateau, et pendant que l'autre se tord de douleur par terre, il prend quand même le temps de changer la tasse de thé.

Le 1er juillet 1993, personne ne travaille aux Laboratoires Hamilton. Le directeur a donné congé à tout son personnel afin qu'il puisse assister aux obsèques de son adjoint William Ross, mort six jours plus tôt à l'hôpital. Les médecins ont diagnostiqué une polynévrite aussi brutale qu'inexplicable.

Stanley F. se tient dans l'assistance avec une mine de circonstance dans son costume noir. Il n'a d'ailleurs pas eu besoin de s'habiller spécialement : il est toujours en noir. A la sortie de la cérémonie, un de ses collègues lui dit, en lui touchant le bras :

« Ce pauvre Ross, ce n'est vraiment pas de chance. Dire qu'il avait un si brillant avenir ! »

Stanley F. met un moment avant de répondre d'un ton pénétré :

« Ce n'étaient que des apparences, voyez-vous. Le destin frappe qui il veut, quand il veut. »

Mais l'autre s'éloigne déjà. Lui non plus n'a pas envie de parler vraiment avec le magasinier. Il doit penser en ce moment : « Stanley fait de la philosophie de garçon de café... »

Le travail a repris aux Laboratoires Hamilton. Stanley F. continue à servir le thé dans une indifférence courtoise. Il fait partie des meubles. Pas un des membres du personnel ne se soucie de ce qu'il peut bien penser en accomplissant sa besogne quotidienne, ce qui est une erreur, surtout pour l'un d'entre eux.

Depuis quinze jours, les pensées de Stanley F. tournent autour de Doris Spring, jeune et jolie laborantine à qui la plupart des employés masculins font plus ou moins la cour. Or, Doris va se marier. Elle a annoncé la nouvelle à ses collègues et elle a même organisé une petite fête à laquelle elle a convié tout le laboratoire, à quelques exceptions près, dont... Stanley...

Le 16 septembre 1993 à dix-sept heures précises, Stanley F. commence sa tournée.

Il ne sait pas pourquoi le mépris des femmes lui a toujours paru plus insupportable encore que celui des hommes. Peut-être parce qu'en plus de lui rappeler son insignifiance sociale, il lui remet aussi en mémoire sa laideur. Et c'est vrai qu'il est laid, avec son long nez qui lui coupe le visage en deux, son front étroit et ses cheveux qui retombent tout raides de chaque côté de la raie...

Stanley F. s'adresse poliment à Doris Spring, qui est en train de manipuler ses éprouvettes.

« Votre thé, mademoiselle Spring. »

Doris lève la tête. Elle abandonne à regret son travail qui avait l'air de l'absorber. Elle consulte sa montre.

« Déjà cinq heures ! »

Et elle fait un signe pour indiquer une place libre au milieu des éprouvettes et du matériel compliqué qui encombrent sa table. Stanley F. dépose la tasse avec un sourire poli.

La jeune femme se recoiffe rapidement. Stanley l'observe avec attention. Elle se recoiffe toujours avant de prendre son thé. Elle est coquette, Doris. Même dans sa blouse blanche de laborantine, elle est jolie et elle le sait. Et lui, il sait qu'il n'est pas beau, qu'il n'a jamais plu, qu'il ne plaira jamais aux femmes.

En s'apercevant que Stanley reste près d'elle à la regarder, Doris se met à lui sourire machinalement. Et puis elle cesse, sans doute parce qu'elle vient de se rendre compte que ce n'était que Stanley.

Doris porte la tasse à ses lèvres en un geste gracieux. Et quelques secondes plus tard, c'est la réplique de la scène qui s'était passée le 25 juin précédent avec William Ross.

Stanley F. reste un moment avant de répondre aux appels désespérés de Doris. Il regarde la bouche attirante qui se tord dans une affreuse grimace, les grands yeux si soigneusement maquillés qui reflètent la terreur. La jolie Doris Spring tombe par terre. Elle se roule aux pieds du magasinier qu'elle a oublié d'inviter à sa fête. D'ailleurs, elle avait eu tort de vouloir fêter son prochain mariage. C'était prématuré. Elle ne se mariera jamais.

Cette fois, les médecins refusent de se prononcer sur les causes du décès. Ces deux morts si rapprochées et si mystérieuses ne sont pas claires. Une enquête est décidée.

Pourtant, contrairement à ce qu'on pourrait croire, ce n'est pas une enquête policière. Les autorités négligent tout d'abord l'hypothèse d'un meurtre. C'est que, dans les Laboratoires pharmaceutiques Hamilton, spécialisés dans les antibiotiques, le personnel manipule quotidiennement toutes sortes de substances chimiques dangereuses et même des cultures de microbes extrêmement concentrées.

Ce ne sont donc pas des policiers mais des savants qui débarquent aux Laboratoires Hamilton. Pendant des jours et des jours, ils font des analyses, des contrôles. Avec leurs éprouvettes, leurs cornues, leurs microscopes, ils cherchent ce que la presse anglaise a baptisé dans ses colonnes « le virus de Bovingdon ».

Et, au bout de trois semaines, les savants rendent leurs conclusions. Elles sont claires et sans appel : les conditions de sécurité sont parfaitement observées dans les Laboratoires Hamilton et d'ailleurs aucune des substances chimiques ou des cultures bactériologiques s'y trouvant n'aurait pu occasionner les symptômes observés dans les deux cas.

C'est donc la police qui prend le relais. L'autopsie des victimes n'a donné aucun résultat. Si elles ont été empoisonnées, c'est avec un produit peu connu, qui a dû disparaître sans laisser de traces. Mais les policiers, eux, ne se posent pas de questions scientifiques. Qu'importe si on ne voit pas clairement comment et pourquoi les victimes ont été empoisonnées, le seul problème est : qui a pu le faire ?

Il ne faut pas longtemps aux enquêteurs pour avoir confirmation que les deux drames ont eu lieu juste au même moment : à dix-sept heures, l'heure du thé...

Stanley F., qui est immédiatement interrogé, est évasif :

« Je ne me souviens plus... J'ai été tellement troublé. Dans le cas de M. Ross, je crois que c'était avant qu'il ne prenne son thé. Pour Mlle Spring, il me semble bien que c'était un peu après l'avoir bu. »

Les policiers le considèrent avec attention. Pour

eux, Stanley F. n'est ni insignifiant ni quelconque. Au contraire, il est très intéressant ! Ce regard fuyant et inquiétant par moment, cette attitude effacée, presque obséquieuse, qui dissimule mal l'aigreur. Et puis, cette vie solitaire, renfermée, secrète...

« Nous aurons quelques questions à vous poser par la suite. D'ici là, nous vous demanderons de ne pas quitter Bovingdon... »

Le lendemain matin, les policiers se présentent avec un mandat de perquisition au petit studio qu'habite Stanley F. dans le quartier le plus misérable de Bovingdon. Mais pour entrer, ils doivent avoir recours aux services d'un serrurier. Car le magasinier n'a pas suivi leurs consignes. Il est en fuite.

Le serrurier s'escrime devant la porte, fermée par plusieurs verrous de modèles compliqués. Enfin, au bout de trois quarts d'heure d'efforts, il en vient à bout. Et là, les policiers restent un long moment bouche bée. Non, décidément, Stanley F., l'obscur magasinier, n'était pas quelqu'un comme les autres !

C'est une photo sur le mur qui attire tout d'abord le regard. Une affiche de cinéma d'un classique des années trente : FRANKENSTEIN. Mais on se rend compte tout de suite que ce n'est pas par goût du septième art que Stanley F. a placardé cette affiche. C'est pour une raison bien différente, à cause d'une passion d'une tout autre nature.

La petite pièce est dans un désordre indescriptible. Le sol est jonché de livres. Les policiers en ramassent quelques-uns au hasard : ils traitent tous du même sujet, les poisons.

Le centre du studio est occupé par une longue table encombrée de tout un matériel de chimie presque aussi compliqué que celui des Laboratoires Hamilton. Sur des rayonnages derrière, des rangées de fioles presque toutes étiquetées d'une tête de mort.

Un faible miaulement attire l'attention des policiers. Stanley F. a donc un chat ? Les hommes se baissent pour voir l'animal. Et ils découvrent alors que ce n'est pas un chat, mais trois, qui sont là, enfermés dans trois cages différentes, à côté d'une dizaine d'autres cages empilées les unes sur les autres, qui contiennent, elles, des souris.

Le destin qui attendait ces animaux est consigné dans les cahiers d'expérimentation qui jonchent la longue table. Depuis des années, Stanley F. a sacrifié des centaines de souris, des dizaines de chats, et il a noté avec une précision minutieuse leurs symptômes, leurs réactions et le temps qu'ils ont mis à mourir selon le poison qu'il leur a administré.

Mais il y a bien d'autres choses dans les écrits de Stanley F., que les policiers découvrent avec stupeur.

Dans un carnet recouvert de plastique noir, ils lisent la description rigoureuse, froide, scientifique des deux meurtres. Stanley F. a retranscrit de mémoire le comportement de William Ross et de Doris Spring, ses victimes, avec les mêmes mots qu'il employait pour ses souris ou pour ses chats.

Mais le plus étonnant, c'est un gros manuscrit qui traîne dans la bibliothèque. Car Stanley F. était en train d'écrire une œuvre littéraire, et quelle œuvre !

Le titre s'étale en lettres majuscules sur la première page : « Le Nouveau Frankenstein. » Quant à l'histoire, rédigée dans un style maladroit, elle est révélatrice. C'est celle d'un homme qui, se voyant écrasé, condamné par la société, a décidé de se suicider. Mais pour cela, il veut découvrir le poison le plus efficace et l'expérimenter d'abord sur les animaux puis sur les êtres humains...

Voilà quel était le secret du porteur de thé des Laboratoires Hamilton. Peut-être, après tout, si quelqu'un lui avait parlé, parlé vraiment, aurait-il renoncé à son idée de suicide et du même coup à tout le reste.

Pour l'instant, on n'en sait pas plus, car « Frankenstein » est toujours en fuite et on n'a pas réussi à mettre la main sur lui. L'obscur magasinier se révèle malheureusement un criminel particulièrement doué.

Selon des indiscrétions, la police serait sur une piste, mais elle s'est refusée à tout commentaire. Elle n'a pas été plus loquace sur la formule du poison utilisé, un poison aussi foudroyant que difficile à détecter. Il n'était pas question que Stanley F. fasse des émules.

On en est là aujourd'hui... Un dernier détail cependant : aux Laboratoires Hamilton, on ne sert plus le thé à cinq heures. Décidément, en Angleterre, les traditions se perdent chaque jour davantage !

Le camping-car

Pour Michael et Robert Brookes, le temps des vacances est arrivé. Michael et Robert Brookes, respectivement vingt-trois et vingt et un ans, sont étudiants à l'université de Winnipeg, dans l'Etat du Manitoba, au centre du Canada. Ce sont deux garçons à l'allure saine et sympathique, leur père est médecin, leur mère secrétaire dans un laboratoire, et ils se destinent tous deux à être ingénieurs. Ils réussissent d'ailleurs fort bien dans leurs études, ce qui ne les empêche pas, comme beaucoup de jeunes Anglo-Saxons, de pratiquer assidûment plusieurs sports. Bref, ils ont toutes les qualités qu'on peut espérer à leur âge et les meilleurs atouts pour réussir dans la vie...

Pour l'instant, ce 22 juin 1993, le principal souci de Michael et Robert Brookes est d'ordre matériel. Leur père leur a donné 2 000 dollars pour les vacances en leur disant : « Débrouillez-vous. » Michael et Robert aimeraient bien faire du camping dans l'île de Vancouver, mais c'est loin. Entre l'achat d'un camping-car, l'essence, la nourriture et les quelques accessoires indispensables, la somme sera largement dépassée.

Alors, il ne reste plus que la débrouille. Voilà pourquoi ils se trouvent en ce moment chez un casseur de voitures avec l'espoir d'y trouver un véhicule dans leurs prix. Le casseur, un moustachu bedonnant, les trouve visiblement sympathiques et aimerait bien faire quelque chose pour eux.

« Je n'ai malheureusement pas de camping-car en ce moment, les gamins. Mais peut-être que j'en recevrai dans quelques jours.

— Attendre, ce n'est pas possible. On ne peut pas perdre une partie de nos vacances... »

C'est alors que Michael, l'aîné, aperçoit un véhicule et le désigne à son frère :

« Qu'est-ce que tu en penses, Robert ?

— Tu es fou ?

— Non. Avec un peu de peinture, ce sera parfait. C'est exactement ce qu'il nous faut ! »

Le patron s'approche d'eux avec un sourire jovial.

« Ça, c'est une idée ! Je n'y aurais pas pensé... Tenez, si cela vous intéresse vraiment, je vous le fais à 1 000 dollars.

— 1 000 dollars, c'est d'accord !

— Vous serez contents. La carrosserie est moche, mais le moteur est bon. Vous allez passer de sacrées bonnes vacances, les gamins ! »

Francis M. vient de quitter les faubourgs de Vancouver. Il marche sans se presser... En quatorze ans de prison, quatorze ans à ne rien faire, on oublie ce que c'est que d'être pressé. Et comme il est sorti le matin même, il n'a pas encore repris l'habitude...

C'est drôle comme les gens peuvent changer en quatorze ans : les robes des femmes, les modèles des voitures. A part cela, tout le monde a l'air plutôt bien dans sa peau. Personne n'a l'air de faire attention à lui. Tout comme personne n'avait fait attention à lui, quand il était en prison.

Francis M. se sent soudain pris d'une haine invincible contre l'humanité entière. Son visage de quarante ans aux joues bleues et aux traits durs se contracte, tandis que ses yeux se mettent à briller... Il accélère l'allure. Il se dirige vers le port où il prendra le bateau à destination de l'île de Vancouver. Pour y faire quoi ? Il ne le sait pas. Francis M. aimerait bien que ce sentiment de haine le laisse en repos. Mais pour l'instant, la haine reste la plus forte.

Depuis qu'il est sorti de prison, il n'arrive pas à chasser ses souvenirs. Ils reviennent imperturbablement. Ce sont toujours les mêmes.

Il y a eu d'abord le directeur l'appelant dans son bureau, le jour de sa libération. Il est venu vers lui et lui a tendu une main qu'il s'est refusé à serrer.

« J'ai tenu à vous voir avant votre départ, mon cher M... »

Cela devait bien être la première fois qu'il disait « mon cher » à un détenu ! Après être resté quelques instants tout bête avec sa main tendue, le directeur a fini par la remettre dans sa poche.

« J'espère que ce n'est pas à moi que vous tiendrez rigueur. Je n'ai fait que me conformer au règlement. Je garde les condamnés. Ce n'est pas moi qui les juge. »

Et puis, il y a eu l'avocat, bien plus gêné encore, lui.

« Quatorze ans, cela va leur coûter très cher, Francis ! Nous allons attaquer l'administration et l'Etat de Colombia. Avec les dommages et intérêts, vous allez être un homme riche ! »

Il aurait pu ajouter : « Et ce sera grâce à moi. » Car, ces quatorze ans, c'était en grande partie à lui qu'il les devait. Dès le départ, il ne l'avait pas cru. Il l'avait défendu sans conviction, du bout des lèvres.

« Mais je suis innocent, maître. Je n'ai pas tué ma femme !

— Bien sûr. Nous ferons ce que vous voudrez. Mais, si vous voulez croire mon expérience, en plaidant coupable... »

Pourtant, le plus drôle ou le pire — ce qui revient au même —, c'était la tête du lieutenant quand il est entré dans sa cellule. C'était lui qui avait mené l'enquête quatorze ans plus tôt pour le meurtre de sa femme. Il l'avait fait avec acharnement, l'accusant tout de suite, faisant tout pour obtenir des aveux qu'il n'avait pas eus, haussant les épaules devant ses protestations désespérées d'innocence...

« Il vient de se produire quelque chose... Votre femme... Enfin, nous avons arrêté le véritable assassin... C'était un rôdeur. Il a avoué. Nous avons retrouvé chez lui ce qu'il avait volé. »

A ce moment précis, le monde a explosé ! Les murs de sa cellule se sont mis à tourner comme une toupie, tandis que, devant lui, le lieutenant se décomposait à vue d'œil.

« Je sors de chez le juge. J'ai obtenu une mesure de libération d'urgence. Vous êtes libre... »

Qu'est-ce que cela voulait dire : libre ? Cela avait une signification quelconque, « libre » ? Le teint du lieutenant était terreux. Il s'est appuyé contre le mur.

« Je... vous demande de me pardonner. J'ai présenté ma démission à mes supérieurs. »

6 juillet 1993, une heure de l'après-midi. Michael et Robert Brookes sont sur le bac qui les conduit vers l'île de Vancouver. Leur véhicule, comme d'habitude, ne passe pas inaperçu. Un chauffeur routier, garé à côté d'eux, engage la conversation.

« Qu'est-ce que c'est votre engin, les gars ? On dirait un panier à salade...

— Mais *c'est* un panier à salade. On l'a trouvé chez un casseur. On l'a repeint et on l'a transformé en camping-car.

— Ça, c'est une drôle de bonne idée ! Je peux voir à l'intérieur ?

— Oui, bien sûr. Regardez : on a même gardé les banquettes de bois pour en faire des couchettes. »

Le camionneur contemple l'ensemble avec un sifflement admiratif.

« C'est un rien chouette ! Avec ça, les gars, vous devez avoir un certain succès !

— Ça, oui ! On ne passe pas inaperçus. »

6 juillet 1993, neuf heures du soir. Francis M., couché sous sa tente, dans une clairière de la forêt de l'île de Vancouver, cherche en vain le sommeil.

S'il est venu ici, dans cette île où il ne connaît personne, tout de suite après sa sortie de prison, c'est pour oublier. Après, il retournera à Vancouver, dans la civilisation, et il se fera payer le plus cher possible pour ses quatorze ans de cauchemar et d'injustice. Mais avant, il doit faire le vide, le calme dans son esprit. Et c'est cela qu'il n'arrive pas à faire. Il se sent bouillir et il est pris de temps en temps d'une rage qu'il ne peut réprimer...

Un souvenir surtout lui est intolérable : c'est le premier. Le lieutenant, après lui avoir posé quelques questions à propos de sa femme, l'emmène au poste de police. Le panier à salade est devant la maison, qui l'attend. Il monte. Les portes grillagées se referment sur lui et la sirène retentit. Il est parti pour un cauchemar de quatorze ans. Et ce grillage, cette sirène, il ne pourra jamais les oublier !

Francis M. sursaute. Un bruit de moteur vient de retentir. Ce n'est pas possible ! On ne va tout de même pas venir l'embêter jusqu'ici... Le moteur s'arrête. Le véhicule s'est immobilisé tout à côté de sa tente. Comme un fou, Francis bondit dehors. Il se trouve nez à nez avec l'arrière grillagé du camping-car de Michael et Robert Brookes.

7 juillet 1993. Le lieutenant Parker, de la police montée canadienne, arrive dans la clairière en compagnie de ses hommes. Il est aux environs de midi. Ils ont été alertés une heure plus tôt par un bûcheron qui passait sur les lieux.

Le panier à salade transformé en camping-car est seul au milieu de la clairière. Les portes grillagées peintes en blanc sont ouvertes. Le lieutenant Parker se penche à l'intérieur et découvre le spectacle. Le bûcheron ne l'avait pas trompé : il est horrible. Michael et Robert Brookes ont été assassinés avec une sauvagerie inouïe. Ils sont couverts de coups, donnés avec une arme tranchante. Ils se sont défendus avec acharnement. L'un d'eux a même eu une main coupée.

A première vue, leurs agresseurs devaient être plusieurs, car il le fallait pour avoir le dessus sur des gaillards de ce genre. A moins qu'il ne s'agisse d'un fou, la folie donnant parfois des forces incroyables...

Un homme seul : c'est ce qui semble ressortir des premières constatations. Les policiers ne tardent pas à découvrir des indices à proximité. Le sol est tassé, il y a des trous dans la terre, visiblement faits par des piquets, et la manière dont ils sont rapprochés indique une tente de taille réduite, une tente individuelle.

D'autre part, on découvre dans le panier à salade transformé en camping-car 1 000 dollars soigneusement rangés dans un sac. Le vol n'est donc pas le mobile de l'agression. Tout porte à croire qu'il s'agit d'une altercation qui a mal tourné et sans doute de l'acte d'un dément... De toute manière, le plus urgent est de retourner au bac, où ordre a été donné de retenir tout individu suspect.

Quand il a voulu prendre le bac Francis M. a été immédiatement arrêté. Son air d'égarement, son regard hébété l'ont fait immédiatement remarquer par les policiers chargés du contrôle, qui l'ont retenu sur place, et lorsque le lieutenant Parker arrive à son tour sur les lieux, il a la certitude qu'il s'agit de son homme.

« Les deux jeunes, c'est vous ? »

Francis M. secoue la tête comme un balancier d'horloge.

« C'était trop... Je n'ai pas pu. Quand je les ai vus hier soir, je n'ai pas pu. Je suis rentré dans ma tente. J'ai pris la hachette qui me servait pour couper du bois... Le reste, je ne me souviens plus.

— Pourquoi avez-vous fait cela ? »

En posant cette question, le policier s'attend à une

réponse incohérente, car l'individu n'est visiblement pas dans un état normal, mais la réponse n'est nullement incohérente. Elle révèle l'incroyable, l'épouvantable concours de circonstances qui est à l'origine de ce drame :

« A cause de leur car, de leur panier à salade. J'ai cru qu'on venait pour me reprendre, que tout allait recommencer. »

Et, par bribes, Francis M. raconte sa terrible histoire : l'assassinat de sa femme, son arrestation, sa condamnation et les souvenirs affreux qui le hantaient, dont le plus terrible est celui du car de police l'emmenant, sirène hurlante.

Ramené à Vancouver, Francis M. a été examiné aussitôt par un psychiatre, qui, sans se prononcer définitivement sur son irresponsabilité, a demandé qu'il soit hospitalisé pour subir des examens complémentaires.

Lorsqu'il a quitté les locaux de la police de Vancouver, Francis M. est monté non dans un panier à salade, mais dans une ambulance. Sans être un grand expert, on ne peut que s'en féliciter. Dans le cas contraire, on peut être certain que ce qui lui restait de raison n'y aurait pas résisté.

Bon début dans la vie

Raymond ne sait plus où il en est... Marilyn, sa petite Marilyn, est en prison. A dix-neuf ans... Il n'avait jamais pensé que les choses puissent tourner comme ça... S'il avait su, il n'aurait pas porté plainte. Mais il a porté plainte, contre sa propre enfant, et par l'implacable logique de la justice, Marilyn, son petit ange, se retrouve derrière les barreaux. Quelque part la tendresse aveugle de Raymond, au lieu de préparer un ange à affronter les épreuves de la vie, cette tendresse a fabriqué un monstre complètement dénué de sens moral, une machine à tuer sous l'apparence d'une jolie fille.

Raymond est chauffeur de poids lourd et son travail, dans la période bénie des années soixante-dix, l'emmène souvent bien au-delà des frontières. Belle occasion pour faire découvrir le monde à la petite Marilyn. Au moment des vacances scolaires, Raymond propose donc à sa gamine de l'accompagner sur les routes d'Europe. Et Josette, la mère de famille, le cœur un peu serré, les voit s'éloigner tous les deux pour de longs voyages. Mais, au bout du compte, ils finissent toujours par rentrer à la maison, les yeux pleins d'images pittoresques, la mémoire pleine d'anecdotes, de charmantes aventures, de fous rires. De bons moments que la famille revit en rangeant les photos dans les albums. Une famille heureuse.

Marilyn grandit : ses résultats scolaires sont bons.

Elle est décidément jolie et soigne sa forme physique en s'adonnant avec passion aux joies de la natation. Elle est même très bonne dans cette discipline : ses professeurs l'encouragent et chaque dimanche elle aligne des longueurs de bassin. Ses parents, pour la suivre de plus près encore dans ses progrès, ont appris à chronométrer les performances de la petite. Après la natation, les promenades, les balades à vélo. Quand on les voit passer, pas de doute, Marilyn attire tous les regards — jolie, sportive, réservée. Bah, le temps des garçons viendra plus tard. Pour l'instant Marilyn est parvenue en sélection nationale. Peut-être une future championne, peut-être la gloire des premières pages des journaux, les jeux Olympiques...

La notoriété dans les journaux, Marilyn va y parvenir, mais par un tout autre moyen : un jour cette enfant plus que sage croise le regard de Francis, un joli blond de vingt-deux ans. Il faut dire que Francis, dont on ne sait pas vraiment d'où il sort, fait tout pour qu'on le remarque et surtout pour que les filles prennent conscience de son existence : au volant d'une « tire » bricolée, hors d'âge, tonitruante, il parcourt le plus vite possible les rues de la cité, en faisant hurler la radio qui orne son tableau de bord. Marilyn découvre soudain qu'il existe des garçons dont l'existence ne se déroule pas entre papa, maman, la piscine et les cours de secrétariat du lycée. Elle ignore qu'il est bagarreur, qu'on ne connaît que lui au commissariat de police, qu'il vit de petits boulots plus ou moins louches. Marilyn fait la connaissance de Francis. Il l'intéresse... pour son plus grand malheur.

Francis, de son côté, est vivement intéressé par cette jolie blonde, vedette de son collège, qui ressemble un peu à Nathalie Baye. Quel joli morceau pour son tableau de chasse !... Marilyn, sortie du cocon familial, est fascinée par les propos révoltés de Francis : il en veut à la société qui lui reprend tout l'argent qu'il gagne. Il veut « recommencer à zéro » (alors qu'il n'a pas encore commencé !). Il aimerait partir en

Australie, il voudrait se payer une Porsche, seule voiture vraiment digne de ses compétences. Il voudrait la télé-couleur, un magnétoscope, une chaîne hi-fi... Marilyn frémit d'aise devant ce garçon qui a tant besoin qu'on l'aime...

A partir de ce moment Raymond et Josette, sans comprendre pourquoi, perdent le contact avec leur fille : son joli regard si clair fuit le leur. Pis encore, elle s'absente de ses cours, rate les rendez-vous pris pour améliorer ses scores en natation. De toute évidence elle mène une double vie. Ils ne tardent pas à apprendre qui est la cause de ces changements. Ils ignorent encore que, le soir, à la nuit tombée, Marilyn se glisse par le balcon de sa chambre pour aller rejoindre Francis. Oh, pas pour des orgies, pas même pour aller tâter des paradis artificiels... Pour vivre autre chose dans un univers moins aseptisé que celui que lui offrent ses parents et son monde scolaire et sportif... Pour rêver, changer d'échelle de valeurs, pour être amoureuse.

Francis pourtant, un beau soir, sonne chez les parents de sa bien-aimée : il demande officiellement l'autorisation de sortir avec leur fille. Raymond, révulsé devant tant d'impudence, refuse à demi : jamais en semaine. Peut-être est-ce là leur erreur... qui pourrait bien leur être fatale.

Marilyn et Francis se rencontrent désormais chez Jean-Michel, un garçon qui, lui aussi, a des problèmes. Mais, malgré sa timidité et son air effacé, malgré sa situation de chômeur, Jean-Michel, éperdu d'admiration pour Francis, possède un bien appréciable pour les jeunes amoureux : un appartement où ils peuvent se retrouver loin du monde des adultes. Marilyn ne voit d'ailleurs plus beaucoup ses « vieux ». Uniquement pour réclamer de l'argent de poche... que Raymond et Josette, scandalisés par les événements mais prêts à tout pour récupérer leur fille, donnent en poussant des soupirs.

Cependant Marilyn, de plus en plus amoureuse,

lors d'une demande d'argent de poche, réussit à subtiliser la carte bleue de ses parents. Bientôt Francis peut regarder la télé-couleur et même écouter ses disques de rock sur sa chaîne tant désirée.

Francis sonne à nouveau chez Raymond et Josette : l'accueil est plus que froid. Il doit fuir sous les insultes : décidément ces parents ne sont pas fréquentables. De vrais empêcheurs de vivre... Dans un langage courant mais inhabituel pour elle, Marilyn déclare tout net à ses deux amis : « Mes parents me font ch... » On dirait le langage de l'Agrippine de Brétecher. Ils la fonch... Le mieux serait qu'ils disparaissent. Après tout ils ont fait leur pelote. Fille unique, Marilyn hériterait d'un joli capital : cinq cent mille francs au bas mot. Pas mal : de quoi s'offrir la Porsche (d'occasion bien sûr), l'Australie... la grande vie.

Oui, mais voilà : comment s'en débarrasser ?

Jean-Michel, le chômeur à l'air fragile, propose le classique du genre : une carabine 22 long rifle. Il propose même de se charger du « boulot », moyennant la moitié de l'héritage à venir. OK, dit Marilyn, et désormais les promenades du trio sont consacrées à visiter les marchands d'armes. Déception : il faut compter au moins deux mille francs pour l'achat de l'engin. Sans compter les cartouches. Il faut trouver autre chose.

Une arbalète : le tueur à gages fragile « sent moins » la chose. Réfléchissons encore... De saines lectures leur donnent la solution : faire sauter les parents dans leur sommeil grâce à une bonbonne de gaz... Le trio infernal n'a pas trop de mal à découvrir sur un chantier et à voler la bonbonne bien pleine indispensable à l'opération. Marilyn ouvre la fenêtre de sa chambre, un soir au clair de lune, et les deux garçons l'aident à introduire l'engin dans l'appartement, le plus près possible de la cloison derrière laquelle Raymond et Josette, inconscients du danger, dorment, ou du moins essaient en pensant au mauvais coton que file leur fille.

La suite du plan est simple. Une fois la bonbonne ouverte, le gaz s'échappe et se mêle au gaz de ville car Marilyn a pris soin d'ouvrir les robinets de la cuisinière à gaz de l'appartement. Puis elle s'éloigne prudemment du lieu du futur crime. Tout le monde sait que, une fois l'atmosphère chargée de gaz, la moindre étincelle provoquera une formidable explosion, expédiant *ad patres* le gentil camionneur et son épouse.

Francis, Marilyn et Jean-Michel passent, peu après, un coup de fil aux parents. Nul doute que cet appel ne suffise pour déclencher l'explosion. Mais, au bout du fil, la voix endormie de Raymond répond. Preuve que le stratagème a échoué.

Raymond ne comprend tout d'abord pas quel est cet appel anonyme qui le réveille en plein sommeil. Mais, à demi conscient, il sent l'odeur du gaz qui se répand dans l'appartement. Debout, il est horrifié en voyant le mécanisme infernal destiné à les tuer. Une fois les fenêtres ouvertes, l'atmosphère purifiée, le gentil camionneur n'a pas de mal à deviner qui sont les auteurs de cette tentative assassine. Révolté, révulsé, il se précipite pour porter plainte.

Pendant ce temps-là, déçu, le trio réfléchit et, sans plus tarder, dès le lendemain matin, part dans la ville voisine pour essayer de trouver une 22 long rifle un peu plus abordable. A leur retour, bredouilles, de la ville voisine, on arrête les monstres, car il n'y a pas d'autre mot pour qualifier le trio.

Jean-Michel, le propre à rien, est tout fier de lui quand les policiers lui confirment qu'il est un « vrai tueur à gages ». En effet, quand on lui fait remarquer qu'ils auraient pu non seulement tuer les parents de Marilyn mais encore les cinquante autres habitants de l'immeuble, il rétorque : « Trois morts ou cinquante, c'est la même chose... » A force de voir à la télé meurtres en série et catastrophes mondiales, la sensibilité s'émousse, même chez les meilleurs. Alors que dire des pires...

La problématique de l'aveu

Une jeune fille de dix-huit ans ne s'est pas réveillée ce matin-là. Une jeune fille qui venait de passer l'examen d'une grande école, une jeune fille tranquille, qui vivait dans un pavillon de banlieue tranquille, qui allait partir en vacances au soleil d'Espagne, un 15 août 1988. Une jeune fille au joli sourire, au regard doux, à l'avenir assuré par un travail assidu, la réussite aux examens. Une jeune fille qui faisait la joie de ses parents.

Ce matin-là, elle ne répond pas au téléphone. Au bout du troisième appel, sa mère s'inquiète et son père décide d'aller voir ce qui se passe dans le pavillon qu'elle habite.

Plus jamais il n'oubliera le choc de la découverte du corps de sa fille, dans cette salle de bains : neuf coups de couteau, le sang, l'horreur totale. La vie bascule pour toujours, le choc est ineffaçable. Désormais, ouvrir une porte de n'importe quelle salle de bains deviendra un cauchemar. La vision ne le quittera plus. La petite sœur de quatre ans, traumatisée à vie, a peur de tout, de sortir seule dans la rue, d'un regard qui s'attarde sur elle ; une mèche de cheveux blancs marque la terreur de l'enfant devant la mort de Martine, la grande, la douce sœur aînée, celle qui venait à peine d'entrer dans la vie adulte, après une enfance et une adolescence exemplaires.

On suppose qu'il s'agit de cambrioleurs dérangés

dans leurs activités, on les recherche, et l'on n'écoute pas suffisamment la mère de la victime qui dit immédiatement à la police : « Un jeune homme a travaillé dans la maison d'en face pendant quinze jours, il observait sans cesse le voisinage, son comportement était bizarre. Je le connais depuis qu'il est enfant, il est perturbé, interrogez-le ! »

On n'écoute pas suffisamment, car on commence par répondre à la maman en larmes : « On ne commence pas une enquête criminelle de la sorte, il faut d'abord procéder par élimination. »

C'est ainsi qu'au bout d'un mois, les enquêteurs, ayant donc « procédé par élimination », écarté la suggestion de la mère après l'avoir examinée rapidement, et n'ayant toujours pas de piste, se penchent avec intérêt sur une dénonciation anonyme. Au téléphone, une voix jeune déclare abruptement : « C'est Untel qui a tué Martine. » Il se trouve qu'« Untel » est connu des services de police — cambriole et violences, casier : un bon suspect. Mis en garde à vue, il est, selon l'expression d'un enquêteur, « conduit à avouer qu'il est l'auteur des faits ».

Untel est donc présenté devant un juge d'instruction, et là, il se rétracte immédiatement. Refrain connu, chanson mille fois entendue, il prétend que la police l'a battu pour lui extorquer des aveux. En raison de certains détails qu'il semble avoir donnés sur ce crime qu'il refuse maintenant d'endosser, Untel n'est pas cru. Untel est inculpé, incarcéré, et attend en prison, durant un an, que l'instruction soit close et d'avoir à s'expliquer devant les assises. Il n'est ni le premier ni le dernier à avouer un crime devant la police et à reculer devant les juges. Pendant ce temps, le dénonciateur anonyme le reste.

C'est ici que commence la problématique de l'aveu. L'aveu n'est qu'une présomption et ne doit être pris pour argent comptant qu'accompagné de preuves matérielles solides, d'évidences, de témoignages concordants — bref, celui qui avoue n'est pas forcément coupable. Mais ce présumé coupable (dénoncé par un complice de cambriole, suppose la police) a un casier, et il a avoué : que demande le peuple ?...

Que demande le peuple ? La vérité. De la part du présumé coupable. Mais pour beaucoup la vérité n'est pas un principe, ils jouent avec depuis si longtemps que, peut-être, ils ne savent plus où elle habite, cette vérité. Au cours de ce qui l'a conduit à « se reconnaître l'auteur des faits », Untel a donné des détails, si l'on peut qualifier ainsi ce qui suit : « La grille du pavillon n'était pas fermée, la jeune fille était en chemise de nuit, le lit était défait, dans la salle de bains il y avait deux bacs... » C'est plutôt maigre, vague — espérons que d'autres détails avaient forgé la conviction des enquêteurs à l'époque, car ceci ne suffit manifestement pas à une inculpation.

Un an passe. La famille de la victime attend le procès, comme une torture nouvelle. Il faudra, aux assises, regarder l'assassin dans son box, écouter ce qu'il dit, notamment qu'il n'est pas l'assassin en question, rester calme, ne pas se laisser emporter par la colère, l'esprit de vengeance, supporter les considérations de la défense, souffrir.

Il se trouve que la famille de Martine, particulièrement digne, est capable d'endurer ce calme imposé par la justice. Mais elle n'est pas au bout de sa peine.

Septembre 1989 : fait divers dans le quartier. Un jeune homme excité — drogué ou paranoïaque, on ne sait — déclenche une bagarre avec un voisin et lui tape dessus sans aucune raison valable. Il est maîtrisé par la police, emmené au commissariat du quartier, où il est aisé de comprendre l'état dans lequel il se trouve depuis trop longtemps déjà.

Rémy a vingt ans, il se drogue « normalement », dit-il, en fumant trois ou quatre joints par jour et en buvant « normalement » une quinzaine de bouteilles de bière. Ce qui l'amène à un délire « normal ».

Dans la vie courante, Rémy se prend pour Dieu, craint le démon, se réfugie sur l'autel de l'église, et refuse d'en descendre, entretient des conversations avec la Vierge, accroupie dans sa chambre, pleure et hurle de rire, se fait ramasser en état d'ivresse, se retrouve à l'hôpital Sainte-Anne, en ressort après quelques heures d'observation, et finalement se met à cogner sur son voisin. Un délinquant au parcours classique. Il ne connaît pas son père, a des démêlés avec sa mère venue de Martinique alors qu'il avait neuf ans. Drogue à quinze ans, scolarité nulle, petits boulots, chômage, TUC.

Vérification faite, il se trouve que c'est lui qui travaillait en face de la maison de Martine, avec un copain gitan. Il se trouve que c'est lui que la maman avait d'abord désigné comme un suspect possible, que c'est lui le garçon qui observait de trop près les allées et venues de sa fille, qui semblait surveiller la maison de manière inquiétante. Celui que l'enquête a « éliminé » au départ.

Il est là dans le commissariat, il attend qu'on le ramène dans un service de psychiatrie, d'où il n'aurait jamais dû sortir, mais on n'interne pas les gens de force, dans un pays démocratique. Le garçon est majeur et sa mère n'est pas intervenue... A ce moment-là il est simplement accusé de voies de fait, délit pour lequel, s'il est jugé un jour, il ne risque pas grand-chose, puisqu'un psychiatre n'aura pas de mal à démontrer qu'il n'était pas dans un état normal, mais dans un délire dû à la drogue et à l'alcool. Quelques mois avec sursis ?

Il est là et voit passer tout à coup un commissaire de police, l'interpelle et lui dit : « Martine, c'est moi qui l'ai tuée. »

Deuxième problématique de l'aveu. Pourquoi s'accuser à ce moment-là ? Délire ? Remords ? Choc de se retrouver dans un commissariat, besoin d'être autre chose qu'un pauvre paranoïaque qui n'intéresse personne ? Désir de passer du petit drogué minable à l'état d'assassin conséquent dont les journaux parlent ? Ou réalité ?

Le commissaire doute, il en a sûrement vu d'autres, mais il fait son métier, en ce sens qu'il prévient le collègue chargé de l'enquête de ce qu'il vient d'entendre. Et il s'entend répondre, bien évidemment : « L'assassinat de Martine ? Mais on a déjà quelqu'un, il est en préventive depuis un an ! »

Tout de même, Rémy a lui aussi donné quelques détails difficiles à inventer et le responsable de l'enquête vient l'entendre sur place. De manière informelle puisque son dossier est bouclé. C'est-à-dire sans procès-verbal d'interrogatoire consigné et signé. Il écoute ce que ce malade a à dire par principe. Et il a l'impression que Rémy fait des efforts considérables pour être cru. Qu'il a besoin d'être cru, besoin d'être soulagé d'un remords, d'un poids. Et, en même temps, qu'il joue avec ses aveux, en se pavanant un peu : « Je risque rien, j'étais possédé du démon... personne ne pourra me condamner, je suis sous l'emprise du démon... c'est le démon, c'est pas moi... »

Difficile de démêler la folie de la réalité dans ce premier entretien. L'enquêteur pose des questions pièges, du genre : « Et la radio que tu as volée, qu'est-ce que tu en as fait ?

— Elle marchait plus, je l'ai jetée. » Or il n'y a pas eu de radio volée... Mais se souvient-il de ce qu'il a volé ou pas, et où et quand ? Le piège ne prouve pas qu'il fabule. D'autant plus qu'il se décide tout à coup à évoquer son complice : « J'étais avec un copain qui faisait le guet, vous n'avez qu'à l'interroger. »

Et le copain en question déclare : « Je l'ai vu sortir du pavillon avec un couteau à la main, il m'a dit qu'il avait fait une connerie. Il a jeté le couteau dans un fourré. »

Il y a effectivement un couteau dans le fourré en question, un couteau de boucher, certes inexploitable en ce qui concerne des preuves matérielles, car il est là depuis un an, mais il y est. Et voici que Rémy devient un coupable parfaitement possible. Le vrai coupable en fait, alors qu'un autre homme, voleur de métier certes mais non pas assassin, s'apprêtait à subir les affres d'une erreur judiciaire.

L'innocent est remis en liberté. Le coupable est en prison. On recherche d'autres témoignages et l'on en trouve.

Un, entre autres, qui renseigne sans renseigner... Il s'agit d'une amie de Rémy, chez qui il est arrivé le soir du crime, affolé, et à qui il a déclaré : « J'ai tué une fille, regarde, il y a du sang partout sur mon blouson. » Or, il n'y avait pas de sang sur le blouson. Du moins, c'est ce que déclare cette jeune fille, qui, pourtant, reconnaît qu'elle a accédé à la demande de Rémy, lavé ce blouson, pour le rendre à sa mère quelque temps après.

Et pourquoi aurait-elle lavé un blouson qui ne portait pas de traces de sang ? Elle n'en sait rien. Comme ça, pour ne pas contrarier Rémy. Et pourquoi n'a-t-elle rien dit de tout cela à personne ? Nul n'ignorait, dès le lendemain, l'assassinat de Martine et les neuf coups de couteau... Elle n'y croyait pas ? Elle ne voulait pas se mêler d'une histoire pareille ? Bon.

Reste la mère de Rémy, qui aurait déclaré au juge d'instruction au moment de l'arrestation de son fils : « Je me doutais depuis quelque temps qu'il avait fait quelque chose de grave. » Mais elle retirera ce commentaire à l'heure du procès, en préférant un autre : « Mon fils est un bon garçon, il n'a pas pu tuer quelqu'un. »

Car l'heure du procès est enfin venue : mars 1993, quatre ans et demi après la mort de Martine. Rémy a vingt-quatre ans, elle aurait dû en avoir vingt-deux.

Avant les assises, Rémy a été jugé pour sa bagarre avec un voisin, et relaxé. Un psychiatre l'a estimé en état de démence ce jour-là. Le jour précisément où il a interpellé un commissaire de police pour s'accuser du meurtre de Martine. Ce qui voudrait dire qu'il s'est accusé d'un crime en état de démence ? Non, le ministère public fait appel et le psychiatre revient sur sa première estimation. Il ne s'agit plus alors de démence, au moment où il a agressé son voisin, mais d'un état de violence dû à l'alcool et à la drogue — très précisément d'une « bouffée délirante » : Rémy n'était dément que momentanément. Nuance. Car, dans ce cas, Rémy est reconnu responsable, avec circonstances atténuantes, d'avoir cogné sans motif sur le voisin, et donc condamné devant le tribunal de Bobigny pour voies de fait.

Va-t-il renouveler ses aveux concernant la mort de Martine ?

Non. C'est la troisième problématique de l'aveu. Il revient sur sa déclaration, en racontant ainsi l'affaire : il est entré dans le pavillon pour cambrioler, il connaissait cette maison, puisqu'il avait travaillé juste en face durant quinze jours. Mais il n'a pas tué Martine. Il prétend qu'elle était déjà morte lorsqu'il est entré dans la salle de bains. Ce serait donc un cambrioleur précédent qui aurait tué la jeune fille de neuf coups de couteau, mais pas lui.

Dans ce cas, pourquoi s'est-il attribué le meurtre auprès de son complice ? Pourquoi a-t-il jeté le couteau dans un fourré ? D'ailleurs, pourquoi va-t-on cambrioler avec un couteau si l'on n'est pas prêt à céder à n'importe quelle pulsion mortelle ?

L'accusation maintient — sur la base des aveux — sa position sur la présence du couteau, sur la réalité des confidences faites à ses copains. La défense, elle, entend faire comprendre aux jurés que ce garçon est un affabulateur, un psychotique, un halluciné, un dépressif, et que ses aveux font partie de ce théâtre permanent dans lequel il vit.

Il aurait donc raconté des histoires à son complice, raconté des histoires à son amie, le 15 août 1988, et à nouveau raconté des histoires un peu plus tard à un commissaire qui passait par hasard... Il s'agirait d'un processus psychologique de culpabilisation — un cauchemar déformé, dit la défense. Il faudrait donc imaginer Rémy pénétrant dans ce pavillon qu'il a décidé de cambrioler, la porte étant déjà ouverte, la jeune fille déjà assassinée de neuf coups de couteau, dans la salle de bains. Imaginer Rémy ramassant le couteau, volant la bague de la jeune fille, sortant du pavillon, disant à son complice « Je suis un meurtrier », jetant le couteau, tout ça alors qu'il n'aurait pas tué ?

Le point délicat dans cette histoire est que les aveux de Rémy, faits spontanément alors qu'il se trouvait dans un commissariat pour un autre délit, ont été entendus sans rigueur policière, n'ont pas été enregistrés officiellement. L'avocat général ne se prive pas à ce sujet de faire remarquer la « légèreté » de l'enquête policière.

La famille de Martine écoute avec dignité ce qui doit lui être intolérable à entendre. Elle regarde ce garçon affirmer qu'il s'est accusé d'un meurtre qu'il n'a pas commis, et ce doit être insupportable à regarder ce visage qui dit oui, qui dit non, qui s'accuse et recule comme un cheval peureux devant l'obstacle. Eux, ils se sont exilés, ils ont quitté ces lieux où la vie leur était devenue invivable. Eux, ils ont vécu le vrai cauchemar. Et la sincérité, l'évidence, la vérité, en un mot, ne leur est même pas offerte en soulagement. Ils attendent le verdict trois heures durant. L'avocat général a demandé vingt ans de réclusion pour Rémy. Trois heures interminables durant lesquelles ils revivent l'agonie de leur fille. Devant quel visage ? Sous quelle main ?

Le premier inculpé qui avait avoué, qui s'est récusé, est libre. Celui-ci semble être le vrai coupable : cette main doit être celle qui a tenu le couteau et a frappé. Cette main est-elle celle d'un malade mental ? Les jurés vont-ils le renvoyer à ses délires ?... Ont-ils un doute ?

Ils n'en ont pas. Vingt ans de réclusion attendent l'assassin, qui aura tout le temps de se poser la question de la problématique de l'aveu. Son complice, pour avoir fait le guet, pour complicité de vol aggravé, aura cinq ans. Et à tous deux les circonstances atténuantes.

Pour Martine qui n'avait que dix-huit ans, pour sa famille, l'aveu eût été respectable aux assises. Le moindre des remords, un faible soulagement. Et pour l'assassin la seule libération possible.

La problématique de vingt ans de réclusion pour un garçon comme Rémy est la suivante : lorsqu'il sortira de prison, s'il en sort — aux alentours de trente-cinq ou quarante ans, selon la conduite —, dans quel état sera-t-il ? Conscient de ce qui l'a amené à l'enfermement ? Apte à vivre une maturité tardive ? Ou en état de délire aggravé et définitivement largué sur une planète inconnue, ses aveux enfouis pour toujours dans un cerveau malade ? Prêt, pourquoi pas, à céder à la pulsion suivante...

Histoire simple

C'est une maison simple, dans un quartier dit « sans histoires », une boîte aux lettres dans laquelle ne tombent que des choses simples. La retraite, la quittance d'électricité, les taxes locales, les impôts sur le revenu. Simple le revenu. Chez ces gens-là, on ne roule pas sur les billets de banque. Le père a été ouvrier, la mère femme au foyer. Ils ont eu deux enfants à la fin des années cinquante, époque tranquille et simple elle aussi, où l'on découvrait à la fois l'aspirateur, le réfrigérateur, la télévision en couleurs, et les prémices de la décolonisation. Deux enfants, une fille et un garçon, vont à l'école d'une petite ville de province. Ecole tranquille, les graffitis ne sont pas encore sur tous les murs, on n'y insulte pas les professeurs, on n'y casse pas les portes et on ne s'y bat pas à coups de couteau.

Le cadet des enfants, Denis, a dix ans en 1968. Un garçon anxieux, difficile, nerveux, dont le père s'occupe énormément. Un père est souvent fier d'avoir un fils, fier de l'emmener au zoo, à la pêche, au football, et de jouer avec lui au train électrique.

Mais les joies simples d'une enfance simple ne suffisent pas à ce petit garçon arrogant. Il travaille mal à l'école, répond à sa mère, pique des colères épouvantables si on lui refuse quelque chose.

A treize ans, c'est d'abord à sa mère qu'il s'en prend.

Il cogne sur elle à coups de poing, à coups de pied, et le pli de la révolte brutale étant pris, il continue.

A quinze ans, toujours cancre, il injurie son père : « Tu n'es qu'un pauvre type, un minable, je ne passerai pas ma vie en esclave comme toi ! »

C'est si simple de railler le milieu qui l'élève. Les salaires de misère des ouvriers, la vie de travail du matin au soir, la maison banale où sa mère s'escrime au ménage, lavage, repassage, comme des milliers d'autres femmes au foyer. Lui, Denis, n'aura pas cette existence-là, il ne vivra pas dans un « clapier », ne s'échinera pas à « bosser » comme une « bête ».

Quinze ans, le hasch. La drogue sournoise, la fausse liberté, la fausse attitude devant la vie. Il est déjà trop tard. Le gamin échappe à sa famille, et en grandissant change de drogue. « Sniffer » de la « coke » est devenu une mode, un comportement indispensable à celui qui se veut libre, indépendant, révolté, en marge de cette société qui ne pense qu'au travail et au fric. Mais, pour acheter de la coke, puis de l'héroïne, se fournir en poudre et en seringues, il faut pourtant et avant tout du fric. Denis refuse de travailler, refuse de se lever le matin, insulte toujours sa mère et lui réclame ce fric. Il menace, il geint, il fait le chantage habituel : « C'est la dernière fois... » « J'ai un type à payer, un dealer, il me tuera si je ne le rembourse pas. » « Je suis ton fils, tu ne peux me lâcher comme ça ! »

Et maman donne l'argent, désemparée, sans en parler au père, de peur d'envenimer une situation familiale déjà difficile. Et le père souffre, parce qu'il devine.

Comme beaucoup de parents dans ces cas-là, malheureusement, l'idée de faire soigner Denis les effleure, mais ne va pas plus loin. Voir un psychiatre ? On va prendre leur fils pour un fou, il n'en est pas question. En parler ? Rencontrer d'autres parents dans le même cas ? C'est honteux. Avouer cette étrange « maladie », cette déchéance qui atteint le garçon, c'est au-dessus de leurs forces.

Un jour, pensent-ils tous les deux, un jour, Denis va grandir, comprendre, réaliser que la vie n'est pas un mauvais rêve piqué au bout d'une seringue. Il a été élevé comme sa sœur, aimé comme elle, peut-être plus encore puisqu'il était plus difficile... alors les choses s'arrangeront.

Elles s'arrangent en effet. Denis, qui a maintenant passé la trentaine, épuisé sa mère et rendu son père malade de honte, rencontre une jeune femme. Elle lui donne un enfant, il trouve un travail, jure que pour cet enfant, pour cette femme, il ne touchera plus à la drogue.

Mais il est allé trop loin et trop longtemps dans la toxicomanie. On ne se tire pas d'une maladie de ce genre sans aide, sans cure de désintoxication, sans psychothérapie. C'est long, cela demande une réelle volonté de s'en sortir, c'est un travail sur soi épuisant, une remise en question de toute sa personnalité. Certains en sont capables, pas tous et en tout cas pas lui. Il replonge, s'arrête, et replonge à nouveau. Les crises de manque sont terribles. Sa compagne les subit à son tour. De l'argent, toujours de l'argent pour obtenir sa dose. Et, s'il n'a pas d'argent, il se rabat sur des tubes de tranquillisants, sur l'alcool, pique des rages terribles à se cogner la tête contre les murs.

Papa et maman doivent pallier à nouveau le manque d'argent pour le manque de drogue. Les visites dans la petite maison familiale sont de plus en plus rapprochées et violentes. Les discussions, les affrontements ne mènent à rien. A bout de fatigue, à bout d'arguments, l'entourage cède.

En 1991, la situation est à son maximum. Le point critique est atteint. Un père maintenant à la retraite — avec une retraite d'ouvrier spécialisé, certes, mais tout juste suffisante — ne peut pas continuer éternellement à donner à son fils cinq cents, voire mille francs par semaine. La retraite de papa y passe, les économies de maman y passent, le salaire de sa compagne y passe. Denis est à la recherche permanente du prix d'un shoot. Il souffre le martyre. Il lui arrive d'avaler des cachets pour la toux par poignées, pour un maigre soulagement passager.

Sa compagne, lassée de cette vie, ne peut plus assumer. L'enfant est mis sous la protection de ses grands-parents, à l'écart de ce foyer raté qui coule sans espoir. La communication avec un malade à ce stade de la dépendance est totalement impossible. Chez lui, tout n'est plus que mensonge, violence, lâcheté, agressivité. Denis se sert de tout, acculé, rendu à l'état d'un chien qui meurt de la rage.

Il a trente-trois ans. Il force la porte de la maison paternelle, cogne sur son père, réclame cinq mille francs d'un coup, toujours pour payer ce dealer qui le persécute. Et il obtient les cinq mille francs. Et le père ne porte pas plainte contre ce fils qui l'agresse. On ne dénonce pas son fils à la police. On ne fait pas mettre en prison un être malade, décharné, tremblant, vomissant, se tordant de douleur quand il n'a pas la dose salvatrice. Et les doses se rapprochent, le manque revient plus vite. La spirale infernale n'en finit pas d'entraîner Denis vers une fin dont personne ne connaît l'issue. Tout cela finira mal, dit la *vox populi* devant ce genre de cas. Il tuerait père et mère pour un gramme d'héroïne.

En effet. Sa mère, un couteau sur la gorge : « Arrête, Denis...

— Donne-moi le fric... »

Maman n'a plus ce maudit fric. Et le couteau entre dans la gorge. Tout juste. Il s'arrête à temps — blessure non mortelle, mais blessure grave tout de même.

Dans la petite maison simple, où la retraite est désormais rognée d'avance chaque trimestre, le père et la mère sont en larmes. L'assassin potentiel a fui, mais il reviendra, il enfoncera la porte, il hurlera, il arrachera le billet de cent francs ou de deux cents francs pour courir acheter n'importe quoi qui le calme. Il tuera peut-être, la prochaine fois.

La prochaine fois a lieu deux jours plus tard.

9 juin 1991. Il téléphone, menaçant, agressif : « Je viens ! Il me faut absolument du fric ! »

Depuis deux jours, le père a réfléchi. Qu'est devenu son fils ? Une brute, un maître chanteur, un assassin en puissance. Mais aussi un être qui souffre, qui meurt de cette saleté d'héroïne depuis des années. Un être perdu pour la vie, la société, la famille. Un être avec lequel on ne peut plus parler. Qui n'est que violence, exigence, méchanceté. Un homme qui refuse la vie, cherche la mort, la sienne, dans cette lente destruction. Ce n'est plus un fils, c'est un étranger malfaisant. Pour lui-même et pour les autres.

A soixante-dix ans, le père et la mère de ce fils-là pouvaient espérer, comme d'autres, être des papys et mamys heureux. Toutes ces années, tout ce chemin de croix, presque vingt années de lutte, de désespoir, ont épuisé l'âme de ce père. Voilà pourquoi ce père-là se retrouve devant un jury d'assises, en 1993, au printemps.

Il a tué son fils. Il a mis un terme à cette existence folle, démente, à cette menace permanente, à ce chantage, à ces violences. Il a eu peur. La véritable peur, celle qui dévoile tout à coup l'impossibilité de s'échapper. La certitude d'être pris au piège. Un jour Denis tuera sa mère ou son père. Un jour il ira si loin dans l'horreur que tout sera détruit autour de lui. C'est au père de détruire sa progéniture.

Cet homme n'a pas la tête, la silhouette, le parler d'un meurtrier. Il a les larmes aux yeux. Sa femme, au banc des témoins, a la gorge serrée. Ils racontent au président toutes ces années terribles. Simplement.

« Pourquoi n'avez-vous pas fait soigner votre fils ?

— On l'aurait pris pour un fou.

— Pourquoi n'avez-vous pas porté plainte, lorsqu'il vous a agressé ?

— On ne dénonce pas son fils. »

Ils l'aimaient, ce fils. Ils ont fait ce qu'ils ont pu, avec l'amour qui était le leur. Un enfant drogué est un animal fou devant lequel les parents sont désarmés. Ils en deviennent les victimes. Jusqu'au jour où il arrive que la victime se rebiffe.

Ce jour-là, le père a éloigné sa femme et son petit-fils. « Je vais le recevoir seul. » Il est allé chercher un revolver dans un placard. Un revolver de famille, qui venait de son propre père, caché là depuis longtemps comme une relique. Il le nettoie, le charge et s'installe dans la cuisine, seul : dans la main droite le revolver chargé, dans la gauche un billet de deux cents francs. Il attend. A-t-il l'intention de tuer ? Peut-être pas encore. Un vague espoir lui reste. Il va dire à son fils : « Voilà deux cents francs, c'est la dernière fois... » Si seulement Denis prenait le billet et s'enfuyait... Si seulement il ne se mettait pas à hurler comme d'habitude. Si seulement...

Au début de l'après-midi, Denis arrive ainsi qu'il l'a dit. Et, ainsi qu'il l'a décidé, son père tend la main : « Voilà deux cents francs, tu n'auras rien d'autre. Plus jamais, c'est la dernière fois. »

Denis n'entend rien. Il n'entend plus rien depuis longtemps. La dernière fois ? Plus rien ? Deux cents francs ?... Qu'est-ce qu'il va faire avec deux cents francs ? Ce n'est pas avec ça qu'on s'en sort ! C'est une misère, deux cents francs ! Il a dit du fric ! Pas une aumône ! « Il m'en faut plus ! Deux cents balles ! Je ne rigole pas ! Ça ne fait pas le compte ! » Et il menace, insulte. Alors le père lève son arme et tire.

Trois balles. Denis est mort.

Tremblant, le père déclare aux jurés : « J'ai mis fin à ses jours, c'est vrai, mais j'ai aussi mis fin à son calvaire. Il souffrait comme une bête. » Depuis l'âge de quinze ans, Denis n'était animé que par une pulsion mortelle qui passait par le chemin de la drogue. Mais l'issue était lente, l'agonie affreuse.

Trois crises cardiaques ont affaibli le père, la mère est rongée par l'angoisse. Depuis ce règlement de comptes qui a mis fin aux jours de leur fils aimé, ils attendent le verdict.

Après six semaines de détention au printemps 1991, le père a été remis en liberté provisoire. Personne ici, comme durant l'enquête, ne l'a considéré comme un criminel ordinaire. Il a fait ce qu'il pensait devoir faire pour protéger sa famille, même si cet acte lui répugnait.

Le président comprend ; il ne réclame au jury qu'une peine légère de cinq ans avec sursis, « compte tenu de ce procès exemplaire qui nous montre les ravages de la drogue pour toute une famille ».

C'est si simple à comprendre. Pour la défense, c'est aussi un simple « cas de légitime défense ».

Les jurés ont acquitté le vieux monsieur, si las, si usé, si malheureux d'avoir dû reprendre la vie d'un fils aimé.

La perpétuité qui lui reste à vivre est là, dans son cœur, dans son âme : Père, j'ai mis au monde un fils que j'ai dû supprimer. Faute d'avoir compris, faute de ne pas avoir su élever, faute, faute, faute...

La culpabilité du père est bien ailleurs que dans ses trois balles de revolver. Elle est bien plus lourde à porter qu'une sentence de tribunal. Détention illégale d'armes. La justice populaire ne retient que ce crime-là.

Grand-père a encore un petit-fils à élever dans les années si peu calmes et si peu simples du XXIe siècle rugissant.

Le mocassin vert

Un beau jeune homme, grand, taillé pour le basket-ball, que les filles regardent volontiers, bien élevé, bien habillé, avec un métier solide, âgé de vingt-quatre ans, brun, sourire gentil, regard attirant. C'est ce que l'on peut voir sur toutes les photos de famille, celles de l'école, celles du club de sport, celles des copains. Le contraire d'une tête d'assassin, le contraire d'un violent, le contraire d'un psychopathe, le contraire d'un fils indigne : une « normalité » rassurante.

Il est pourtant debout devant ses juges, en mai 1993, en cour d'assises, et il s'en est fallu de très, très peu qu'il n'y soit jamais. Le crime parfait n'existant pas, dit-on, il s'y trouve. Pourquoi ? Réponses multiples.

La première réponse peut paraître anecdotique, mais c'est la première : à cause d'un mocassin vert.

La deuxième réponse est dramatique : parce qu'il a tué une jeune femme. Avec pour corollaire le fait qu'il l'a tuée deux fois. Deux fois. Ce n'est pas habituel de tuer la même personne deux fois, à deux heures d'intervalle.

La troisième réponse est aléatoire et nous oblige à évoquer le hasard : cette femme qu'il a tuée deux fois aurait pu être n'importe quelle autre femme.

La quatrième réponse est sexuelle : parce que la victime du hasard était une femme.

La cinquième réponse est peut-être médicale : parce qu'il souffrait d'un problème physiologique, lié à une forme d'impuissance sexuelle.

La sixième réponse est psychologique : parce qu'il a souffert d'un manque d'affection dans son enfance.

La septième réponse est le déclencheur des précédentes : sous l'impulsion de la colère.

François, au mois d'août 1989, a vingt-deux ans. Il travaille dans un service hospitalier de province, en radiologie. Il a pratiqué le basket, après avoir suivi ses études dans une école spécialisée, « sport et études », donc en pension, loin de ses parents. Bon niveau sportif, bonnes performances dans un club local, le voilà adulte, célibataire, avec son studio, sa voiture, son salaire, ses copains, et les filles.

Une fille en particulier, dont il est amoureux, mais qui n'est pas décidée à faire sa vie avec lui, puisque en ce mois d'août 1989 justement, elle reprend une liaison avec quelqu'un d'autre — liaison qui dure depuis cinq ans déjà — et signifie donc à François la rupture définitive entre eux.

L'ennui, dans cette annonce de rupture, est que rien ne semble définitif pour l'amoureux éconduit. Il n'y croit pas vraiment : elle l'a déjà quitté, elle est revenue. Pourquoi pas cette fois encore ? Il refuse d'admettre qu'il n'était dans la vie de cette jeune femme qu'un passager, que c'était lui l'amoureux obstiné et non elle. Que l'aventure était une parenthèse. Et surtout, très certainement, que cette rupture est liée à son problème sexuel.

Ce problème est à la fois simple et dramatique : depuis l'enfance, François souffre d'une malformation, opérable en principe, mais dont il n'a pas su ou voulu parler plus tôt et dont les parents apparemment ne se sont pas préoccupés suffisamment dès son plus jeune âge. Un phimosis. Lorsque les premières difficultés sexuelles, dues à ce problème mécanique, se révèlent, il est déjà tard pour ce garçon, qui a pris l'habitude de pratiquer davantage le sentiment amoureux que l'acte lui-même.

Il décide tout de même de se faire opérer, acte chirurgical qui consiste en une sorte de circoncision tardive. Mais l'impuissance demeure, elle semble installée psychologiquement.

Un beau garçon en pleine force de l'âge, qui ne peut se conduire avec les filles comme ses petits copains, c'est dur à vivre. Et cela n'empêche pas d'être amoureux ; au contraire, l'affectivité n'en est que plus importante, par compensation.

Se voyant abandonné, écarté au profit de « l'autre », François ne réalise pas clairement, ce jour-là, le pourquoi et les raisons de tout cela. Il est jaloux, furieux et se met à jouer au détective. Il suit l'infidèle, qui vient de lui refuser un rendez-vous sous un prétexte quelconque. Il la voit sortir de chez elle, accompagnée de l'autre homme ; les deux amoureux se tiennent par le cou.

Vision insupportable. Ce jour affreux pour François est un lundi, le 14 août 1989, il est un peu plus de midi. En pleine confusion, il cherche à reprendre contact. D'abord il tente de suivre le couple, le perd, ensuite se rend devant la maison des parents de l'une, puis de l'autre, sans résultat.

Il reprend sa voiture, une conduite intérieure blanche de série, fonce sur la route, manque de percuter un mur et s'arrête sur le bas-côté, dans un chemin de terre, près d'un bois. Il pleure.

A-t-il ou non croisé une jeune femme à bicyclette, vêtue d'un short rose et d'un tee-shirt blanc ? Dans un premier temps, il répond que oui et dit l'avoir attendue sur le bas-côté. Dans un deuxième temps, il répond que non, probablement pour ne pas aggraver son cas, en l'assortissant de préméditation.

Quoi qu'il en soit, le hasard lui fait croiser ce jour-là une jeune touriste anglaise, venue d'un château-hôtel voisin, où elle séjourne avec son époux. Lui a des rendez-vous d'affaires dans la région, elle a décidé de faire du tourisme. Ce jeune couple, marié depuis un an seulement, a décidé ce jour-là de se retrouver dans l'après-midi à l'hôtel, lui après son travail, elle après sa balade touristique. Le vélo a été loué sur place, la jeune femme est jolie, blonde, sportive, amoureuse des musées, heureuse de parcourir en toute liberté un petit coin du pays de Somme.

Elle disparaît. Son vélo, son corps disparaissent, on ne reverra plus jamais la jolie jeune femme, ses vingt ans éclatants, son appétit de vivre, et durant des mois, pour son mari, pour sa famille, cette disparition demeure inexplicable. Avis de recherche, battues, rien ne permet de comprendre ce qui est arrivé le 14 août 1989 à cette jeune touriste à bicyclette. Son mari s'installe sur place, fait intervenir le maximum de relations pour que l'enquête ne s'enlise pas, pour savoir...

Et l'enquête ne s'enlise pas. Bien au contraire, elle sera exemplaire — d'obstination et de minutie — mais longue.

La première hypothèse qui vient à l'esprit de la gendarmerie locale est celle d'un accident, avec délit de fuite. Le vélo n'étant pas retrouvé, l'automobiliste responsable a dû le faire disparaître et, pour ce faire il a dû d'abord le mettre dans sa voiture avec le corps. Les témoignages recueillis plaident en faveur de cette théorie. On a vu sur cette route la jeune Anglaise à bicyclette aux environs de treize heures trente, puis on a vu une voiture blanche presque au même endroit.

On a même vu mieux ! On a vu — et c'est extraordinaire — une jeune femme blonde en short, sur le bas-côté, faisant des signes aux automobilistes, paraissant dans un « triste état », disent des témoins... qui ne se sont pas arrêtés pour autant. L'un, parce qu'il a vu la voiture blanche de l'autre côté de la route et a cru à une bagarre domestique dont il ne faut surtout pas se mêler... L'autre, parce qu'il a cru qu'il s'agissait d'une prostituée... Un autre encore, parce qu'elle avait l'air « dans le cirage »...

Or, ce que ces témoins ont vu, c'est exactement l'intervalle entre les deux morts de cette femme !

A ce moment-là, elle est effectivement blessée, son agresseur l'a étranglée et laissée pour morte ; elle ne peut plus crier et cherche du secours avec les faibles ressources physiques qui lui restent. Incapable de se mettre debout, incapable de crier au secours, incapable de se traîner plus loin que le lieu du crime. Et les voitures passent, les gens passent, tous les sauveteurs possibles...

Si l'un de ces témoins avait seulement ralenti, il aurait compris. Elle ne serait pas morte une deuxième fois, elle n'aurait pas connu l'horreur de voir revenir son assassin, de le voir descendre de sa voiture, s'approcher d'elle, la traîner dans la boue d'un fossé et lui trancher le cou...

Mais il n'y a pas de « si », dans cette histoire-là. Et les témoins ne parlent que d'horaires, de voiture blanche, ils se trompent même sur la couleur du vélo.

Vélo toujours introuvable, malgré un déploiement de forces considérable. Hélicoptères, plongeurs dans les marais, battues dans la forêt...

Et puis, enfin, un premier indice. L'œil d'un gendarme s'arrête sur un morceau de carte magnétique portant le nom de l'hôtel où séjournait le couple anglais. Cette carte sert à ouvrir la porte de leur chambre. Le lieu de cette découverte est à trois kilomètres de l'hôtel. En contrebas d'un fossé boueux, bordant un champ moissonné. Beaucoup de débris s'y trouvent, boîtes de conserve, vieux chiffons, assiettes en carton, délicatesses d'automobilistes pressés ou de pique-niqueurs indélicats...

Cette carte a pu être jetée d'une voiture depuis la route. Mais, expérience faite, le carton, trop léger, ne peut aller aussi loin — à douze mètres cinquante du fossé en allant vers le champ. La carte est donc tombée à cet endroit, personne ne l'a jetée et l'hypothèse d'un accident avec fuyard est écartée : il s'agit d'une agression sur place. D'autres indices doivent se trouver là.

Le lendemain, effectivement, d'autres éléments sont découverts. La montre que portait la jeune femme et une chaussure qui ne lui appartient pas : un mocassin vert de taille 44. Puis un collier de femme, brisé, et sur l'écorce d'un arbre, des cheveux blonds ensanglantés.

Le lieu de l'agression est donc délimité avec certitude. Mais toujours pas de vélo ni de corps.

Prudents — et ils ont bien raison de l'être —, les gendarmes ne révèlent au mari de la disparue que les éléments retrouvés qui la concernent directement. Ils ne parlent pas de la chaussure. Cette chaussure peut appartenir au meurtrier ; elle était enfoncée dans la boue, il a pu la perdre au moment de l'agression et l'oublier en s'enfuyant. Il s'en est forcément aperçu. Va-t-il revenir la chercher ?

Une planque de vingt jours ne donne rien.

Mais, pendant ce temps, la vérification systématique des automobilistes empruntant cette route précise le signalement de la voiture blanche et même de son conducteur, ainsi que l'heure supposée de l'agression. Il devait être quinze heures, un témoin a vu une Golf blanche garée sur le bas-côté ; le conducteur était grand, jeune, entre vingt et vingt-cinq ans, les cheveux ébouriffés, le visage blême.

Et, selon la chaussure, il fait du 44. Cette chaussure est le seul élément solide de l'enquête. Le temps passe, nous sommes à la mi-octobre, et ni le vélo ni le corps n'ont été retrouvés. La chaussure, un mocassin de marque, est confiée au laboratoire du Carme, à Toulouse, et passée au microscope à balayage électronique. Il révèle la trace d'un numéro de fabrication. Une probabilité de dix numéros possibles, qui heureusement se résument, après vérification à l'usine qui fabrique ce genre de mocassins, à une série datant de 1989.

Mais... les mocassins de cette marque, de cette couleur et de cette taille, fabriqués en 1989, ont été diffusés en mille huit cents exemplaires dans quatre-vingt-cinq magasins différents, au prix conseillé de cinq cents francs, et dans plusieurs pays. France, Belgique, Hollande.

Il ne reste donc plus qu'à vérifier la comptabilité des quatre-vingt-cinq magasins, dans l'espoir de retrouver un paiement, non pas en espèces, ce qui ne mènerait nulle part, mais par chèque ou carte bleue. Et ce, sur une période de six mois se situant entre la date de fabrication et celle de la disparition de la jeune Anglaise. Ce n'est pas un mince travail. Si cette chaussure avait été mise en vente dans une grande surface, l'enquête aurait été impossible.

C'est long, fastidieux, désespérant. Prix conseillé : cinq cents francs ; prix de vente : quatre cent quatre-vingt-dix-neuf francs, histoire de faire moins cher... Il faut tout vérifier.

Les acheteurs de mocassins taille 44, pour être conformes à la recherche, doivent également être propriétaires d'une Golf blanche immatriculée dans la Somme, et être âgés de vingt à trente ans. Dix, vingt, quarante magasins révèlent des acheteurs qui « ne collent pas ». L'un d'eux échappe même à la méprise, voire à l'erreur judiciaire. Il a une Golf blanche immatriculée dans la Somme. Heureusement pour lui, il possède toujours sa paire complète de mocassins !

C'est en revenant une fois de plus contrôler une boutique déjà visitée que les enquêteurs obtiennent enfin un résultat. Le propriétaire ne se souvenait pas d'avoir vendu ce modèle, et c'est en vérifiant sa comptabilité de fin d'année qu'il a découvert un manque. Une paire de mocassins de cette marque-là, de cette taille-là, manque à l'appel dans la colonne des ventes. Une. La paire figurait au stock et pas à la vente. Un oubli.

C'est elle. C'est elle car l'acheteur a payé par carte

bleue, une somme de quatre cent quatre-vingt-dix-neuf francs, le 27 avril 1989. Le relevé conservé par le marchand permet de vérifier au centre de cartes bleues qu'il s'agit d'un certain François X., propriétaire d'une Golf blanche immatriculée dans la Somme, domicilié dans la région, employé dans un service hospitalier et âgé de vingt-deux ans...

L'interpellation sera discrète. Filature, repérage de l'individu, arrestation au centre hospitalier, et première déception. Le jour de la disparition de la jeune Anglaise, l'individu travaillait. Il était de service...

Mais... ce service est particulier : lorsqu'il n'y a pas d'urgence, François peut parfaitement s'absenter.

L'a-t-il fait ? Il prétend que non, mais un collègue dit que oui. Preuve à l'appui, car grâce au contrôle du central téléphonique, on découvre que François a appelé de l'extérieur pour demander s'il y avait urgence ou non, et prévenir également qu'il viendrait plus tard prendre son service. Or, ses heures d'absence correspondent aux témoignages déjà recueillis auprès des automobilistes. Ceux qui ont vu la jeune femme à vélo, ceux qui l'ont vue ensuite faire des signes désespérés sur le bas-côté et sans vélo. Ceux qui ont vu la Golf blanche passer sur la route, et ceux qui l'ont vue s'arrêter à la hauteur de la victime...

Alors François avoue. Sans grande difficulté. Et à la question du « pourquoi », il répond déjà ce qu'il répondra aux assises deux ans plus tard : « J'étais en colère, et c'était une femme. »

On retrouve le vélo grâce à ses indications, mais pas le corps. Il dit l'avoir enterré dans un bois, mais ne pas se souvenir où.

L'horreur, c'est le déroulement de ce meurtre en deux temps, tel qu'il le raconte. François est assis au bord de la route. Il est en larmes, et sans doute attend-il déjà la jeune femme qu'il vient de croiser, lumineuse, heureuse, courbée, dans son short fuchsia, sur son vélo bleu, sa jolie tête blonde sous le soleil d'été.

« J'ai vu arriver une belle jeune femme. Je ne sais pas ce qui m'a pris, je me suis précipité sur elle et je lui ai serré le cou. »

Elle est tombée de son vélo, il s'en souvient, elle a dû crier, mais il ne l'a pas remarqué. Elle est tombée sans connaissance, il l'a crue morte. Il n'avait pas du tout l'intention de la violer. Il était en colère, c'était une femme jeune et jolie, elle payait pour l'autre. Une sorte de pulsion, qu'il traduit ainsi : « J'ai eu le sentiment d'exploser. »

La croyant morte, il s'enfuit et, une fois rentré chez lui, s'aperçoit qu'il a perdu une de ses chaussures. Pris de panique, il retourne sur place pour la récupérer, non sans avoir téléphoné dans son service, au cas où il y aurait eu une urgence...

Et là, une voiture le gêne, elle ralentit au niveau de la jeune femme, qu'il vient d'apercevoir accroupie, vivante... sur le bord de la route, alors qu'il l'avait laissée dans le fossé avec son vélo !

Il double la voiture, se gare, l'automobiliste témoin croit à une scène de ménage et disparaît... Alors François prend un couteau dans sa voiture — ce couteau est là par hasard, dit-il, il fait partie d'un lot de couverts que sa mère lui a donné récemment... Le couteau à la main, il avance vers sa victime et lui tranche le cou. Il traîne le corps jusqu'à sa voiture, l'installe à l'avant et met le vélo dans son coffre. Il se débarrasse d'abord du vélo dans un canal, puis va enterrer le corps en forêt.

Mais, dans toute l'histoire, il n'a pas retrouvé sa chaussure, le mocassin vert enfoui dans la boue attend patiemment de servir la justice.

C'est un promeneur et son chien qui retrouveront la sépulture de la jeune femme, par hasard et bien des mois plus tard. Rongée par les bêtes, identifiable grâce à son short couleur fuchsia.

Morte deux fois, un 14 août 1989, trois fois même : étranglée d'abord, ignorée par les passants ensuite, la gorge tranchée enfin par un couteau de cuisine. Pourquoi ?

Parce que c'était une femme, et aussi, dit son assassin, en s'accrochant à une image certaine, parce qu'il avait rencontré un jour l'amour de sa vie juchée sur une bicyclette. Le vélo aurait fait un flash à cet instant, en pleine douleur d'abandon, dans la tête de ce jeune homme impuissant à contrôler seul une situation aussi banale qu'une rupture amoureuse. Une enfance solitaire en pension, une adolescence difficile devant les jeunes filles de son âge, une humiliation permanente, qui éclate brutalement un jour et tue au hasard.

Les jurés ont écouté ce jeune homme et ses incohérences, sa passion démesurée pour une femme infidèle, sa colère soudaine, sa décision inconsciente de tuer une femme pour se venger de toutes...

C'est, ainsi résumé, ce qui ressort des arguments de la défense. L'accusation demande la réclusion à perpétuité, mais le garçon y échappera. Clémence qu'il doit surtout à une brillante plaidoirie fondée sur l'accès de folie pure, et non sur le crime sexuel ou prémédité, ceci pour la première agression.

Pour la seconde agression, définitive, c'est l'affolement...

Quinze ans. François en aura pour quinze années de prison.

La famille de la jeune et jolie Anglaise qui se promenait sur son vélo bleu, en short rose, au milieu de la France profonde, entend le verdict et s'en étonne dignement. Ils espéraient une sanction plus lourde. Longtemps, durant cette longue enquête, ils avaient aussi espéré que la jeune femme était vivante. Puis espéré qu'avec les aveux de l'assassin, le corps leur serait rendu très vite. Ils ont dû attendre encore et encore — la longue enquête, les aveux, l'incertitude de la sépulture sauvage —, jusqu'au jour de la découverte macabre d'un chasseur et de son chien.

Leur douleur, et leur humiliation à eux, leur désespoir ne peuvent accepter cette clémence. Mais le verdict est rendu, ils ne le commenteront pas devant la presse française autrement que par leurs larmes. Père, mère, frère, mari, ils sont dignes, ils ont écouté poliment les débats, qui ne leur rendront pas cette jeune femme dont ils ont parlé avec amour, respect et pudeur. Ils réservaient leurs commentaires pour la presse de leur pays. Le frère, seul, a crié à François au début de la première audience : « L'enfer t'attend. »

Le procès impossible

L'année 1993 a connu, comme les précédentes, son lot d'horreurs : viols et crimes d'enfants.

Isabelle avait trois ans et quelques poussières de semaines en plus. C'était en février 1989. Sa maman l'avait installée à l'arrière de sa voiture, à côté du petit chien ; ils dormaient tous les deux. Ses courses faites, elle est allée chercher son fils aîné confié aux grands-parents, il était aux environs de dix-neuf heures dix. La voiture garée devant la maison, elle a hésité une seconde. Réveiller l'enfant, ou la laisser dormir, le temps de récupérer son frère ? Dix minutes...

Elle l'a laissé dormir. Les portières n'étaient pas fermées, le petit chien n'était pas un molosse, et elle avait l'intention de faire vite. De toute façon, la voiture était visible de la maison.

Mais quatre individus malfaisants rôdaient.

A dix-neuf heures trente, l'enfant avait disparu, le petit chien dormait toujours, et à vingt heures vingt la police retrouvait le cadavre d'Isabelle à soixante mètres de là, à peine dissimulé par un buisson de square. Comme un chemin sanglant menant au Petit Poucet, d'abord l'anorak, puis les bottes, puis la salopette, puis le corps. A trois ans, Isabelle a été frappée violemment à la tête, violée et égorgée.

Un sac de sport, bleu, vide, sale, en mauvais état, fait partie de l'horrible chemin de croix. Il n'était pas dans la voiture, c'est celui de l'assassin.

L'enquête révèle assez vite une série de vols à la roulotte dans le quartier ce même soir, vers dix-neuf heures. Les habitués de ce genre de sport sont plus ou moins connus de la police, car récidivistes. Les alibis sont vérifiés, des arrestations suivent.

Quatre individus malfaisants. Le premier n'est plus très jeune. Trente-sept ans. Ses copains le surnomment « le Gros ». Grand front obtus, regard en dessous, capacités intellectuelles faibles, RMiste, sait à peine lire et écrire, voleur à la roulotte. Tendances pédophiles, dit un témoin.

Le deuxième a vingt-cinq ans. Cheveux gominés, bouche veule, surnommé « Kenzo », analphabète, il est catalogué dans les débiles faibles. Pervers, connu pour un attentat à la pudeur sur une petite fille de quatre ans, on l'a surpris un jour avec un acolyte, en train de la déshabiller dans la cave d'un immeuble.

Le troisième, surnommé « Crâne-d'obus », vingt-trois ans. Visage tout en longueur, regard anxieux, une ombre de moustache. A côté des deux premiers, son quotient intellectuel est quasiment normal. La preuve en est qu'il est militaire et était en permission depuis le samedi qui a précédé la mort de l'enfant. Selon la terminologie « psy », l'homme se rangerait dans les émotifs phobiques, en particulier sexuellement.

Le quatrième est le propriétaire du sac de sport bleu. « Kenzo » l'a dénoncé à la police. Trente-cinq ans, QI largement au-dessous de celui des autres. Surnommé « le Clochard ». Il ne comprend pas toujours ce qu'on lui dit. Analphabète lui aussi, il traîne, bricole de vieux téléviseurs, son point de chute favori est une station d'essence, où il se fournit en canettes de bière. Il habite chez sa mère, qui le décrit comme un « doux », « incapable de faire du mal à un enfant ». Mais il pratique lui aussi, comme les autres, le vol à la roulotte, et il reconnaît que ce soir-là, lui et les trois autres ont piqué quelques bricoles. Rien d'autre. Il était chez sa mère à l'heure du crime, il était malade.

« Kenzo », lui, accuse son complice. Il l'a vu « emporter l'enfant ». Après quoi, il l'a vu « la violer et la tuer ». « Crâne-d'obus » dit la même chose. « Le Gros » n'a rien vu.

Le principal accusé est donc arrêté un mois et demi après les faits.

Au bout de quarante-huit heures de garde à vue, « le Clochard » avoue. Le sac bleu est à lui, il a d'abord nié que le sac lui appartenait, puis, confronté au témoignage d'une commerçante du quartier, il l'a reconnu. Au fil des heures de la garde à vue, les procès-verbaux se succèdent, les aveux aussi. Il a commencé par vouloir voler dans la voiture, il a vu l'enfant, et l'« envie » soudaine est venue. Il l'a tuée avec ce qu'il appelle un « putter » — on suppose qu'il s'agit d'un cutter. Ses propres vêtements étaient couverts de sang, il dit les avoir brûlés. Il avait beaucoup bu comme les autres, tellement bu qu'il en a oublié son sac. Et puis, réflexion faite, il n'a pas brûlé ses vêtements, il les a cachés chez sa mère. Quant au « putter », il l'a planqué au-dessus de son armoire. Et puis finalement, ce sac bleu n'est pas à lui, il n'a pas tué la petite fille.

Il nie ainsi tout en bloc et, quatre jours plus tard, devant l'avocat commis d'office, il prétend qu'on l'a frappé durant la garde à vue pour le faire avouer. Ce à quoi les enquêteurs répondent qu'il s'est lui-même jeté brutalement à terre, sans aucune raison.

Et les autres ? Les trois autres, qui auraient assisté au viol et au crime, qui n'auraient rien fait pour sauver un bébé de trois ans des pattes du monstre qu'ils accusent, et qui continuent de charger ? Ils se contredisent à souhait.

Alors que l'on ne retrouve pas trace de l'arme du crime, pas de vêtements cachés ou brûlés, pas d'empreintes du « Clochard » dans la voiture où dormait l'enfant. Autrement dit, aucun élément matériel, mis à part le sac de sport bleu, ne vient étayer les accusations des trois autres, et les propres aveux du « Clochard ».

Lesdits aveux sont cependant suffisamment circonstanciés et logiques dans un premier temps pour que la conviction des enquêteurs s'établisse avec sérénité.

Mais l'histoire de ce drame va se transformer en procès impossible. Hélas ! Car la justice se trouve devant quatre menteurs, quatre lâches, quatre voleurs, quatre dénonciateurs, et le principal accusé est à ce point débile qu'il ne comprend même pas le déroulement d'une affaire judiciaire qui le concerne.

Premier procès impossible en 1992. « Le Clochard » s'y conduit comme un rustre, les coaccusés se rétractent sur certains points importants. « Kenzo », soudain, n'a pas réellement vu le viol et le crime — c'est ce qu'il prétend : il faisait noir, il a plutôt deviné que vu. Serait-ce parce qu'il se trouve dans l'incapacité de préciser les faits, ou parce qu'il est accusé de non-assistance à personne en danger ? Les trois accusateurs comparaissent d'ailleurs librement. Eux ne sont pas chargés d'un crime de sang...

Et le doute s'installe dans la presse, au point qu'un journaliste va publier le témoignage d'un homme (petit ami de la sœur de l'accusé, ou ex-petit ami...), lequel prétend qu'il a formellement vu ce samedi soir, aux environs de dix-neuf heures, « le Clochard » chez sa mère, et qu'il était malade. « J'ai rencontré sa mère au supermarché, elle lui a acheté un médicament, je l'ai raccompagnée pour l'aider à porter ses paquets, "il" nous a ouvert, une écharpe autour du cou, il a même voulu transporter un sac de pommes de terre pour nous aider. »

Cet homme est un témoin surprise, dont on se demande pourquoi il n'a pas été entendu par les enquêteurs, pourquoi il n'est pas allé trouver l'avocat de la défense, alors qu'il en a eu largement le temps, entre février 1989 et février 1992...

Suspension d'audience, demande de supplément d'enquête, procès reporté. « Le Clochard » retourne en prison, les trois autres à la liberté, ils n'ont fait que six mois de préventive.

Entre-temps, le tribunal a appris que « Crâne-d'obus », de retour dans sa caserne le dimanche, aurait raconté à un de ses camarades qu'il avait « fait une grosse bêtise » la veille. Laquelle ? Aucune réponse.

Entre-temps, et avec un malaise croissant, on a cherché à savoir qui avait volé un ou deux rasoirs dans une voiture, et qui les avait donnés au « Clochard ». Pas de réponse.

Entre-temps, on a également appris que « Crâne-d'obus » avait changé de pantalon durant le week-end et qu'il n'était pas allé voir ses parents. Comment y voir clair ?

Alibis des uns et des autres, imbibés de bières. « Kenzo » regardait la télé chez des copains, il est sorti vers dix-neuf heures pour justement acheter de la bière, et n'est rentré chez les mêmes copains qu'à vingt heures trente. Les copains n'ont rien remarqué de spécial, ni dans son comportement ni sur ses vêtements. « Crâne-d'obus », après avoir traîné avec les autres, est allé dans une boîte de nuit pour draguer une fille, avant de rentrer dans sa caserne, où il a dit à un camarade : « J'ai fait une grosse bêtise. » On n'en tire rien de plus. « Le Gros », lui, n'a toujours rien vu. Rien. A croire qu'il était aveugle cette nuit-là.

Une année passe. Reprise du procès en février 1993, et toujours le même malaise. Au lieu d'innocenter fermement « le Clochard », le témoignage du « témoin surprise » paraît suspect. Tardif, et entaché de liens avec la famille de l'accusé. Entre-temps le journaliste qui l'a publié a lui-même quelques démêlés avec la justice. Son enquête jugée « tapageuse », le fait qu'il ait « prêté » les textes des témoignages — recueillis par lui et signés sur l'honneur — à l'avocat de la défense font de lui un point de mire. On lui reproche d'avoir fait capoter le premier procès.

Et le deuxième s'enlise dans les mensonges. Une fange de mensonges. Ils mentent, ces quatre individus malfaisants, à des degrés divers, sur des détails divers, mais sans arrêt. A tel point que même l'un d'eux le reconnaît devant l'impatience du président :
« Vous mentez !

— Oui, mais pas tout le temps... »

L'unique certitude qui demeure est qu'ils étaient tous les quatre présents sur les lieux du crime. On sait qu'ils ont volé, qu'ils étaient soûls, on sait que trois d'entre eux ont des problèmes sexuels, deux des tendances pédophiles, alors que l'accusé lui, si menteur, débile, voleur et ivrogne qu'il soit, n'a pas leur profil de maniaque. Mais les trois autres, après avoir changé moult fois de versions, ne sachant plus quoi inventer pour s'innocenter mutuellement, sont d'accord sur un point : « C'est "le Clochard". » Ils l'ont vu, du moins entrevu, enlever l'enfant, tuer l'enfant, et n'ont rien fait.

Or, depuis ses premiers aveux, « le Clochard » nie. Et, depuis le premier procès, aucun élément matériel n'est venu soutenir l'accusation. La défense s'acharne à établir qu'il s'agit presque d'un débile profond, et son comportement dans le box semble bien le confirmer. Il s'intéresse aux uniformes de ses gardes, réclame sa soupe à grands cris, demande à retourner dans sa cellule, où il est bien avec sa télé. Il déclare sans ambages que « tout ça l'emmerde », que s'il avait commis le crime il serait en prison depuis longtemps...

Il fait le clown ? Il fait l'âne ? Il l'est ? Le procès impossible s'étale sur douze jours, et il arrive qu'à certains moments, l'accusé se laisse aller à soupirer : « Allez-y... continuez... » Comme si sa condamnation n'importait pas. En prison il se croit dans un centre spécialisé, et ça il connaît, il a déjà fréquenté. Tout ce qu'il semble vouloir, c'est son lit, sa gamelle, sa télé. Il use la patience de tout le monde, il oblige la cour à répéter des questions auxquelles manifestement il ne comprend rien, même la deuxième fois. Et la défense souligne toujours le fait qu'il semble impossible à un être disposant d'un vocabulaire aussi réduit, d'une compréhension aussi faible, d'avoir réalisé les conséquences de ses aveux, d'avoir supporté lucidement une garde à vue, d'avoir relu et signé des procès-verbaux dont la formulation ne fait pas partie de son vocabulaire. Donc que ses aveux ne valent rien.

Mais le sac bleu est à lui. Il a donné des détails sur l'enfant, sur le crime, il a dit l'avoir « coupée par plaisir ». Il a parlé du « putter », il a dit : « Je les ai vues mais j'ai pas volé les provisions dans la voiture. » Il a dit : « L'envie est venue... » Mais il a dit aussi : « J'ai vu les trois autres, mais moi j'étais pas là... »

Trois heures et demie de réquisitoire. Un examen minutieux des aveux du « Clochard », seuls éléments à disséquer en l'absence de preuves matérielles. Pour l'avocat général, il n'existe aucun doute. L'accusé a donné des éléments qui ne pouvaient être connus que de lui seul et de la police, et ces éléments sont solides.

D'autre part, les trois covoleurs ne l'ont accusé qu'après qu'il eut avoué lui-même et pas avant. Donc, tous les doutes qui pourraient subsister à leur sujet, et notamment le fait que « Crâne-d'obus » se soit débarrassé d'un rasoir volé, qu'il ait changé de pantalon après les faits, ne doivent pas faire nier l'évidence. Eux n'étaient pas couverts de sang, « le Clochard » a dit qu'il l'était. Et « le Clochard » a dessiné au cours de sa garde à vue le portrait de l'enfant, le sien, et des couteaux. Il a dit qu'il s'était servi d'un « putter », l'autopsie a confirmé qu'il s'agissait d'un cutter.

Si le magistrat regrette, et le dit, ne pas pouvoir demander une peine plus importante pour ces trois-là (cinq ans maximum), il réclame la perpétuité pour « le Clochard », assortie d'une peine de sûreté de vingt ans.

La défense réclame l'acquittement.

Les jurés accorderont les circonstances atténuantes, en le condamnant à vingt ans de réclusion criminelle, avec une peine incompressible des deux tiers.

« Crâne-d'obus » et « Kenzo » sont condamnés au maximum : cinq ans, pour non-assistance à personne en danger. « Le Gros », qui n'a rien vu, à cinq ans dont trois avec sursis.

Le rôle exact de chacun des comparses n'a jamais pu être déterminé au cours de ces deux procès difficiles. Le seul lien certain entre eux demeure la lâcheté. Ils auraient pu empêcher le drame. Même s'ils avaient peur du « Clochard », qu'ils décrivent parfois brave copain, parfois violent. Qu'ils aient vu ou non, qu'ils se soient enfuis ou non, ils ont laissé mourir dans des circonstances atroces une petite fille de trois ans.

« Le Clochard » est incarcéré dans une prison adaptée à son état mental. Lorsqu'il était enfant, il a fait une chute de plusieurs étages, il n'a pas parlé avant l'âge de sept ans. C'est un adulte d'un âge mental à peu près équivalent, mais pas fou. Il l'a répété souvent au cours de ces deux procès qu'il n'était pas fou... Tout en hurlant trop fort un besoin d'aller aux toilettes, de boire un coup, de sortir de cet endroit où il « s'emmerdait »... Ce qui a laissé penser à certains qu'il faisait peut-être un peu trop le « fou », pour prouver qu'il l'était, tout en ne l'étant pas. Et à d'autres qu'il l'était vraiment.

Saura-t-on un jour de lui, qui n'avait jamais fait, il est vrai, de mal aux enfants, comment est venue cette « envie » brutale de violer et d'égorger une petite fille ?

Procès impossible. Vérité brouillée. Cacophonie.

Les fantômes d'enfants violés et assassinés passent au-dessus des cours d'assises, dans le silence que devraient respecter leurs bourreaux, quels qu'ils soient.

L'assassin platonique

Au tribunal de Dijon, ce lundi 10 mai 1993, s'ouvre un procès pour meurtre appelé à durer deux jours seulement. Tout doit être terminé le lendemain mardi.

C'est un jeune homme qu'on va juger. Maigre, les traits creusés, le nez allongé, Lucien R., vingt-deux ans, fait son entrée dans le box. Il a l'air triste, réservé, réfléchi... Il est accusé d'avoir tué, le 17 avril 1991, le fils de sa maîtresse, David T., de trois ans seulement son cadet. Noëlle T. avait, en effet, dix-sept ans de plus que lui ; elle était alors âgée de trente-sept ans et lui de vingt. Et le plus étonnant était que le lien qui les unissait était purement platonique...

La lecture de l'acte d'accusation va nous faire connaître en détail ce drame hors du commun... Lucien R. habite le village de M. Il est le dernier de trois garçons. Il est d'une famille modeste : le père est commis dans une ferme. Lucien a une enfance et une adolescence sans histoires. A dix-huit ans, comme il a la passion des voitures, il passe un CAP de carrossier et entre dans un garage. En même temps, il s'inscrit au club automobile de la région. C'est ce goût pour les autos qui va le mettre en relations avec la famille T.

Les T. habitent eux aussi le village de M. Le fils, David, fréquente le même club automobile que Lucien, et le père, Antoine, vend des pièces détachées de voiture. Le jeune homme est fréquemment invité chez les T. et il s'y plaît d'autant plus qu'il sympathise aussi avec la mère, Noëlle, jolie femme pleine de vie et d'enthousiasme. Les T. deviennent ainsi son second foyer... Nous sommes alors en juin 1990 et les choses n'iraient peut-être pas plus loin s'il n'y avait un drame dans la famille : Antoine, le mari, boit et lorsqu'il a bu, bat sa femme. Tant et si bien que le mot de divorce finit par être prononcé...

C'est Noëlle T. qui fait le premier pas. En décembre 1990, elle déclare sa flamme à Lucien. Mais elle n'ose pas le faire elle-même. Elle lui fait remettre une lettre d'amour par sa fille Catherine, âgée de treize ans. Lucien s'aperçoit qu'il partage ses sentiments et, dès lors, un lien tendre et chaste s'établit entre eux. Interrogée plus tard sur ce qui l'a conduite à se déclarer, Noëlle dira : « Il était doux. C'était le premier homme qui me donnait l'impression d'exister. »

Et Lucien dira de son côté : « Ce n'est pas son physique qui m'a attiré, plutôt ce qu'elle avait en elle. Noëlle était affectueuse et sensible, compréhensive pour les conneries des jeunes. Je n'avais jamais aimé comme ça. »

Ils se voient en cachette l'après-midi, mais leurs relations restent platoniques. « On parlait, on jouait à la crapette. Je la respectais. Je ne voulais pas qu'elle pense que je venais vers elle uniquement pour cela... »

En février 1991, Noëlle T. obtient la séparation. Elle quitte le domicile conjugal avec sa fille Catherine, tandis que David reste avec le père. Ce dernier apprend alors la relation entre Noëlle et Lucien. Il entre en fureur. Il adresse au jeune homme des menaces publiques. Il lui déclare : « Je vais acheter un 22 long rifle et je te tuerai ! »

Il le poursuit en voiture, tente de le terroriser, lui fait des queues de poisson. Il lui crève ses pneus, lui barbouille sa voiture de peinture. Mais Lucien ne répond pas à ces agressions, pas plus qu'il ne cède à sa mère, qui lui intime l'ordre de rompre avec Noëlle.

Dans le village, chacun redoute un drame. Ses amis mettent en garde Lucien, qui finit par s'acheter lui aussi un fusil, qu'il met sous le siège de sa R 5... Quant à David T., pendant tout ce temps, il ne se mêle de rien. Il ne semble pas partager la haine de son père pour Lucien, dont il connaît pourtant les relations avec sa mère. Il prend au contraire le parti de Noëlle contre son père. Le 5 avril, il va la voir et lui demande de le garder avec elle :

« Papa t'a assez fait pleurer. Moi, je te défendrai contre lui. S'il te plaît, reprends-moi avec toi, je ne veux pas retourner avec lui. »

Mais Noëlle T. ne peut pas. Elle le ramène chez son père.

Elle expliquera : « Je n'avais pas les moyens financiers de garder deux enfants. Je lui ai dit de tracer son chemin. »

C'est dix jours plus tard, le 15 avril au soir, que le drame tant redouté éclate... Lucien est avec Noëlle lorsque son mari se présente à son domicile. Soucieuse d'éviter une altercation, elle refuse de lui ouvrir. « Ne rentre pas, Lucien est là ! »

Antoine T. fait demi-tour et appelle au téléphone. Il veut donner un rendez-vous à Lucien pour qu'ils s'expliquent. Non seulement le jeune homme refuse la rencontre, mais il préfère quitter Noëlle et rentrer chez lui.

Quelque temps plus tard, Antoine revient de nouveau chez Noëlle, cette fois avec son fils David. Comme elle est seule, elle leur ouvre. C'est à ce moment précis que Lucien téléphone à son amie pour dire qu'il vient de rentrer et que tout va bien... Il se produit alors quelque chose d'aussi brutal qu'imprévu : David, qui était resté neutre dans le conflit, change brusquement d'attitude. Il devient fou furieux. Il prend le téléphone et injurie son ancien camarade. Noëlle précisera aux enquêteurs : « Je ne l'avais jamais vu comme cela. Il était devenu comme son père, fou de colère. Alors qu'il n'avait jamais rien dit contre Lucien, il s'est mis à l'insulter, à l'appeler le Crevé, le Branleur. »

Les deux jeunes gens se fixent un rendez-vous pour s'expliquer. Ils choisissent de se retrouver à vingt-trois heures dans un bois proche du village. David y va en compagnie de son père. Dans la clairière convenue, ils ne voient que la voiture vide de Lucien. Le père s'en va. Mais David, toujours hors de lui, veut son explication. Le père fait demi-tour et revient sur les lieux. David sort du véhicule. « Lucien, je suis là ! »

Lucien est embusqué dans un fourré avec son fusil. Il tire et blesse mortellement David de deux balles à l'abdomen. Son père le conduit à l'hôpital de Dijon, mais malgré deux interventions, il décède le lendemain matin à huit heures.

Lucien R., quant à lui, a pris la fuite. Il sera arrêté cinq jours plus tard chez Noëlle, alors qu'après avoir erré dans toute la France au volant de sa voiture il était revenu au village, sans doute dans l'intention de se rendre. Il déclare aux gendarmes pour expliquer son geste : « Lorsque j'ai vu arriver une voiture, alors que David n'avait pas le permis, je me suis dit que c'était une embuscade. »

Cela ne l'empêche pas d'être inculpé d'homicide volontaire avec préméditation et guet-apens sur la personne de David T., plus tentative d'homicide sur la personne d'Antoine T. Et c'est sous ce chef d'accusation gravissime qu'il comparaît ce lundi 10 mai 1993 devant la cour d'assises de la Côte-d'Or.

Les débats sont d'abord centrés sur la personnalité de l'accusé. Pour son père, Lucien était un brave garçon, mais sa mère ne le juge pas avec la même indulgence. L'enquêteur de personnalité, M. Jouarry, vient le dire à la barre : « Sur Lucien R., les paroles les plus dures m'ont été rapportées par la mère. »

En fait, femme énergique, elle s'est chargée seule de l'éducation de ses trois fils, éducation autoritaire et traditionaliste, mais semble-t-il excellente. Le curé de

M, confirme la rigueur morale de sa paroissienne : « La religion, dit-il, est le centre de sa vie. »

Et le maire va dans le même sens : « Elle avait des principes rigoristes pour l'éducation. »

Ce qui n'empêche pas Lucien de lui avoir gardé toute son affection. Interrogé à son tour par le président, il déclare d'elle : « Elle est vieux jeu, mais je l'aime beaucoup. Mes deux frères ont toujours été calmes. Moi, il fallait que je traîne. »

Lucien « traînait » donc, pour reprendre son expression, mais c'était un traîneur sympathique. En classe, il est le dernier, ce qui n'empêche pas que ses professeurs l'aiment bien et l'estiment. En fait, il semble doté d'une personnalité très complexe, « une personnalité, ainsi que le dira un psychiatre, extrêmement contrastée et qui ne s'appréhende qu'à travers les paradoxes ».

Ce contraste se retrouve dans les jugements que portent sur lui ses proches. Ils le décrivent comme têtu, très dur, replié sur lui-même, mais ils en disent en même temps du bien. Lucien R. a bonne réputation au village. Ce sont les mêmes qualificatifs qui reviennent : « serviable, honnête, travailleur ».

Les psychiatres mettent tour à tour en lumière les deux aspects de son caractère : « Il est attachant. Il a toujours eu un rapport affectif à l'autre », dit un premier.

Mais un second précise : « Il semble avoir cherché à s'identifier dans le monde adulte dans une situation d'affrontement... »

On en vient à ses rapports avec les femmes. L'enquêteur de personnalité confirme le lien étonnant qui l'unissait à la mère de la victime : « Il a eu quelques aventures amoureuses, mais aucune n'a été durable, contrairement à celle qu'il entretenait avec Noëlle T. C'était la première femme qu'il aimait, et c'était d'un amour quasiment platonique. »

De son côté, dans les quelques réponses qu'il fait à ce sujet, l'accusé se présente comme un jeune homme plutôt équilibré : « Pour les filles, je ne courais pas après, mais je ne tournais pas la tête non plus. Je me disais que j'avais le temps... »

La deuxième journée, celle du mardi 11 mai 1993, commence par l'audition des gendarmes, qui ont mené l'enquête avec le plus grand soin et auxquels, d'ailleurs, la défense rend hommage. Le docteur Jean-Pierre Benoît, qui a pratiqué l'autopsie, confirme que la victime n'avait aucune chance de survivre à ses blessures. L'expert en balistique, M. Boyon, estime, quant à lui, que les balles ont été tirées entre cinq et six mètres.

Tout cela est suivi sans passion excessive, les faits étant parfaitement établis et n'étant contestés par personne. Mais l'audition du témoin suivant va constituer, au contraire, le grand moment du procès... Noëlle T., grave et digne, arrive à la barre. Lucien R., qui était resté jusque-là inerte dans son box et presque indifférent aux débats, manifeste brusquement la plus vive émotion.

Il faut dire que, malgré le drame, les sentiments qui les unissent n'ont pas faibli, bien au contraire. Depuis qu'il est en prison, Noëlle écrit deux fois par jour à Lucien : « Promets-moi que tu ne me laisseras pas. Je te jure sur mes deux enfants, sur Catherine et sur David, que je te serai fidèle. Je sais que tu n'es pas responsable de ce décès. La mort dans l'âme, je t'embrasse tendrement. » Et Lucien, de son côté, lui promet de vivre avec elle à sa sortie...

Noëlle T. évoque le soir du drame et la métamorphose soudaine de son fils David : « Il était dans un état que je ne lui connaissais pas. Pour moi, on a joué avec ses sentiments. »

Elle en vient ensuite au rendez-vous fatal dans la clairière : « Je suis conciente que Lucien est responsable des coups de feu. Mon fils et l'assassin se sont trouvés pris dans un engrenage fatal. »

L'avocat général, Mme Renée Morin, l'interroge

sur sa responsabilité à elle dans cette affaire. Elle ne la récuse pas. « Je suis peut-être responsable. Pour certaines choses, du moins... »

Après elle, c'est son ex-mari, Antoine T., qui vient à la barre. Il s'exprime avec modération : « David voulait faire la même chose que moi. Il n'admettait pas cette liaison. R. était jeune et j'estimais qu'il ne pouvait pas se charger de ma fille... »

Les témoins en ont fini. C'est l'heure des plaidoiries qui vont clore ce court procès... L'avocat général Renée Morin prend la défense de la victime, pour laquelle personne ne s'est porté partie civile : « Je considère comme révoltant et inacceptable de voir mourir un jeune à l'aube, froidement abattu par un homme qui était autrefois un ami et qui, pour des raisons de déviations sentimentales avec sa mère, est devenu son assassin. »

Elle insiste sur les faits matériels, s'attachant à démontrer la préméditation : l'achat de l'arme et des munitions, le fait que le fusil était en permanence dans la voiture, le choix du lieu de rendez-vous, « un lieu sinistre et isolé, idéal pour un guet-apens ». Elle conteste que ce soit la peur qui ait fait tirer Lucien R. : « Qui vous dit qu'il n'a pas voulu faire cesser la tension qu'il ne supportait plus, raison pour laquelle il a voulu supprimer les deux hommes ? »

Parlant le dernier, l'avocat de l'accusé, l'ancien bâtonnier Régis Berland, insiste, ainsi qu'on pouvait l'attendre, sur les aspects passionnels de cette affaire : « Les sentiments de R. pour cette femme sont assez inhabituels mais d'une exceptionnelle qualité. Il se présente comme son amant, mais par respect pour elle, il n'a jamais eu de relations sexuelles avec elle. »

Maître Berland poursuit : « Le plus grand bonheur pour cet homme et cette femme, c'est d'aimer et d'être aimé. R. lui a apporté la douceur, la réserve, les égards et la protection qu'elle n'avait plus depuis longtemps avec son mari... »

Il argumente sur le climat de peur qui régnait

autour de Lucien R. au moment des faits et met en cause le père de la victime : « Pour moi, il y a une évidente responsabilité morale du père, qui a voulu mêler à ses problèmes d'homme un garçon de dix-sept ans et qui a réussi à l'emmener dans la clairière. A aucun moment, il n'a tenté de l'en empêcher véritablement. »

En conclusion, maître Régis Berland non seulement refuse la préméditation mais réclame, au contraire, la légitime défense : « Lucien R. n'a pas voulu assassiner le père de David et il n'a pas voulu la mort de son ancien camarade. Face à deux personnes qu'il pouvait croire légitimement armées, il a pris peur et les coups sont partis de manière instinctive et non volontaire... »

Il ne sera pas entendu. A l'issue de leur délibération, les jurés de la cour de Dijon retiennent la préméditation pour le meurtre de David T. Mais contrairement à ce qu'avait demandé l'accusation, ils refusent la tentative de meurtre contre Antoine T. et le guet-apens. En conséquence, Lucien R. est condamné à seize ans de détention.

Solingen

Solingen, ce n'est pas si loin de la France. C'est même tout près : une ville de cent soixante mille habitants, aux environs de Cologne, dans l'ouest de l'Allemagne, une ville industrielle comme il y en a tant dans le pays, à deux ou trois heures de TGV de Paris, quand il sera en fonction. C'est tout près et c'est une raison de plus de revenir sur ce qui s'est passé cette année, le samedi 29 mai 1993, à Solingen.

C'est la nuit... Il est un peu moins de deux heures du matin. Dans une maison de trois étages habitée par des familles turques, vingt personnes en tout, un incendie se déclare soudain. C'est la panique. Le feu, qui a pris dans le hall, se propage par l'escalier avec une vitesse foudroyante, coupant la retraite aux occupants. Plusieurs personnes se jettent par les fenêtres et les pompiers tardent à venir. Quand le sinistre est enfin maîtrisé, le bilan est lourd : cinq Turques, dont deux fillettes de quatre et neuf ans, ont péri. Plusieurs personnes ont été blessées, dont deux enfants de sept mois et trois ans, qui se trouvent dans un état critique. L'incendie est d'origine criminelle : on a retrouvé des traces de combustible sur les marches de la maison.

Dans toute l'Allemagne qui apprend la nouvelle au matin du dimanche, l'émotion est immense. Il s'agit sans nul doute d'un attentat raciste, et ce n'est pas le premier. Six mois plus tôt, dans un incendie identique à Moelln, trois Turques, dont deux enfants, avaient été brûlées vives. Et, par une coïncidence qui n'en est peut-être pas une, les incendiaires présumés, deux néo-nazis de dix-neuf et vingt-cinq ans, sont actuellement en train d'être jugés.

Tout cela évoque de terribles souvenirs pour le peuple allemand et les autorités réagissent aussitôt. Rudolf Seiters, le ministre de l'Intérieur, se rend sur les lieux le matin même. Klaus Kinkel, le ministre des Affaires étrangères, dans un télégramme à son homologue turc, se déclare « atterré par une telle atrocité ».

Les premières réactions sont néanmoins empreintes de modération. A Solingen, un millier de personnes se réunissent spontanément pour protester dans le calme. Dans toute l'Allemagne, les équipes de football de première division, qui jouent ce dimanche-là, observent une minute de silence avant leur match.

Sur le plan policier, les choses ne traînent pas. Quelques heures seulement après l'incendie, un adolescent de seize ans est arrêté et inculpé de « meurtres, tentative de meurtre et incendie criminel aggravé ». Les autorités refusent d'en dire plus, notamment de révéler son identité et les motifs de son acte. On pense alors que ces résultats vont contribuer à préserver le calme qui s'est maintenu jusque-là. C'est exactement l'inverse qui se produit : la colère de la population turque éclate brutalement.

Les Turcs constituent la plus forte communauté immigrée d'Allemagne : 1,8 million. Ils avaient réagi avec modération au premier attentat qui les avait frappés, celui de Moelln, six mois auparavant, mais cette fois c'est l'explosion et l'arrestation du coupable présumé n'y fait rien. Cinq mille Turcs affrontent pendant une partie de la nuit du dimanche 30 mai au lundi 31 mai 1993 la police dans différents quartiers de Solingen. Les manifestants allument des feux, saccagent le mobilier urbain et les vitrines. La police procède à dix-sept arrestations. Le lendemain, Solingen affiche un visage de désolation : débris de verre, poubelles calcinées, vestiges de barricades. Les dégâts sont évalués à quatre millions de francs. L'ambassadeur de Turquie en Allemagne lance un appel au calme.

« Bien que ce soit difficile dans une telle situation, j'appelle tous nos concitoyens turcs à ne pas répondre à la violence par la violence. »

Il ajoute : « Les gouvernements turc et allemand travaillent ensemble pour améliorer la sécurité des Turcs installés en Allemagne. »

De son côté, Klaus Kinkel, ministre des Affaires étrangères, présente de nouveau les excuses des autorités : « Nous avons honte de cet acte terrible. Nous demandons votre pardon... »

Lundi après-midi, dans le calme, cette fois, deux mille Turcs convergent vers la maison calcinée où les familles des victimes font une veillée religieuse. Des mains anonymes continuent à déposer des bouquets devant la maison.

Mais ce n'est qu'un répit. L'émotion des Turcs est toujours à son comble, notamment en Turquie même, où les corps des cinq victimes doivent être rapatriés. La presse du pays se déchaîne contre les Allemands. Le principal quotidien, dont deux cent mille exemplaires sont vendus chaque jour en Allemagne, exige que les auteurs soient « jugés comme coupables d'un génocide ». Un autre journal accuse les Allemands de « présenter des excuses après chaque événement, sans prendre des mesures contre les exactions racistes ».

Dans le même temps, le jeune homme de seize ans arrêté passe aux aveux, sans que la police révèle toujours son identité ni ses mobiles, et, sur le terrain, la violence reprend. Elle se déchaîne comme jamais auparavant. C'est une véritable nuit d'émeute que connaît Solingen. Deux à trois mille jeunes Turcs descendent dans la rue. Ils sont huit mille dans la ville, soit cinq pour cent de la population, mais il en vient aussi d'ailleurs. Ils brisent tout ce qu'ils peuvent, ils lancent des vélos contre les vitrines. Ils scandent :

« Vengeance ! L'Allemagne doit mourir pour que nous vivions ! Pour chaque Turc abattu, deux Allemands ! »

Parmi eux, il y a des extrémistes très virulents, les « Loups gris », ultranationalistes turcs, qui s'avouent eux aussi d'extrême droite et qui affirment : « Il n'y a que le fascisme pour répondre au fascisme. »

Ces débordements provoquent de violentes réactions de la part des Allemands. Un automobiliste de Solingen renverse une manifestante et la blesse grièvement...

C'est dans ce climat extrêmement tendu qu'a lieu, le jeudi 3 juin, une cérémonie funèbre devant la maison incendiée. Les cinq cercueils, dont les trois de petite taille qui renferment les corps des enfants, sont alignés devant l'entrée. Sur la façade calcinée, ont été déployés le drapeau allemand, celui du land de Rhénanie-Westphalie et celui de Turquie en berne.

Et, en début d'après-midi, c'est la cérémonie officielle à la mosquée de Cologne. Il s'agit, en fait, d'un ancien entrepôt, un grand hangar, sans décoration ni minaret. Le président de la République allemande, Richard von Weizsäcker, représente ses compatriotes. Dans une allocution remarquée, il demande une meilleure intégration des Turcs en Allemagne. Il va jusqu'à suggérer de leur accorder le droit de vote et la double nationalité, mais il dénonce dans le même temps les actes de vandalisme commis par les manifestants et rappelle que les fauteurs de troubles étrangers peuvent être expulsés...

Les troubles ne recommenceront pas... Le calme est revenu à Solingen et dans le reste de l'Allemagne. Et les journaux publient les résultats de l'enquête, qui sont enfin rendus publics.

L'inculpé, qui a avoué être l'incendiaire, s'appelle Christian R. Il a seize ans. Son profil, à la fois banal et inquiétant, est celui de toute une jeunesse défavorisée, tentée par la violence et le racisme.

Christian R. habitait depuis quelques mois seulement à Solingen, seul avec sa mère, à cent mètres de la maison calcinée. Il n'a jamais connu son père, qui a abandonné le domicile conjugal avant sa naissance.

Pour se faire un peu d'argent, il travaillait dans une station-service toute proche. Pour se distraire et peut-être pour d'autres raisons moins anodines, il suivait des cours d'arts martiaux avec un professeur qui avait la réputation d'être d'extrême droite. Christian R. fréquentait des groupes néo-nazis. Il allait quelquefois avec d'autres jeunes au crâne rasé, en blouson et rangers, chanter dans un terrain vague des chants hitlériens et graver des croix gammées sur les arbres.

Christian aimait le football, mais pas vraiment par goût du ballon. Il soutenait l'équipe locale au sein d'un groupe de hooligans, qui clamait bien haut sa haine de l'étranger. Chaque match était pour lui l'occasion de s'abrutir dans la bière, car il buvait de plus en plus.

C'est d'ailleurs l'alcool qui semble à l'origine du drame... Le vendredi 28 mai, avec trois complices, deux adultes et un mineur, âgés de seize, vingt et vingt-trois ans, tous sympathisants d'extrême droite, ils sont mis à la porte d'un café de Solingen, après une beuverie. Pour les expulser, le patron se fait aider de deux Turcs.

Il ne faut pas plus pour déclencher leur folie meurtrière. Ils vont chercher un bidon d'essence dans la station-service où travaille Christian R. et se rendent au domicile des Turcs, que Christian connaît bien puisqu'il habite presque en face. Ils renversent le bidon sur des vieux journaux dans l'entrée et s'enfuient. En vingt minutes, le bâtiment est détruit par les flammes...

Les jours suivants, les témoins viennent déposer et compléter le portrait de Christian R. : un garçon de

1,80 mètre, aux yeux bleus, à l'allure sportive, habillé souvent en jogging, mais qui, malgré son physique épanoui, représentait visiblement un danger en puissance. Il est décrit ainsi par le chef de l'établissement scolaire qui l'accueillait :

« Nous avons essayé de le comprendre, de l'aider, mais à la fin les enseignants n'en pouvaient plus. C'était un mouton noir, il voulait se battre avec tout le monde. Il lui arrivait de crier : "Heil Hitler !" »

Gunther, quinze ans, un camarade : « Un jour, il s'est écrié en plein cours : "Saucisse folle !" Cela l'a fait bien rire et nous aussi. Il lui arrivait de dire des choses du genre : "Il faut brûler les maisons." Sur son cahier, il dessinait souvent des croix gammées. J'ai essayé de parler avec lui de son passé, de sa famille, de sa mère, mais il a toujours refusé. »

Telle est la situation à l'heure actuelle. Christian R. et ses complices attendent de passer en jugement. Mais l'incendie de Solingen aura eu au moins pour conséquence de réveiller un débat de fond qui divise et empoisonne l'Allemagne. En matière de nationalité, l'Allemagne est régie par une des lois les plus restrictives d'Europe, le « droit du sang », qui date de 1913.

Selon cette loi, une personne ayant un ancêtre allemand, aussi éloigné soit-il, peut avoir la nationalité germanique, alors que pour quelqu'un qui réside en Allemagne, même depuis longtemps, c'est très difficile. On aboutit à ce paradoxe que des Russes nés au fin fond de la Sibérie, descendants d'émigrés allemands du XVIIIe siècle, ont pu obtenir la nationalité allemande, alors que pour des Turcs, qui vivent et travaillent en Allemagne depuis trois générations, c'est pratiquement impossible. Il en résulte que quinze mille étrangers sont naturalisés par an en Allemagne, contre soixante mille en France et cent cinquante mille aux Etats-Unis, et alors qu'il y a six millions d'étrangers outre-Rhin.

A la suite de l'affaire de Solingen, le chancelier Kohl s'est déclaré favorable à une réforme du code de la nationalité. Mais il devra tenir compte d'une opinion publique allemande frileuse, surtout à la veille d'élections législatives difficiles pour lui.

Scoop mortel

Deborah W., la belle rousse qui travaille pour la chaîne de télévision américaine de langue espagnole TLO, est, comme chaque jour, affairée devant son ordinateur. Elle tape fébrilement le « déroulement » du prochain épisode particulièrement « juteux » de la fameuse série *Comme si vous y étiez,* un « reality-show » qui rassemble les foules pour les transformer en voyeurs impénitents. Après l'émission sur les transsexuels, leur vie et leurs mœurs plutôt scandaleuses, après celle sur l'inceste, activité beaucoup plus courante qu'un vain peuple ne le pense, après le record d'audience atteint par l'émission concernant la « zoophilie », Deborah met une dernière main au sujet qui, elle l'espère bien, ne décevra pas la « chaîne », c'est-à-dire la direction générale : « Qui prétend avoir fait l'amour avec un (ou une) extraterrestre ? » Les témoignages, parfois troublants, les détails croustillants, l'exhibition de quelques prétendus « enfants de l'amour », tout cela devrait encore faire un bon score. Mais, en même temps qu'elle termine son papier, Deborah, dans son subconscient, commence à se poser l'éternelle question des journalistes. « Que vais-je trouver pour demain ? »

Soudain le téléphone sonne. Deborah décroche. Un homme, au fort accent cubain, demande à parler à la responsable du célèbre show *Comme si vous y étiez.* Deborah se présente, l'homme affirme qu'il est l'un des plus fervents téléspectateurs de la série, un « fan ». Mais il n'appelle pas pour féliciter les responsables. Il a lui-même un problème et, en définitive, il compte un peu sur son « reality-show » favori pour l'aider à résoudre une situation personnelle douloureuse. Deborah, instinctivement, sent qu'il y a peut-être, au bout du fil, un sujet d'émission. Elle demande à l'homme, Vincente J., de raconter son histoire. En même temps, par un réflexe professionnel, Deborah a mis en marche le magnétophone qui enregistre directement l'appel. Cela lui permettra de tout réécouter ensuite, à tête reposée, et de juger de tous les éléments. Deborah est une vraie professionnelle, de celles qui savent allier la réflexion mais, le cas échéant, faire preuve du réflexe qui saisit le scoop pratiquement en direct, qui sauve tout... Du réflexe qui tue aussi...

A l'autre bout du fil Vincente, avec son vocabulaire cubain facilement identifiable, raconte d'une voix oppressée son drame personnel, depuis le début. Enfin presque : cet homme plus passionné qu'organisé mélange un peu la chronologie, ne termine pas toutes ses phrases, saute des détails. Heureusement Deborah est là pour faire préciser un point obscur, pour résumer, pour le remettre dans le droit chemin de son drame. Drame qui va bientôt, grâce à Deborah et à ses parfaits réflexes professionnels se transformer en tragédie, en boucherie peut-on même dire...

Vincente raconte son histoire. Voilà quelques années qu'il s'est installé en Floride avec son épouse Margarita. Au début, tout à la joie de vivre enfin dans la libre Amérique, le couple savoure son bonheur capitaliste tout neuf. De plus ils ont donné le jour à une ravissante poupée : Pilar, petite brunette pulpeuse et rieuse qui promet d'être une femme splendide quand le temps sera venu. Tout va bien, Vincente est au bout de quelque temps devenu le gardien d'une somptueuse résidence pour retraités bien nantis, de ces résidences où, au pays de la liberté, on n'admet ni les Noirs, ni les animaux, ni les enfants. Etrange image du paradis... Margarita, quant à elle, est coiffeuse. Les revenus du couple sont suffisants. Pilar grandit. Tout irait bien. Pourtant, au paradis du dollar, libéré du souci de trouver chaque jour à se procurer la nourriture la plus essentielle, le couple commence à se dissoudre. Margarita se met à fréquenter des amis de son choix, qui ne sont pas ceux que Vincente apprécie le plus. Vincente, lui, une fois son travail terminé, n'aime rien tant que de s'installer dans le sofa du living-room, quelques boîtes de bière à portée de la main, pour suivre, avec délices, les épisodes successifs de ses émissions favorites, parmi lesquelles *Comme si vous y étiez.* Rien ne va plus dans le ménage. Margarita lui fait d'ailleurs savoir, à plusieurs reprises, qu'elle déteste cette émission, à ses yeux d'une vulgarité complète. Comment peut-on se repaître ainsi, des heures durant, de ces déballages indécents et racoleurs ? Mari et femme se rendent compte de ce que leurs ambitions personnelles diffèrent chaque jour un peu plus. Heureusement Pilar est là, pour les réunir, objet de leur adoration...

Mais bientôt, hélas, Pilar ne suffit plus à assurer la cohésion du ménage. Vincente et Margarita, comme c'est souvent le cas, n'ont pas tout à fait la même idée de l'éducation nécessaire aux jeunes filles. Vincente serait plus « coulant », Margarita plus « ferme ». Bref, au bout de plusieurs années de vie commune le divorce est prononcé. A sa grande déception Vincente apprend que Pilar, vu son jeune âge, quatorze ans, est confiée à la garde de sa mère. A chaque occasion Vincente, lorsqu'il voit sa fille, la couvre de cadeaux, bijoux, vêtements de prix. Pilar est décidément bien gâtée. Elle devient une vraie jeune fille américaine. Tout en gardant, hélas pour elle, une certaine idée des valeurs latino-américaines. Elle sort avec des garçons de son âge. C'est la catastrophe.

Vincente, en évoquant ce tournant de son histoire, se met à sangloter au bout du fil, Deborah l'encourage à continuer. Elle prend des notes en même temps. Au bout du fil la voix du Cubain, qui semble désespéré, conte la suite. Un beau jour Pilar lui téléphone et lui demande de venir de toute urgence au domicile de Margarita. En arrivant il est effrayé de voir le visage livide de sa petite poupée adorée. Tout de suite il pressent un drame. En quelques mots hachés Pilar lui avoue tout : elle est enceinte. De son petit ami, un garçon latino-américain à peine plus âgé qu'elle. Que faire ? Margarita n'est pas au courant. Vincente préconise de tout raconter à son ex-épouse. Il se charge d'arrondir les angles.

Mais, en rentrant le soir de son salon de coiffure, Margarita, du haut de ses grands principes d'éducation, ne réagit absolument pas comme prévu. Vincente lui a pourtant téléphoné pour lui dire que leur enfant était en pleine crise, pour lui demander de l'écouter et de réagir avec tendresse, peine perdue, quand elle apprend que Pilar, malgré ses promesses, malgré ses airs de vertu, va sans doute mettre un enfant au monde, Margarita, incapable de contrôler sa colère, gifle sa fille, plusieurs fois, à la volée. Et ce n'est qu'un hors-d'œuvre. Les sanctions pleuvent : interdiction de sortir, de revoir le petit ami coupable, menaces, tout le grand jeu. Pilar, déjà suffisamment effondrée, se retrouve comme prise au piège. Son seul soutien, son père, n'est pas à portée de la main pour la prendre entre ses bras... Le pire est encore à venir.

Vincente continue son histoire et, à ce point du récit, Deborah entend comme un écho résonner dans sa mémoire. Un souvenir d'entrefilet aperçu dans les journaux. L'homme raconte qu'un matin le téléphone a sonné, une voix lui demandant de se rendre, toutes affaires cessantes, chez son ex-épouse. Là, horrifié, il est confronté à la plus grande douleur de sa vie. Pilar, son ange, son adoration, gît sur un brancard d'hôpital, recouverte d'une couverture grise et anonyme. Elle s'est tiré un coup de revolver en pleine poitrine, résolvant du même coup, par l'irréparable, un problème qu'elle n'était après tout pas la première ni la dernière à affronter en ce bas monde.

Vincente, en dehors de son chagrin, ressent une vague de haine pour Margarita. Une fois passé le torrent d'insultes cubaines dont il l'abreuve, Vincente se précipite pour porter plainte contre son ex-femme. Il l'accuse d'homicide volontaire. Mais, étant donné les circonstances, on lui fait gentiment comprendre que sa plainte est irrecevable. Frustré et décidé à venger Pilar, Vincente cherche une solution : *Comme si vous y étiez* lui semble alors une voie possible. Deborah est aussi de cet avis.

Elle prend rendez-vous avec lui dans un bar de F..., la ville du drame, pour mettre sur pied une séquence « haute en couleur ». Quoi de plus télégénique que la douleur d'un Cubain prêt à tout pour venger sa fille ? D'autant plus que, lors de ce rendez-vous, elle constate avec une certaine jubilation intérieure que le gardien d'immeuble, encore tout fiévreux de colère, se promène avec un gros revolver glissé dans la poche intérieure de sa veste.

Deborah pressent, avec un instinct journalistique très sûr, qu'il pourrait y avoir là la semence d'un peu d'« action » télévisuelle... Elle propose à tout hasard de filmer Vincente, au moment où il déposerait une couronne de fleurs, payée par la chaîne de télévision, sur la tombe toute fraîche de Pilar. Tombe ornée, selon la coutume latine, d'une photo émaillée de la pauvre gosse. Belles images en perspective. D'autant plus que, si Deborah a bien compris, Margarita, elle aussi effondrée par la perte de sa fille, se rend chaque jour sur la tombe. Une supposition que Margarita et Vincente se rencontrent là, comme par hasard. Est-ce que cela ne ferait pas une bonne séquence « en direct » ? A défaut de résoudre les problèmes de Vincente dont, après tout, Deborah se fiche complètement, cela pourrait donner une « tranche de vie » assez « saignante »... Saignante en effet.

L'heure venue, tout se passe comme prévu. Vincente, brisé par le chagrin, dépose la gerbe sur la tombe de Pilar. Le cameraman ajuste son zoom pour saisir les larmes qui dégoulinent le long de ses joues viriles. Deborah, micro en main, fait les commentaires appropriés pour émouvoir les populations jusqu'en Californie, à l'autre bout du continent. Soudain, comme elle l'espérait un peu, une voiture s'arrête non loin de là. C'est Margarita qui en descend, comme chaque jour, tout de noir vêtue. Deborah, dans un excellent réflexe, se précipite vers elle pour lui poser les questions qui s'imposent, télévisuellement parlant s'entend. Margarita, surprise par la présence de la télévision, repousse toute interview : elle n'est pas venue pour ça... qu'on la laisse seule avec son chagrin.

Obéissant aux instructions de Deborah le cameraman repasse sur Vincente. Celui-ci, qui était agenouillé sur la tombe, s'est relevé prestement. Il court à présent vers Margarita, la caméra tourne, tourne, le micro enregistre tous les bruits, le souffle rauque de Vincente, les objurgations de Margarita : « Laissez-moi tranquille, laissez-moi. » Tout est enregistré, la main de Vincente qui brandit le revolver qu'il tenait glissé sous son blouson, les déflagrations, Margarita qui tombe, son crâne qui éclate sous les balles qui continuent à la frapper, les sursauts de son corps sans vie sous l'impact des projectiles... l'effondrement de Vincente qui pleure à chaudes larmes dès qu'il a accompli l'irréparable.

A l'heure dite la chaîne TLO diffuse, après des précautions et des avertissements qui sont autant de messages publicitaires destinés à faire monter l'audience, à conquérir un maximum de « parts de marché », les images qui vont être « insoutenables », « déconseillées aux âmes sensibles », de ce « reportage » vraiment très réussi et digne de rentrer dans les annales de la bassesse médiatique.

Le 36 prend des vacances

« Méfie-toi du mec qui vient de s'asseoir, il n'a pas l'air très net ! » murmure le conducteur de l'autobus à son collègue au moment du changement de chauffeur. Sage conseil.

Dans la région lyonnaise Philippe P., vingt-sept ans, s'apprête à exercer son métier de conducteur d'autobus. Métier fatigant, certes, mais qui ne manque pas de charme : variété des voyageurs, variété des paysages selon les couleurs changeantes des saisons. Brefs contacts presque amicaux avec les habitués de sa ligne, pittoresques personnages qui entrent pour quelques instants dans son univers, touristes, amoureux qui ne peuvent s'empêcher de faire savoir au monde entier qu'ils s'adorent, grincheux ou farfelus en tout genre. Que lui réserve cette journée de printemps à bord de l'autobus 36 ?

Le parcours commence bien, rien à signaler d'anormal. Jusqu'au terminus de T., banlieue qui a eu les honneurs de la presse nationale, il y a quelques années, pour les bagarres qui opposèrent jeunesse mal dans sa peau et forces de police. Tout le monde a encore dans l'œil les images de véhicules incendiés brûlant dans la nuit. Mais pour l'instant il fait beau et on est en pleine matinée. Le jeune homme qui n'a pas l'air net monte, présente son abonnement et s'assied. Philippe n'a pas de mal à déceler les problèmes du jeune homme : son visage est couvert d'ecchymoses

219

et tout laisse à penser qu'il s'agit des traces d'une altercation récente. Philippe imagine la scène, on en voit tant de semblables à la télévision tous les jours de la semaine... C'est pourquoi l'un des autres conducteurs de la ligne, au moment de la « pause cigarette » a même le temps de préciser que ce voyageur est un peu « agité » mais rien de très gênant, des grommellements inintelligibles, une sorte de conversation intérieure avec quelque interlocuteur imaginaire et peu amical. Philippe remercie du renseignement et se promet de surveiller le client. Tout le monde a pris place. On démarre.

Pendant les premiers kilomètres, tout se passe normalement, arrêts, montées et descentes de voyageurs, renseignements aux égarés, monnaie à rendre, attention plus marquée pour les personnes âgées qui nécessitent plus de temps pour monter et descendre... Le voyageur aux ecchymoses a cessé sa conversation intérieure et il commence à interpeller les autres voyageurs et voyageuses les plus proches de lui. Leur posant des questions un peu débiles, faisant lui-même les réponses et les commentaires, exprimant des opinions à l'emporte-pièce sur le paysage, l'environnement, les événements et les hommes politiques, les femmes, le sexe, l'amour, la religion, mille sujets décousus... Il « chahute » un peu, comme on dit.

« Méfie-toi du mec qui vient de s'asseoir, il n'a pas l'air très net ! » Philippe, prévenu par son collègue, est un peu plus tendu mais garde le contrôle de la situation.

Et on arrive à l'autre bout de la ligne. Bizarrement, le voyageur aux ecchymoses ne descend pas. Il reste en place et repart dans l'autre direction vers son point de départ. Et, en sens inverse, le trajet se déroule à nouveau de la même manière. Jusqu'à l'arrêt de S. Soudain, le voyageur agité se lève, s'approche de Philippe et sortant rapidement de sa poche un couteau à cran d'arrêt il en applique le tranchant sur la gorge du pauvre conducteur qui croit sa dernière heure venue.

Le jeune homme énervé oblige Philippe à stopper le véhicule et il intime aux autres voyageurs l'ordre de quitter l'autobus. Puis on redémarre. L'énergumène décide : « On va à Montpellier ! » Pas du tout dans la même région ! Un détour d'au moins six cents kilomètres aller et retour ! En même temps Philippe sent dans son dos le contact dur et menaçant d'un canon de revolver. Le couteau sur la gorge, il redémarre en essayant de se raisonner, de se remémorer les consignes classiques : « Ne pas faire de mouvement brusque, gagner du temps, ne pas énerver l'agresseur. » L'autobus 36 emprunte l'autoroute du Sud et file vers son destin.

Les kilomètres succèdent aux kilomètres. A présent le kidnappeur d'autobus, de plus en plus excité, se donne du courage en buvant au goulot d'une bouteille de whisky. Philippe se prend à espérer qu'il puisse tomber soudain ivre mort sous le choc de l'alcool. Mais non, l'autre doit avoir une bonne habitude de ce genre de désaltérant, il continue à boire et à parler... parler... parler.

C'est ainsi que le pauvre Philippe, qui se rassure un peu mais se demande cependant comment tout cela va se terminer, apprend tout ou presque des antécédents de son agresseur. L'autre lui donne son nom : Jean-Charles J., son âge, vingt-quatre ans, et lui parle surtout de son père qui habite au loin, là-bas dans le Midi, du côté de Montpellier... Il parle aussi de son enfance dans un foyer pour enfants à Lyon... des bons et des mauvais souvenirs, de la lutte pour la vie, de son désespoir de vivre, de ses rêves de jour et de ses cauchemars de nuit... L'autobus dévore les kilomètres. A présent plus d'arrêts, plus de voyageurs...

Pourtant, dès le début de la prise d'otage, Philippe dans un réflexe discret a eu le temps d'appuyer sur le signal d'alarme, qui, là-bas, au poste de contrôle, donne l'alerte... Les voyageurs que Jean-Charles a obligés à quitter le véhicule se sont eux aussi manifestés pour réclamer qu'on les tire du mauvais pas où ils se trouvent... Aussitôt tout un plan « rouge » se met en branle. La police est alertée. Au péage obligatoire les forces de l'ordre pensent intervenir mais devant l'attitude agressive de Jean-Charles on hésite pour ne pas voir le couteau à cran d'arrêt entailler la gorge de Philippe. Un peu plus loin ce sont les motards de la gendarmerie, dans le territoire desquels l'autobus pénètre, qui prennent le relais.

A l'intérieur du véhicule Jean-Charles parle, parle, parle encore et continue à boire le whisky qui diminue dans la bouteille, mais Philippe note que le débit verbal de son agresseur se ralentit. Celui-ci soudain demande une cigarette mais le conducteur du 36 ne fume pas. Il suggère avec hésitation de stopper le véhicule pour demander la « sèche »... au motard de la gendarmerie qui, depuis des kilomètres, ne quitte pas le pare-chocs arrière de l'autobus... Cette cigarette tant désirée est alors le prétexte à une longue conversation entre Philippe, le motard, et Jean-Charles, le mal-aimé... Philippe réalise que, depuis le début de l'aventure, ce qu'il prenait pour le canon d'un revolver braqué sur son dos n'était que le bout raidi de l'index de son agresseur ! Au bout du compte Jean-Charles accepte de renoncer à son projet. Il se retrouve en détention préventive pour quelques jours... Un examen médical révèle qu'il présente de graves troubles psychologiques. On arrive à la conclusion qu'au moment de son détournement d'autobus il était obsédé par son idée fixe, en état de démence, pourtant les médecins lui accordent la pleine responsabilité de ses actes sur le plan pénal.

Philippe, quant à lui, malgré l'heureux dénouement de l'affaire, n'est pas au bout de ses peines. Cauchemars et angoisses l'assaillent dorénavant pendant les mois qui suivent. Il devient si anxieux, si mal dans sa peau, qu'il doit momentanément s'arrêter dans son travail. Calmants et repos ne font rien à l'affaire. A trente ans, trois ans après les faits, on lui accorde une incapacité de travail de dix pour cent, et 20 000 F de provision sur les indemnités à venir. S'en remettra-t-il jamais vraiment ?

Jean-Charles qui, décidément, fait les mauvais choix dans l'existence, préfère ne pas se présenter à l'audience qui doit voir la conclusion de cette affaire. Devant les dégâts provoqués chez Philippe, compte tenu de son absence devant ses juges, Jean-Charles se voit condamner par défaut à quinze mois de prison. Il est aujourd'hui activement recherché par la police...

Pendant ce temps-là, à Nantes, un quadragénaire ancien conducteur d'autobus, nostalgique de son métier et qui boit pour oublier, voit son taux d'alcoolémie monter à 2,20 g. Comme il vient de voler un autobus il est condamné à quatre mois de prison. En vingt ans, c'est la vingt-troisième fois qu'il dérobe un autobus et qu'il l'abandonne n'importe où en Poitou-Charentes, généralement en allant heurter, irrémédiablement soûl, quelque véhicule en stationnement ou quelque élément innocent du mobilier urbain. Le juge lui conseille de calmer sa passion en s'achetant son propre autobus mais, lui fait remarquer le coupable avec une logique irréfutable : « Il faudrait d'abord que je repasse mon permis »... C'est évident... La prochaine fois on peut imaginer qu'il soit obligé, sous la menace d'un couteau, de conduire Jean-Charles jusqu'à Montpellier...

Banquier de cœur

« Chérie, viens voir ! Un miracle, je n'arrive pas à y croire. » En ouvrant son courrier ce matin-là, Michel R., un jeune père de famille, n'a pu s'empêcher de pousser un cri. Les mains tremblantes il regarde, effaré, son relevé de compte bancaire. Sylvette R., sa jeune épouse, arrive en courant de la cuisine. Elle essuie ses mains humides sur son tablier. « Qu'est-ce qui se passe encore ? » Les yeux battus par le manque de sommeil, elle s'attend au pire, mais en regardant le visage de Michel elle distingue une lumière qui l'éclaire d'une joie insolite, comme si le relevé de leur compte bancaire reflétait dans ses yeux une lumière surnaturelle. « Regarde, on nous a viré 100 000 F sur notre compte, juste la somme que l'on cherche désespérément depuis six mois ! » « Ça n'est pas possible, c'est sûrement une erreur. » Elle lui arrache presque des mains le relevé. A la place de la maigre somme qui devrait se trouver au total, elle lit un chiffre bien confortable. Plus haut dans la colonne des crédits, la somme brille presque : 100 000 F avec comme explication : Virement d'un tiers.

Malgré sa joie, Sylvette, en femme prudente qui a déjà été échaudée par l'existence, hésite à croire à son bonheur. Il s'agit certainement d'une erreur. Elle saisit le téléphone et demande un peu plus tard dans la matinée un rendez-vous au directeur de l'agence. Ils vont connaître la vérité. La journée passe lentement, de temps en temps Michel jette un regard sur le relevé bancaire. Si cela pouvait être vrai, s'ils avaient enfin, par un miracle de la petite sainte Thérèse, obtenu cet argent faute duquel ils risquent de ne pouvoir payer les traites de leur maison, ils risquent de se retrouver à la rue... Ils n'osent y croire.

Pourtant, un peu plus tard, en sortant de l'agence où ils viennent d'être reçus par le directeur, Sylvette et Michel ont un peu la tête qui leur tourne. Ils se précipitent au café le plus proche et s'offrent un apéritif bien tassé pour fêter le coup de chance qui vient de leur tomber sur la tête. Tout est parfaitement en ordre, cette somme de 100 000 F est bien affectée à leur compte. Ce n'est pas un cadeau, il faut le préciser, mais un prêt « d'honneur » qu'ils se sont engagés à rembourser ponctuellement d'après leurs rentrées d'argent normales, sans mettre leur budget en péril. Vraiment merci la petite Thérèse, car nous sommes en Normandie...

Michel et Sylvette ne sont pas les seuls chanceux de la petite commune. La Banque du bonheur fait d'autres heureux, sélectionnés par un directeur hors du commun, d'autres désespérés voient à nouveau le soleil luire au bout du chemin. La France est un pays de braves gens... Pourvu que cela dure... Une dame restauratrice a besoin de 120 000 F. Xavier Z., le directeur de l'agence bancaire en question, qui est bon vivant, prête. A présent, c'est un garagiste qui est en difficulté. Mais Xavier pense que le garage est une bonne affaire. Il n'y connaît rien. Il se trompe. Puis il s'intéresse à un bar où l'on confond chiffre d'affaires et bénéfices. La banque verse la somme nécessaire sur le compte : soit 200 000 F. D'autres encore connaissent le même bonheur : une douzaine en tout. Les heureux bénéficiaires remboursent, rubis sur l'ongle, ces prêts tombés du ciel.

Ce matin-là, Xavier, l'amabilité faite homme, a commencé sa journée comme tous les autres matins, le sourire aux lèvres, le cœur plein de tendresse et de compassion pour les êtres humains si pitoyables qui peuplent le vaste monde. Il se promet comme tous les autres jours de rendre quelqu'un heureux, en dépit des lois de la finance, en dépit de l'ordre du monde... Mais il n'a guère le temps d'examiner un nouveau projet. La porte de son bureau vient de s'ouvrir et il voit entrer son patron direct, tout droit arrivé du chef-lieu de canton. Celui-ci, avec sa mine des mauvais jours, lance à la secrétaire : « Qu'on ne nous dérange pas ! » Xavier sait, dans l'instant même, que tout est fini et que sa carrière dans la banque risque de s'arrêter là.

Jolie carrière pourtant qui a débuté vingt-six ans plus tôt avec un premier emploi de comptable dans cette grande banque nationale. On apprécie Xavier, on lui confie de plus en plus de responsabilités. Jusqu'à lui offrir, en 1973, la direction de la nouvelle agence de W., cette jolie petite commune. Alors là, Xavier s'éclate littéralement sur le plan professionnel, il fait du porte-à-porte, il va proposer les services de sa toute nouvelle jolie petite agence à tout ce qui peut avoir un peu d'argent dans le canton. C'est un succès. Il faut dire qu'il est si sympathique, souriant, dynamique avec son allure de gentleman-farmer. Aujourd'hui encore, malgré son revers de fortune, à cinquante-cinq ans, on lui en donnerait facilement dix de moins. Généreux en plus, beaucoup trop, scrupuleux aussi et profondément bon au dire de tous ses proches. Une perle. Un peu trop sûr de lui peut-être, un peu trop, et légitimement fier de son succès, de son efficacité. Xavier se sent pousser les ailes d'un ange, d'un envoyé de Dieu pour faire le bien sur la Terre.

Parmi tous les bénéficiaires de ses largesses, le premier à avoir eu des problèmes c'est justement le garagiste. Xavier a cru que le garagiste était un gentil garagiste. Grossière erreur. L'avenir va le démontrer. Ce chef d'entreprise connaît de sérieuses difficultés dans son entreprise. Est-elle mal gérée ? A-t-il fait une erreur dans ses prévisions commerciales ? La femme du garagiste est-elle trop dépensière ? Le garagiste est, en fait, un homme habitué à traiter les problèmes par la manière forte. Quand il voit que ses comptes périclitent, il vient voir Xavier dans sa jolie petite agence et lui met, comme on dit, les points sur les « i » et les barres aux « t » : « Si vous ne me prêtez pas à nouveau l'argent qu'il me faut, je vous dénonce à la direction de la banque, pour avoir tripoté les comptes. » C'est vrai que le garagiste pourrait le faire chanter, abattre tout son système et mettre ainsi pas mal de gens dans le pétrin. Xavier, contraint et forcé, prête encore à contrecœur.

Mais à présent c'est la « restauratrice » qui n'arrive plus à mettre les petits plats dans les grands. Elle utilise une autre tactique pour obtenir un nouveau prêt : elle menace d'aller porter son compte dans une banque concurrente. Et de le faire savoir sur la place publique. Xavier sent que son honneur de directeur est en jeu. Pourtant, avec huit cents clients et trois milliards de centimes en caisse, il ne devrait pas craindre la perte d'une cliente. Son système, pourtant, il s'en rend bien compte, est fragile.

Mais, malgré sa seconde « injection » financière le garage est mis en « règlement judiciaire »... C'est la catastrophe car un étranger, le « liquidateur », vient mettre son nez dans les comptes de l'entreprise et il est assez étonné de découvrir ce virement providentiel mais inexplicable... Pour quelles raisons la banque a-t-elle prêté ces 200 000 F qu'on aurait dû, au vu de la comptabilité du garage, de la non-solvabilité du garagiste, refuser avec la dernière énergie dans le respect des lois draconiennes de la finance ? On en découvre de belles en vérifiant les comptes.

En fait Xavier n'a jamais falsifié ses comptes pour en tirer le moindre bénéfice, uniquement pour rendre service. Comment s'y prend-il ? Le plus facilement du monde. Il a remarqué depuis longtemps que certains de ses clients, rentiers, personnes âgées, rassurés d'avoir une petite « pelote » dans un compte de la banque, ne s'inquiètent jamais de savoir si leur « réserve » bouge ou pas. Pourquoi le feraient-ils d'ailleurs, ils n'effectuent aucune opération sur ces comptes. Xavier, lui, pour aider les clients en difficulté, s'en charge et, grâce à un jeu de fausses écritures, c'est dans ces comptes « dormants » qu'il prélève les sommes qui lui permettent ses « prêts d'honneur ». Au fur et à mesure des remboursements il réintègre l'argent emprunté. Les contrôleurs de la banque, lors des contrôles de routine, n'y voient que du feu, grâce à quelques « fausses opérations » dont Xavier connaît le secret...

Quand le directeur quitte le bureau, un gros dossier sous le bras, les ennuis de Xavier commencent vraiment. Bizarrement ce ne sont pas les quelques personnes (quatre au total, parmi lesquels un vieux curé) dont il a ponctionné les comptes qui portent plainte. Ils ne se sont aperçus de rien et la direction générale, soucieuse de son image de marque, a remis en place les sommes prêtées. Un million de francs en tout. Joli palmarès de la générosité.

Ironie du sort : ce sont les emprunteurs indélicats qui finissent, à bout d'arguments pour expliquer leurs déroutes respectives, par porter plainte. On accuse même Xavier d'avoir détourné de l'argent au détriment du restaurant, d'avoir « tripatouillé » la comptabilité du garage. Puis la rumeur publique s'en mêle. Du coup plusieurs personnes qui ont constaté quelques erreurs sur leurs relevés bancaires portent plainte à leur tour, dans l'espoir de se voir « restituer » quelques millions qui traîneraient par là, sans propriétaire : on ne sait jamais... Xavier est déplacé à la direction générale, son épouse inconsciente de ce qui se passe s'inquiète un peu mais pas trop. Quand elle apprend la vérité, quand on lui confirme que le banquier au grand cœur n'a pas dilapidé un seul centime à son propre bénéfice, elle avoue avec un grand soupir : « Il n'a jamais su dire non. »

Xavier, aujourd'hui, se retrouve licencié, dans les

formes, avec congés payés et indemnités en règle. Les mauvais payeurs sont déboutés. Pourtant il est jugé responsable du trou dans les comptes du garagiste et c'est lui qui doit rembourser, à raison de 2 500 F par mois les 120 000 F qui se sont évanouis dans la nature, sans doute en fanfreluches féminines pour la femme du mauvais gestionnaire.

A présent condamné à une peine de prison avec sursis (dix-huit petits mois), il a retrouvé un emploi, bien plus modeste, dans une association caritative où, enfin, il peut donner libre cours à ses élans de générosité incontrôlables. Son patron est enchanté d'avoir une recrue aussi passionnée et efficace. Xavier a trouvé sa vraie vocation...

L'amour en cage

Il existe à Bruxelles un club qui rassemble des natifs de Scandinavie, le club des Suédois. La plupart sont des industriels, des hommes d'affaires désireux de vivre sous un climat plus clément que celui de leur patrie septentrionale. Désireux aussi de connaître les douceurs d'un meilleur traitement fiscal. M. K.B. fait partie de ces heureux mortels : il a acquis légitimement une fortune enviable dans le commerce des voitures américaines. Une petite fraude fiscale déjà ancienne lui a fait choisir un exil en Belgique...

Pour lors M. B. vit la plupart du temps dans une banlieue élégante de la capitale belge. Maison cossue et moderne, entourée d'un jardin agréable, piscine chauffée. Son épouse, ses deux enfants et lui-même constituent la famille bourgeoise type : sains, dynamiques, écologistes, sportifs, appréciés de tous. Mme B. est une ancienne championne dans le domaine hippique : elle a participé aux jeux Olympiques de Rome en 1960. Sa fille, Ulrika, vingt-huit ans, marche sur ses traces et elle a récemment été, elle aussi, sélectionnée pour représenter la Suède aux Jeux de Barcelone. Malheureusement pour elle, son cheval est tombé malade au dernier moment et elle a dû se résigner à voir ses compatriotes luttant pour des médailles alors qu'elle devait se contenter d'une triste place assise dans les tribunes. La pauvre Ulrika n'est pas dans une bonne passe, comme l'avenir va le démontrer. Mais elle est jolie, sportive, riche, sans problème métaphysique : elle rentre donc à Bruxelles et fait des projets d'avenir.

Ce week-end de janvier, Ulrika se trouve seule. Ses parents et son frère sont absents. Ils passent quelques jours dans leur résidence secondaire en Suède. Ulrika, à bord de sa BMW, regagne leur résidence confortable. Elle descend du véhicule quand, soudain, un homme en cagoule l'agresse, surgissant derrière elle. Il brandit un pistolet et lui crie, en anglais : « Je suis un terroriste ! » Ulrika, en pleine forme, lutte contre son agresseur mais celui-ci, d'un coup sur la tête, lui fait perdre à moitié conscience. Presque évanouie, elle sent qu'il la ligote puis qu'il l'enveloppe dans ce qui paraît être un sac à pommes de terre. A présent, immobilisée, elle est traînée jusqu'à une autre voiture. Son agresseur se met au volant. Ulrika, incapable de se libérer, se rend compte qu'on l'emporte loin de chez elle, très loin même, à en juger par le temps qui passe tandis que roule le véhicule de son agresseur. Il n'a rien annoncé de ses intentions. Ulrika se dit cependant qu'un terroriste va essayer d'obtenir une rançon destinée à alimenter le fonds de guerre de la « cause » qu'il doit défendre quelque part dans le monde...

Le lendemain matin, la femme de ménage suédoise de la famille B., au moment où elle prend son service à la villa des Suédois, est surprise de trouver le portail de la propriété grand ouvert, la BMW de la jeune fille semble abandonnée devant la porte, les clefs sont encore sur le tableau de bord ce qui ne correspond pas aux habitudes de prudence de la famille. Elle prévient la gendarmerie qui arrive sans tarder. Plus inquiétant encore on découvre les deux chiens de la famille B. Ils sont inconscients dans le garage : on les a drogués et ligotés. Le coffre-fort de la villa, béant, est vide. La belle Ulrika a disparu. On contacte la famille...

La famille, au fin fond de la Suède, est bizarrement

déjà au courant. Le ravisseur (s'agit-il d'un solitaire ou d'une bande organisée ?) a réussi à joindre le père d'Ulrika pour lui annoncer, en anglais, qu'on venait de s'emparer de sa fille, pour lui conseiller de tenir la police à l'écart de l'affaire, pour lui annoncer de prochaines instructions précises. On met le téléphone sur écoute, on diffuse dans la presse la photographie de la belle Ulrika, souriante, séduisante comme une publicité pour des vacances en Scandinavie...

Le père, la mère, le frère regagnent Bruxelles en toute hâte, et commencent à attendre, les yeux rivés sur le téléphone, une demande de rançon, des nouvelles, n'importe quoi... Deux jours après la disparition d'Ulrika, le courrier apporte une enveloppe. Dans l'enveloppe une cassette, sur la cassette la voix de la disparue : « Cher Papa, chère maman, je suis correctement traitée et tout va bien pour moi. Ecoutez attentivement mes ravisseurs... » Mais la voix aimée s'interrompt. Un homme se fait entendre, il précise le montant de la rançon : 500 000 dollars, soit 2 millions et demi de francs français. Une somme énorme même pour l'industriel, pourtant à l'aise. Le ravisseur précise que de nouvelles instructions arriveront par téléphone.

Un peu d'espoir vient consoler les B. Ulrika est toujours en vie. Le lendemain la banque des B. signale qu'on vient de faire un retrait bancaire, à Bruxelles même, avec la carte d'Ulrika : 2 500 F. Le ou les ravisseurs connaissent donc le code secret. Par quels moyens ont-ils pu l'obtenir ? Les gendarmes, quant à eux, tirent de ce nouvel incident des conclusions pessimistes. Le retrait ne porte que sur quelques milliers de francs, rien à voir avec l'énormité de la somme réclamée comme rançon. Ce détail inquiète car on y voit la marque de ravisseurs « amateurs ». On sait, plus ou moins, comment réagiraient de « grands bandits », les « amateurs », peu sûrs dans leur manière d'agir, sont très capables de « paniquer », de mal négocier le transfert de la rançon, pire encore de « liquider » leur otage... Tout ça n'est pas bon.

Pendant ce temps-là, la pauvre Ulrika, après son long voyage vers une destination inconnue, s'est retrouvée dans un appartement en étage. Bâillonnée, aveuglée par un bandeau qui lui meurtrit le front, elle a conscience que quelqu'un l'installe, si l'on peut dire, sur une sorte de siège. Elle apprend qu'elle devra rester ligotée à ce meuble jusqu'au versement de la rançon. Le ravisseur lui précise qu'il n'aura même pas à la libérer pour satisfaire ses besoins naturels car le siège sur lequel elle est étroitement ligotée est prévu pour cet usage. Les liens qui l'entravent lui scient les articulations, empêchant la circulation sanguine. Un casque stéréo la coupe du monde sonore. Elle ne peut s'empêcher de se demander si elle survivra à cette épreuve. Elle ne parvient pas à envisager d'issue positive en dehors d'une délivrance problématique par les forces de police.

La famille B., entre-temps, reçoit de nouvelles instructions, le ravisseur au téléphone demande, en anglais, que la rançon soit versée en dollars américains. Mais la communication dure assez longtemps pour que le standard de la police en situe l'origine : une cabine publique près de la porte de Namur. Nouvel indice qui confirme l'amateurisme des kidnappeurs. On décide, à tout hasard, d'installer une caméra-vidéo au-dessus du distributeur automatique bancaire où s'est effectué le premier retrait bancaire. A chaque fois qu'un client vient retirer de l'argent son visage est filmé... Un second retrait est effectué avec la carte d'Ulrika. Les inspecteurs font alors visionner à la famille B. tous les visages des clients ayant retiré des billets... M. B. s'acharne à scruter toutes ces physionomies inconnues filmées dans de mauvaises conditions d'éclairage... Soudain il sursaute : pas de doute. Un faciès ne lui est pas inconnu. C'est celui d'un Suédois qu'il connaît bien : Lars N., un charpentier et, de surcroît, une vieille connaissance.

L'histoire remonte à plusieurs années : le père de Lars, lui aussi dans les affaires, a été victime d'une mauvaise passe. Il est entré en contact avec M. B. et, malheureusement, à la suite de certaines transactions, M. N. s'est retrouvé en faillite. Le fils, Lars, en a, à tort ou à raison, conclu que M. B. était responsable de la déconfiture paternelle... En a-t-il, dès lors, formé le projet de se venger ? Le hasard fait que Lars, qui a fait des études d'architecte, se retrouve quelques années plus tard à Bruxelles et, par une suite toute logique, est amené à se joindre au cercle assez étroit des « Suédois de Bruxelles ». La rencontre entre M. B. et le fils de sa « victime » est inévitable. Mais, par malchance, par bonté ou par inconscience, M. B. accueille aimablement le jeune Lars, à peine âgé de trente ans. Il le fait travailler, le présente à sa famille, lui propose, un peu pour le dépanner, de procéder à la réfection du parquet de la luxueuse villa familiale...

Lars, à l'occasion de cet ouvrage, a le loisir d'approcher de près la belle Ulrika. Pour en être suédois on n'en est pas moins inflammable... La blonde cavalière le fait rêver. Il l'invite à dîner. Elle refuse. Quelles sont ses motivations profondes : amour ? désir de se venger ? refoulement sexuel ? L'amour de la fille et la haine du père cohabitent dans le cœur du charpentier. Lars n'a pas l'heur de plaire à Ulrika qui essaie gentiment de le décourager. Rien n'y fait. Une fois le parquet remis en état, avec la technique suédoise, M. B. laisse entendre à Lars qu'il n'est plus le bienvenu dans la maison et qu'il le prie de bien vouloir cesser ses assiduités auprès d'Ulrika... Lars se retrouve sans travail. L'amour, la haine, le besoin d'argent, le cœur de Lars déborde de sentiments contradictoires. L'histoire, grâce à ces détails, commence à prendre forme aux yeux des policiers.

Il n'est pas bien difficile de connaître l'adresse de Lars. Un quartier populaire où la population est surtout constituée de ressortissants africains, à deux pas de la cabine téléphonique d'où provenait l'appel, à un jet de pierre du distributeur bancaire automatique. Tout se tient.

Cependant, avant d'intervenir, la police doit vérifier une chose : où Ulrika, en admettant qu'elle soit toujours vivante, est-elle détenue ? L'arrestation intempestive, une fusillade, la mort accidentelle ou le suicide de Lars pourrait couper définitivement tout lien avec la victime. Elle pourrait, si l'on ne situe pas rapidement le lieu de sa détention, être condamnée à mourir de faim et de soif dans quelque placard inconnu... Lars est, dès lors, suivi pas à pas. On observe ses allées et venues, ses achats. Pas de doute, il ne s'éloigne guère de son domicile situé au second étage d'un immeuble modeste. Les décisions sont prises.

A deux heures quarante-cinq du matin Lars, qui dort du sommeil du juste, entend un bruit léger qui lui semble provenir du palier de son immeuble. Quelques instants plus tard il est immobilisé par les policiers qui viennent de se faire ouvrir, grâce à l'intervention d'un serrurier, la porte de l'appartement. Lars n'a pas le temps de résister. Dans un coin de l'appartement, Ulrika, immobile, ligotée dans une sorte de cadre de bois insonorisé, n'est plus que l'ombre d'elle-même. Dieu merci elle est vivante. Mais dans quel état ! Indépendamment du traumatisme psychologique, des quatre jours qu'elle vient de passer sans savoir entre les mains de qui elle était tombée, elle souffre de traumatismes physiques importants : dans son angoisse de la voir s'échapper, Lars a tellement serré ses divers liens, bandeaux et bâillons, qu'elle est tuméfiée de partout, les yeux gonflés, les lèvres blessées, les poignets et les chevilles bleuis par l'arrêt du flot sanguin. Lars se voit inculpé de « prise d'otage avec violence, vol et effraction »... Il risque les travaux forcés à perpétuité.

Pourtant, pour comprendre l'histoire, on en arrive à la conclusion insolite selon laquelle Lars était vraiment amoureux de la pauvre Ulrika. Celle-ci, hospitalisée pour quelques heures, se remet heureusement assez vite de sa torture : elle réclame impérativement un plat de spaghettis : depuis quatre jours et demi Lars ne lui avait permis d'avaler qu'une banane et demie et un peu d'eau : un vrai régime de jockey...

Gri-gri qui gratouille

Lyon, ancienne capitale des Gaules, ville dynamique, florissante, commerçante, mère des arts et aussi, pour ceux que le sujet intéresse, une des capitales européennes de la parapsychologie, de la magie, des sciences occultes... Derrière bien des façades bourgeoises ou prolétariennes, le soir venu, vapeur d'encens, bougies plus ou moins maléfiques et cercles ésotériques multiplient les appels au surnaturel, au maléfique, au Prince des ténèbres. Et parfois les sorciers acharnés, les nécromans à la petite semaine, qui marmonnent leurs abracadabras exercent, dans le civil, les professions les plus anodines : commerçants, ouvriers spécialisés, conducteurs d'autobus... A qui se fier ?

Ce matin-là, Christian, quarante-neuf ans, s'apprête à démarrer au volant de son autobus. Voilà quinze ans qu'il « fait » la ligne. Une journée sans problème. Les problèmes, Christian en a suffisamment comme ça chez lui. Des choses un peu vagues, liées à des relations un peu malsaines. Christian se passionne pour les contacts avec l'au-delà, comme beaucoup il rêve d'un contrat avec quelque puissante entité qui lui garantirait la jouissance définitive en ce bas monde de biens matériels inépuisables. Christian partage cette passion avec d'autres individus que rien ne désigne comme tels au premier regard. Il connaît des maisons bourrées de talismans, de crucifix, de cierges multicolores, de gris-gris et autres accessoires inquiétants.

Tous ces sectateurs de Lucifer et des légions infernales ne forment pas une famille très unie. Christian, depuis quelque temps, a un différend avec Daniel P. qui, lui aussi, travaille dans les transports. Ce différend est assez mystérieux et Christian ignore, en fait, ce que Daniel lui reproche. Toujours est-il que, dernièrement, lorsqu'ils ont eu l'occasion de se trouver face à face, l'échange verbal a été assez vif. Daniel a sommé Christian « d'arrêter ses conneries ». Ce terme courant mais vulgaire a de plus le défaut de manquer de précision : de quelles « conneries » peut-il bien s'agir ?

Christian est donc, ce jour-là, perdu une fois de plus dans une réflexion perplexe sur ce sujet lorsqu'il perçoit, machinalement, sur la route, l'arrivée d'une grosse moto qui s'approche de son autobus prêt à démarrer. A l'arrière de la moto un passager qui tient quelque chose à la main. « On dirait un flingue », pense Christian. Un revolver assez impressionnant et dirigé tout droit vers le crâne de Christian... Soudain des détonations retentissent : Christian, vaguement sur la défensive depuis quelques semaines, plonge au niveau du plancher de son véhicule : ce geste lui sauve la vie puisque la gendarmerie, bientôt appelée sur les lieux, dénombrera quatre balles tirées sur l'habitacle. Les tireurs motorisés ont bien sûr quitté les lieux dans le vrombissement de leur engin. Christian, aplati sur le plancher de l'autobus, n'a pas eu le temps de les identifier. Les connaît-il seulement ?

Aussitôt après la fusillade les collègues de Christian se rassemblent, indignés. On déclenche un mouvement de grève en manière de protestation. Si ça ne résout pas l'énigme, ça fait passer le temps... D'après les projectiles on conclut à une arme très ancienne, du genre « souvenir de 14-18 », comme on en trouve encore dans les familles, ultime héritage d'un grand-père poilu, décédé depuis longtemps. En aucun cas il ne s'agit d'une arme de professionnel de l'assassinat... Faute de mieux on passe la vie de Christian, l'agressé, au peigne fin. Rien à déclarer. On l'interroge longuement. Qu'il réfléchisse, qu'il essaye de se remémorer le moindre incident qui pourrait traduire l'existence d'un ennemi dans le cercle de ses intimes.

Christian, en cherchant bien, se souvient de Daniel et de ses exhortations d'« arrêter ses conneries ». Christian se souvient aussi, dans la foulée, d'appels téléphoniques menaçants tout autant qu'anonymes. Faute de mieux les forces de police s'intéressent d'un peu plus près à ce Daniel.

Il vit seul, c'est un petit brun aux cheveux en bataille. La rumeur publique le trouve « bizarre », ses collègues des transports en commun ne l'aiment guère. Il faut dire qu'il leur porte sur les nerfs : il se promène en permanence avec, dans sa poche, un pendule, qu'il sort pour un oui ou pour un non, résolvant ses problèmes selon les oracles de la petite boule de buis suspendue au bout d'un fil. Tourne-t-elle de droite à gauche et la réponse à la question est « oui », décrit-elle des cercles en sens inverse, plus ou moins amples, plus ou moins rapides et la réponse est « non », sans appel. On peut tout savoir, affirme Daniel, avec ce petit machin-là. Passé, présent et avenir, sans parler de la découverte des sources cachées, des objets perdus, des femmes infidèles et des filons aurifères.

Mais le pendule n'est que la partie visible de Daniel, par ses propos, lourds de sous-entendus, le petit brun mal peigné laisse volontiers entendre qu'il commerce aussi avec le diable : une manière de se faire craindre et respecter par ses compagnons de labeur. En fait, Daniel leur tape sur les nerfs plus qu'il ne les impressionne. Les policiers posent à Daniel la question fatidique : où était-il à l'heure où Christian essuyait une rafale au volant de son autobus municipal ? Pas de problème : Daniel à ce moment précis était à son poste de travail, dix témoins pourtant peu partiaux ne peuvent que le reconnaître.

Pourtant la police ne se contente pas de cet alibi. Elle file discrètement le petit brun aux cheveux rebelles et note soigneusement l'identité de toutes les personnes qu'on le voit fréquenter. C'est ainsi qu'on s'aperçoit que le petit trapu rencontre fréquemment deux autres employés des transports municipaux : Martin R. et Lionel V., tous deux passionnés par les sciences occultes. Bizarre, vous avez dit bizarre ? On continue à accumuler les indices, à faire s'entrecouper les suppositions. Peu à peu on arrive à une conviction qui justifie, au petit matin blême, une perquisition au domicile de Daniel. On est en janvier et trois mois se sont écoulés depuis le tir à vue sur Christian.

A l'intérieur du studio les policiers, quand même un peu étonnés, découvrent ce qu'ils qualifieront de « bric-à-brac » ésotérique. Pour un initié il y a simplement là tous les accessoires nécessaires à l'évocation des puissances des ténèbres : fers à cheval, clochettes, plus toute une bibliothèque d'ouvrages spécialisés... Tout ça ne constitue pas matière à inculpation. On interpelle aussi Martin et Lionel, mais leurs pratiques magiques ne les mettent pas à l'abri d'un faux pas. Ils avouent : ce sont bien eux qui chevauchaient la moto et qui ont arrosé l'autobus de Christian. Un petit contrat payé avec les moyens du bord : quelques milliers de francs plus la promesse formelle faite par le commanditaire sorcier de... les aider à repeindre leurs appartements respectifs dont les plafonds, sans aucun doute, étaient noircis par la fumée des cierges faits avec la graisse de cadavres morts en état de péché mortel...

Mais le motif dans tout ça, me direz-vous ? Il fera sans doute date dans les annales du crime (raté) : Daniel le mal peigné était persuadé que le brave Christian l'avait envoûté. C'est pourquoi il lui avait demandé, dans un premier temps, assez poliment, de bien vouloir « cesser ses conneries ». Et comment cet envoûtement se manifestait-il ? Tout simplement par des sortes de picotements intolérables que Daniel ressentait dans le bras gauche. Après une petite rémission, ces gratouilles-chatouilles diaboliques avaient, depuis quelque temps, à nouveau perturbé ses jours et ses nuits, ce qui prouve bien la culpabilité de Christian. Le trio infernal venait donc, depuis quelques jours, de décider une nouvelle expédition punitive contre Christian en espérant bien que son issue mortelle mettrait fin aux démangeaisons de Daniel...

La madone du parking

Nous sommes en 1983, au petit matin dans les Alpes, le village de B. se réveille à peine. Déjà on entend les voitures qui filent sur la petite route, les travailleurs de l'aube rejoignent leurs chantiers ou leurs bureaux, les oiseaux chantent, le soleil se lève. Mais, soudain, les oiseaux suspendent leurs chants pour un moment. Quelques coups de feu ont retenti. Pourtant on n'est pas en période de chasse. Les voisins dressent l'oreille. Qu'est-ce que ça peut bien être ? On jette un regard au-dehors à travers les rideaux de macramé. Tiens, une voiture qui démarre en trombe, une autre, une Master Renault beige, reste garée sur le bas-côté de la route.

Rien ne bouge, personne ne sort du véhicule inconnu au quartier. Quelqu'un s'approche enfin, histoire de voir ce que c'est que cette camionnette qui n'est pas du quartier. A l'intérieur, la tête appuyée sur le volant, le conducteur semble dormir. Mais il ne dort pas : un filet de sang coule de sa tempe. De toute évidence cet homme, jeune encore, est mort. Et de mort violente. On lui a tiré dans la tête.

Les gendarmes prévenus accourent. La victime ne porte pas de papiers d'identité mais la voiture, elle, porte comme de bien entendu une plaque d'immatriculation. On se renseigne. Le véhicule appartient à une petite société et la petite société est au nom d'un espagnol : M.M. Quelques années plus tard M. Alonso s'entend condamner à quinze ans de réclusion criminelle, pour le meurtre du chauffeur de la camionnette. Histoire compliquée dont le fil d'Ariane est une belle blonde qui collectionne les problèmes...

Pour l'instant l'un des membres de la famille Alonso vient identifier la victime : Robert J., vingt-neuf ans, père de deux enfants et beau-frère de M. M. Ce M. M. possède donc une petite entreprise de peinture qu'il gère avec un associé, Joël R., le malheureux Robert était justement l'employé de son beau-frère. M. M., d'origine espagnole, possède, tout comme Joël, un alibi. A l'heure du crime il était dans son bureau, donnant et recevant des coups de téléphone. On le croit plus ou moins sur parole. On recherche une voiture bleue, une Simca qui n'aurait plus de feux arrière. Sans résultat probant. L'arme du crime ? Un Beretta, jamais retrouvé. L'affaire n'a pas de suite. Le crime reste mystérieux. Dossier classé.

M. M. l'Espagnol, Paquito pour les intimes, est une personnalité pittoresque. Anarchiste, militant clandestin d'un groupuscule antifranquiste, poète chanteur, animateur d'association culturelle, habitué à une vie pleine de risques et de passions, beau parleur, il plaît aux femmes bien qu'il ne soit pas beau selon les canons esthétiques classiques. Il plaît à Micheline, une femme qui, lorsqu'il la rencontre, est un peu à la dérive. Divorcée, elle tente comme elle peut de survivre avec ses trois enfants. L'alcool l'aide un peu à oublier. Elle est heureuse de rencontrer Paquito qui va devenir « son » Paquito. Elle l'aide à gérer son affaire, à se faire connaître comme poète chanteur anarchisant, à se produire. Elle lui sert un peu d'imprésario. Elle assure le contact avec les assurances qui se révèlent bien utiles car, d'un seul coup, bien des choses commencent à flamber autour de Paquito : maison récemment acquise, entrepôts, maison de campagne, maison témoin d'un client. En plus on leur vole des voitures. Mais les assurances, bonnes filles, payent. Ça fait toujours de l'argent qui rentre.

Micheline continue à avoir des problèmes avec son ex-mari qui, peintre en bâtiment en Suisse, affiche une certaine négligence en matière de pension alimentaire. Comme elle connaît les avantages des bonnes assurances elle en souscrit justement une sur la tête de son ex-époux. En cas de mort de celui-ci, même de mort violente, elle et ses enfants toucheraient très rapidement 600 000 F. Puis, six mois après la signature de ce contrat, elle prend curieusement rendez-vous avec Maurice, le père de ses enfants. Il est un peu réticent pour bouleverser son emploi du temps, mais il accepte de rattraper le retard qu'il a pris pour la pension alimentaire. Micheline après la rencontre, dans la foulée, lui demande de la reconduire à son hôtel. Sur le trajet, elle prétexte un besoin naturel et Maurice, sans se douter de rien, la dépose sur un parking. Il ignore que, sur ce même parking, la voiture de Micheline est là, qui attend bien sagement.

Sans battre des paupières elle descend de la voiture et fouille dans son sac à main en prenant soin de ne pas casser trois petits canards de chocolat que Maurice vient de lui remettre à l'intention de leurs enfants. Sous les canards la mort... Micheline, à l'abri des regards de Maurice, tire de son sac à main un 6,35 et revient doucement vers la voiture. L'ex-époux attend les yeux dans le vague, tout à ses pensées. Micheline approche l'arme de son crâne et tire. Maurice s'abat, le crâne en sang... Micheline, satisfaite, s'apprête à rejoindre sa propre voiture lorsque, à son grand effarement, elle voit soudain le véhicule de Maurice qui fait un bond en avant et s'éloigne à toute vitesse. Maurice à l'intérieur a eu de la chance, la balle du 6,35 n'a fait qu'effleurer son cuir chevelu. Le visage en sang il a compris, malgré le choc de la blessure, qui vient d'essayer de se débarrasser de lui.

Retrouvée quelques moments plus tard, Micheline raconte aux gendarmes un long conte de fées plein de ravisseurs qui l'auraient enlevée puis jetée, pantelante sur le bord de la route sans même ralentir. Les enfants interrogés discrètement avoueront qu'ils ont été bien contents de recevoir de leur papa de beaux canards en chocolat : les canards étaient intacts, ce qui infirme la version de Micheline. Elle dit ensuite qu'elle était déprimée, on découvre l'assurance prise sur la tête de son ex-mari. Déconfite, la machiavélique tireuse se voit infliger onze ans de prison. Elle commence à purger sa peine. Le temps passe. Les jours s'écoulent.

Micheline découvre, paraît-il, la religion, une religion en tout cas, de celle dont on parle de plus en plus dans les médias à la lumière de faits divers de plus en plus sanglants ou crapuleux. Certains disent que Micheline est de celles qui « vont à Dieu quand le Diable ne veut plus d'elles »...

Un qui ne veut plus d'elle, c'est Paquito, le séduisant poète anarchiste magouilleur peintre. Il la néglige et la laisse croupir au fond de sa prison. Il renâcle pour fournir les fonds nécessaires à son pourvoi en cassation. Bien que la prisonnière crie son innocence contre toute évidence, bien qu'elle entame une grève de la faim, Paquito est de moins en moins à ses côtés pour la soutenir. Pas une seule fois il n'éprouve le besoin de lui rendre visite dans sa prison... La chose semble écœurante à son ex-maîtresse. Enfin les nerfs de cette dernière craquent. Elle déclare au juge d'instruction qu'elle en sait plus long qu'on ne croit sur le meurtre de Robert, le beau-frère de Paquito. Ces confidences ne tombent pas dans l'oreille d'un sourd...

Micheline se met à proclamer à tous les échos du cabinet du juge d'instruction que Paquito, l'anarchiste, est l'assassin du pauvre Robert, pour de sombres histoires un peu mafieuses évoluant entre l'escroquerie aux assurances, le chantage et d'autres domaines tout aussi sulfureux. Bien sûr Robert n'était pas un ange, bagarreur, barman à ses moments perdus, jamais le dernier pour se mettre dans une « combine » un peu nauséeuse. Mais de là à lui tirer deux balles de Beretta dans la tête... Justement, ce Beretta, on le cherche, on ne le retrouve pas. Paquito nie tout. Quel motif aurait-il eu de tuer Robert ? Le mystère demeure.

Mais Joël, l'associé, tout à coup, retrouve des fragments de mémoire. Il se souvient de l'existence du fameux Beretta. Il accuse à son tour Paquito de l'avoir manipulé, d'avoir utilisé son amitié. Micheline épice encore les débats en accusant son ex-amant d'avoir commis un crime demeuré sans solution, en 1989, à Palma de Majorque. On reparle, pour la beauté de la chose, de l'éventualité des incendies et des escroqueries à l'assurance. Le passé remonte et éclate à la surface en bulles nauséabondes. L'anarchiste poète, l'homme à la mauvaise réputation, baisse les bras, sans avouer. Il se retrouve avec quinze ans de réclusion. Micheline continue à purger ses onze ans. Joël est acquitté. Robert reste toujours mort. Dieu sait pourquoi, Dieu sait à cause de qui. Tous les enfants devront se débrouiller pour pousser tant bien que mal. Justice est faite.

Derniers feux

Dans l'est de la France, un Lorrain de bonne souche, Robert S., un grand gars solide, athlétique même, a des problèmes : il vient de divorcer et du coup le voilà éloigné de ses trois enfants qu'il aime par-dessus tout. En plus, il a des problèmes d'emploi. Pourtant, c'est un bon plombier, efficace, dur au travail et serviable. Un garçon qu'on imaginerait bien dans la Légion, tête un peu dure comme ceux de sa race mais bon cœur au fond, bien bâti ce qui ne gâte rien.

Aussi, quand, après des mois de recherches et de galères, Robert décroche enfin un travail qui semble sérieux, se réjouit-il de voir que la chance paraît tourner en sa faveur. Les choses s'arrangent... A quarante-quatre ans il peut à nouveau envisager l'avenir d'un cœur léger. L'espoir revient. Grosse erreur car le destin en lui proposant ce travail lui tend un piège qui va se refermer sur lui pour de nombreuses années... Ironie du sort, cruauté des dieux dirait-on dans une tragédie antique...

De la tragédie antique tout d'abord il y a le décor car, loin des brumes de l'Est et de ses sombres forêts, le destin, acharné à perdre Robert, l'attire sur la Côte d'Azur, sous le soleil méditerranéen qui a vu Phèdre connaître une passion aussi criminelle que mortelle... Pour l'instant Robert se voit proposer, loin de chez lui, un emploi de plombier dans un grand club de vacances. Le seul inconvénient c'est qu'il doit donc se loger à ses frais. Mais, puisqu'il a perdu son domicile en même temps que femme et enfants, autant se réinstaller dans le Midi. Il boucle sa valise et change d'horizon.

Dans son travail tout le monde n'a qu'à se louer de cette nouvelle recrue. Il va et vient, un « bip » accroché à sa ceinture. Il visse et dévisse, soude, répare, rafistole, bricole à la plus grande satisfaction de ses employeurs. Et les clients du club gardent, eux aussi, un souvenir plaisant de ce bricoleur efficace qui ne regarde jamais sa montre quand on a besoin de lui. Comme en plus, avec ses yeux bleus, ses épaules carrées et sa grosse moustache, il a un charme viril et rustique, il n'est pas long à trouver une consolatrice...

En matière de logement Robert, dès son arrivée, s'est renseigné sur les possibilités locales qui pouvaient correspondre avec son nouveau budget. Quelqu'un lui a signalé une logeuse qui pouvait lui offrir une partie meublée de son pavillon. C'est une dame âgée, Mme Angèle, encore très pétulante malgré ses quatre-vingt-quatre ans. Une ancienne antiquaire, une dame très cultivée qui soigne son apparence et conduit elle-même sa petite voiture. Robert se rend à l'adresse indiquée et l'affaire est conclue. Mme Angèle pourtant, en femme de caractère, précise qu'elle entend être chez elle dans toute la maison, qu'elle prétend détenir le libre accès au studio meublé qu'elle consent à lui louer... et, ajoute-t-elle avec un regard appuyé sur les épaules viriles de Robert, qu'il lui est interdit de recevoir chez elle. Recevoir des femmes, cela va sans dire...

Robert, trop heureux d'avoir en même temps du travail et un gîte, ne prête guère attention à cette dernière remarque. La vie s'organise. Parfois notre plombier lorrain rentre un peu tard. A chaque fois il trouve Mme Angèle encore debout, comme si elle l'attendait. Il prétend cependant au bout de quelque temps recevoir la visite d'une jeune femme avec qui il est « du dernier bien ». Mme Angèle, incarnation de la vertu, laisse alors éclater sa fureur. Car, sous son maquillage et ses cheveux blancs, la propriétaire est capable de sérieux écarts de langage qui étonnent dans sa bouche.

Pourtant Robert est un garçon serviable. Il fait les courses de sa logeuse quand l'occasion s'en présente, il s'occupe du jardin, il est adorable. Quelquefois, lorsqu'il rentre un peu tard, il trouve Mme Angèle endormie devant sa télévision encore allumée, en vêtements de nuit, alanguie dans son canapé. Alors, doucement, il la saisit comme une plume entre ses bras musclés et, sans la réveiller la dépose dans sa chambre toute proche, la glisse entre les draps et regagne sa propre chambre sur la pointe des pieds. Cette vieille dame haute en couleur lui rappelle peut-être une grand-mère peu ou mal connue, en tout cas, elle est une présence maternelle et féminine qui manque à ce grand gaillard loin de chez lui. Maternelle peut-être, mais féminine, ça, plutôt deux fois qu'une et même beaucoup plus qu'on ne pourrait le croire...

Il se peut qu'un soir où Robert la déposait doucement endormie dans son lit, Mme Angèle se soit plus ou moins réveillée et qu'elle se soit sentie frémir d'être ainsi, à quatre-vingt-quatre ans, transportée, au double sens du mot, par ce beau moustachu dont la transpiration virile lui évoquait d'autres étreintes oubliées depuis longtemps.

Toujours est-il que Mme Angèle se met à changer radicalement d'attitude. Elle retrouve d'anciens réflexes et se fait soudain tout à fait chatte. Robert hésite à en croire ses yeux... Mais il lui faut se rendre à l'évidence, Mme Angèle est amoureuse de lui. Pourtant elle n'est pas amoureuse d'une manière discrète et sublimée, comme il conviendrait, elle est amoureuse comme si elle avait quarante ans de moins. Amoureuse et agressive. Désormais elle exige d'avoir accès de jour comme de nuit au studio de Robert. Il se rebiffe, elle l'insulte, elle hurle. Hurlements qui le déstabilisent car ils lui en rappellent d'autres encore frais dans ses oreilles de divorcé.

Robert, perturbé par cet aspect imprévu des choses, fait ses confidences à ses collègues de travail qui, eux, en font des gorges chaudes. Cela devient un bon sujet de plaisanterie : Robert et sa vieille. Mais, à chaque fois Robert, sous les quolibets, rougit jusqu'aux oreilles. Sa nature de Lorrain pudique ne supporte pas les sous-entendus qui se veulent blagueurs. Il se sent sali par ce que l'on sous-entend. Il se voit au lit avec les quatre-vingt-quatre ans de Mme Angèle, en train de prendre son plaisir sur ce corps flétri malgré tout, sur ces seins d'une autre époque, sur cette bouche fripée. Il en est écœuré.

D'autant plus écœuré que Mme Angèle, sentant que ses jours sont vraiment comptés, semble décidée à jouer le tout pour le tout. A présent, puisqu'elle possède les clefs du studio, Robert la découvre à tout bout de champ, nue dans l'encadrement de la porte, ou bien blottie au fond de son lit, offerte à l'appétit de ce mâle chez qui le sentiment de tendresse respectueuse fait à présent place à un dégoût bien normal. Bien sûr il existe parfois des couples dans lesquels l'épouse bien que considérablement plus âgée que son mari a su, au fil des ans, conserver entre eux un attrait physique fait tout à la fois d'amour et de respect de l'autre. Mais ici, rien de pareil : Mme Angèle, vieillarde lubrique, tente positivement de violer son beau locataire, jour après jour, nuit après nuit. Il change trois fois le verrou, mais toujours elle exige d'avoir les nouvelles clefs. Il cloue la porte avant de s'endormir, mais, hurlante et défigurée par la colère, elle ameute le quartier par des cris d'amour mêlés de cris de haine. Il doit ouvrir sa porte, parlementer, repousser ces assauts « contre nature ». D'ailleurs, depuis quelque temps, il ne regagne son logis que de plus en plus tard, après avoir dîné dehors, après avoir pris un dernier verre dans un bar, chez des amis, pour retarder au maximum le risque de trouver, une fois de plus, la vieille Angèle en proie à ses fureurs utérines.

Ce soir-là Robert a suivi son programme de point en point. Dîner précédé d'un apéritif, arrosé de vin puis suivi de bière, encore un petit verre en attendant que l'heure tourne, puis visite à un copain chez qui on en boit un dernier. Aucune importance il ne prend pas la route. L'heure avance : avec un peu de chance, Mme Angèle aura renoncé pour ce soir.

Mais elle n'a pas renoncé et la sarabande commence. Elle est derrière sa porte comme une « goule » sortie des enfers, à moitié nue dans cette chaude nuit d'été, prête à tout pour assouvir l'appel de ses sens, hystérique au sens profond du mot. Derrière la porte, l'esprit un peu embrumé par les vapeurs de trop d'alcool mélangé, Robert grommelle comme un ours qu'on asticote...

Soudain il ouvre la porte. Le spectacle que donne Mme Angèle avec ses pauvres seins dénudés n'a rien pour inspirer l'amour, pas même l'acte sexuel. Robert, excédé, pour lui faire comprendre une dernière fois qu'il en a assez, plus qu'assez, la pousse en arrière. Mme Angèle tombe dans l'escalier. Du coup l'athlétique plombier se reprend, il la ramasse, essuie le visage ensanglanté de la vieille, car sa tête a heurté une marche. Elle revient à elle. Mais elle n'a rien perdu de ses ambitions infernales : à nouveau les insultes fusent des vieilles lèvres, les noms d'oiseaux, les grossièretés dignes des bas-fonds, et, en même temps, dans un désordre invraisemblable, des mots d'amour, des feulements de chatte en chaleur, des propositions écœurantes pour Robert. Alors, attrapant un balai que Mme Angèle, Dieu sait pourquoi, tient à la main, le gentil plombier toujours disponible, le brave garçon, poussé à bout par un coup de colère aveugle, frappe la vieille femme sur le crâne. Elle tombe, assommée. Devant ce silence inattendu, Robert, poussé par l'envie féroce d'avoir enfin, définitivement, la paix, continue à frapper, frapper, frapper...

Ecœuré par ce corps pantelant qui l'a tant harcelé, encouragé par ce silence, Robert, agissant comme devant une bête malfaisante et haïe, martyrise à présent à coups de pied le visage de celle qui voulait tout, exigeait tout et même au-delà du possible. Il la renvoie en enfer. Puis enfin certain qu'elle ne viendra plus se glisser la nuit entre ses draps, il se met au lit et s'endort.

Ce sont les gendarmes, alertés par les voisins, qui, le lendemain, le tirent du lourd sommeil qui l'a envahi. Il faut dire que, depuis des mois, c'est la première fois qu'il peut enfin dormir tranquille sans craindre l'intrusion de sa logeuse.

Malgré les témoignages concordants de tous ceux qui connaissent Robert, malgré les témoignages de ceux qui avaient déjà eu l'occasion de loger chez Mme Angèle, folle de son corps, Robert « pas de chance » se voit infliger dix ans de réclusion pour n'avoir pu supporter les propositions de la vieille dame indécente.

Trou noir

Guillaume R. naît dans l'Ain au début des années trente. Son père est un métayer sans gros moyens financiers. Sa mère, sèche et autoritaire, veille à son éducation avec de grands principes et de bonnes taloches. Elle n'hésite pas, pour faire entrer dans la tête de son rejeton les bons enseignements de la vie chrétienne, à le frapper, parfois même avec le manche de la fourche. Aucun retard ne lui est jamais permis. Ni à l'école ni à la messe. Guillaume file droit.

Mais, à quinze ans, ses parents ne peuvent plus subvenir aux frais d'études presque supérieures, Guillaume doit se résoudre à travailler. Après tout pourquoi pas ? Il est intelligent, habile de ses doigts, sérieux, honnête. Il fait son petit bonhomme de chemin dans un domaine où les bons spécialistes se font rares. Il aurait aimé devenir pilote de l'armée et se retrouve simplement spécialiste de l'électrification des voies ferrées. Dès l'âge de dix-huit ans il se marie. Avec Ginette, une fille qui sait ce qu'elle veut, autoritaire comme l'était la mère de Guillaume. Comme d'habitude, il est docile et a besoin d'une femme qui le gouverne, qui l'aiguillonne, qui décide à sa place, qui le pilote. Cela le conduira à sa perte...

Sa spécialisation et ses qualifications lui font faire, entre dix-huit et cinquante-huit ans, le tour du monde des voies ferrées à électrifier : Zaïre, Istanbul, Algérie, Toulouse, Limoges, Guadeloupe, Burkina-Faso,

Côte-d'Ivoire, Givors, Albertville. Lorsqu'il pose enfin son sac à terre, comme on dit dans la marine, il en est à son cinquante-sixième déménagement. Mais il aime le mouvement et comme Ginette lui a donné trois beaux enfants, on peut dire que la vie de Guillaume est bien remplie, pleine d'images colorées du monde, avec un beau palmarès professionnel et des économies appréciables.

A présent, en 1984, le couple éprouve le besoin de se fixer en France, le plus près possible de sa région d'origine. Mais, pour garder le contact avec les autres, pour voir défiler le monde à défaut de le parcourir, Guillaume, que les années ont empâté et qu'on surnomme bien vite le Gros, poussé par Ginette, décide d'acheter un bar à Grenoble. Ils sélectionnent une affaire à leur goût. Hélas ! elle se révèle mal située puisque, très rapidement, le couple est exproprié. Avec l'argent du dédommagement, Guillaume et Ginette, forts de leur première expérience, se lancent dans une opération de plus grande envergure et empruntent pour faire l'acquisition d'un autre café, situé en plein centre-ville. Emprunt difficile à trouver. Le Crédit lyonnais refuse, une autre banque, heureusement, accepte de leur prêter 800 000 F.

Gros Guillaume et Ginette ne manquent pas de courage. Mais, soudain, la catastrophe est là. Ginette se plaint de douleurs, de migraines épouvantables, elle est prise de faiblesses. Examens, radios, verdict des médecins qui tombe, implacable. Ginette, la forte femme, est atteinte d'une tumeur au cerveau, inopérable. Aucun espoir ne reste. Alors commence pour Guillaume un calvaire affectif, psychologique et physique. A la douleur de voir la femme de sa vie souffrir et se diriger inéluctablement vers la mort, s'ajoute la détresse de devoir, pour la première fois de sa vie, prendre toutes les décisions du couple. De plus, les douleurs de sa femme et les soins constants qu'elle réclame de jour comme de nuit imposent à Guillaume un rythme de vie auquel il résiste mal étant donné son âge et son tempérament. Il doit constamment courir pour l'aider, la soigner. Les nuits sont entrecoupées, réduites en miettes. Guillaume, au moment où il peut enfin faire l'ouverture de l'établissement, est non seulement veuf mais en complète dépression nerveuse, épuisé par toutes ces nuits sans sommeil. Il perd physiquement pied.

De plus, il souffre à présent de la solitude, et lui qui a toujours vécu sous les ordres des femmes est perdu de devoir tout décider seul. Une cliente du café, une certaine Véronique, a tôt fait de remarquer son état de détresse. Elle sait y faire et bientôt, à force d'amabilité, à force de savoir se rendre utile, indispensable, de jour comme de nuit, elle parvient à se glisser dans le lit de Gros Guillaume qui n'attend que ça depuis son veuvage. Véronique s'installe au café. Elle a trente-sept ans, lui cinquante-huit... Les choses pourraient reprendre leur cours naturel. Après tout il faut bien que la vie continue.

Mais Véronique fait, elle aussi, partie des femmes qui savent ce qu'elles veulent. Elle aussi sait manœuvrer un homme trop dominé par sa mère, puis par son épouse. Le vrai problème est que Véronique n'est pas une paysanne aux grands principes. C'est une femme qui a vécu... Et souvent dans des lieux peu recommandables. C'est une femme qui aime la nuit, son ambiance, ses fréquentations plus ou moins recommandables. Double conséquence désastreuse pour Gros Guillaume. Véronique est peut-être moins caressante et moins affectueuse qu'il ne paraît. Elle est peut-être bassement intéressée par l'argent. Toujours plus d'argent. Elle demande, et obtient que le café ferme plus tard. Gros Guillaume ne sait pas dire non. Cela attire des clients nouveaux, un peu louches.

Mais le pire est que, pour faire l'ouverture à cinq heures du matin, Guillaume devrait se coucher de bonne heure. Dorénavant, pour faire plaisir à Véronique et à ses amis noctambules, il se met rarement au lit avant les premières heures de la matinée.

Guillaume est un homme qui a besoin de beaucoup de sommeil. Il n'a plus, comme on dit, « les yeux en face des trous ». Il néglige la partie comptable de l'affaire, laisse s'accumuler les factures impayées. Véronique a sans doute aussi tendance à confondre chiffre d'affaires et bénéfices. Elle n'hésite pas à ouvrir le tiroir-caisse pour régler sur-le-champ une dépense, une petite fantaisie. L'affaire périclite et l'emprunt souscrit n'est plus remboursé avec régularité. L'établissement bancaire qui a prêté commence à montrer les dents. Gros Guillaume, tout englué de sommeil, ne distingue plus la réalité avec toute la lucidité nécessaire...

Il voit arriver avec terreur, empêtré dans les factures impayées et les traites en retard, le moment où il va devoir vendre son café à l'enseigne très parisienne. Ainsi, au bout de toute une vie honnête et sans faille, il se voit en train de faire naufrage au moment d'arriver au port, il se voit en faillite après avoir travaillé pendant toutes ces années avec énergie, constance, efficacité. Dans le brouillard des conversations nocturnes au milieu des amis de Véronique, une petite idée se fait jour. Guillaume a toujours pris les décisions qui s'imposaient. Il a connu dans ses périples autour du monde des hommes au bout du rouleau qui, d'un seul coup de pouce plus ou moins contestable, ont su retourner la chance en leur faveur. Gros Guillaume décide de trouver l'argent qui lui manque par tous les moyens.

Et où se trouve cet argent ? Dans les banques, particulièrement au Crédit lyonnais qui lui a, en son temps, refusé le prêt dont il avait tant besoin. Le tout est de ne pas rater son coup.

Entre deux nuits sans sommeil, Gros Guillaume met son plan sur pied. Il estime la somme dont il aurait besoin pour redresser la situation. Peut-être que quelques dizaines de milliers de francs suffiraient. Pour voir, pour tâter le terrain, se faire la main, il contacte un monsieur qui aimerait bien acheter une

Renault Espace. Guillaume espère que l'homme va arriver avec 70 000 F en liquide dans sa poche. Il lui donne, par téléphone, rendez-vous sur le parking d'une grande surface locale. L'homme vient mais, sur le parking, une patrouille imprévue de gendarmes complique la chose. Rien ne se passe...

Gros Guillaume, au bout de ses réflexions, téléphone à une banque locale et raconte une histoire de gain au Loto qui devrait déboucher sur un placement important mais discret. Un des responsables de la banque prend rendez-vous sur le parking de la grande surface. Guillaume a peut-être préparé, dans son demi-sommeil, tout ce dont il a besoin pour réussir son mauvais coup. Malheureusement pour lui, heureusement pour le fondé de pouvoir de la banque, celui-ci, méfiant, s'est fait accompagner par un collègue. Gros Guillaume n'avait pas prévu ce renfort. Il ne se montre pas. Il faut tenter autre chose.

Troisième essai. Cette fois-ci le responsable de la banque contactée est, pour son malheur, un homme dynamique qui ne veut laisser passer aucune occasion de décrocher un bon client. Il se rend sur le parking. Guillaume, lui, a peaufiné ses préparatifs : il a loué un fourgon qu'il gare sur le lieu du rendez-vous, s'est muni d'un revolver Walter 7,65, est reparti au volant de son véhicule personnel dans lequel il a rassemblé deux couvertures, une Thermos pleine de café bourré de somnifères, du fil de fer, un jerrycan rempli d'eau, de l'Elastoplast, des ciseaux, des sacs-poubelle... Une préparation efficace.

Sur le parking, Jean-Michel P., le fondé de pouvoir de la banque, un homme discret, sérieux, aimable, écoute l'histoire que lui narre Gros Guillaume. Ce dernier prétend soudain qu'il faut rejoindre son fils. Les deux hommes partent dans la voiture de M. P., marié, père de famille, et s'éloignent de quelques kilomètres. Soudain Guillaume demande à son conducteur de s'arrêter. Il prétexte un « petit besoin » mais sort son arme et explique son véritable projet. Il a besoin de 2 millions de francs et prend M. P. en otage jusqu'à ce que la banque les ait versés. Pour ce faire, ils vont rédiger ensemble une lettre qu'on postera immédiatement. On fixe le rendez-vous pour le paiement de la rançon au lendemain. M. P. écrit la lettre fixant les détails, la somme, la nature des billets, l'interdiction de prévenir la police... Pas de « bip » dans les sacs, précise la lettre, et, si tout se passe bien, l'otage sera libéré trois jours après la remise de la rançon... C'est clair, net, précis. Du travail de professionnel, enfin presque...

Guillaume, qui a toujours quelques journées de sommeil en retard, emmène alors Jean-Michel, son otage, vers une cabane de chantier perdue dans les bois. C'est là qu'il a l'intention de le garder, endormi par le café drogué, jusqu'à l'issue heureuse de son plan machiavélique. Ensuite Guillaume remboursera le prêt qu'on lui a consenti, réglera quelques dettes puis s'envolera vers un pays d'Afrique d'où on ne pourra pas l'extrader et où ses compétences lui permettront sans doute de refaire sa vie... Le rêve.

M. P. garde son sang-froid et marche devant Guillaume dans le petit sentier. Il ne connaîtra jamais la fin de l'histoire car, soudain, Gros Guillaume, l'honnête père de famille, abruti par des années de travail et le manque de sommeil « disjoncte » et lui tire une balle en pleine nuque comme, dira-t-il, dans un « trou noir ». Jean-Michel s'écroule. Gros Guillaume se « réveille » alors, prend conscience de l'horreur de son acte, remarque que sa victime, agonisante, bouge encore et tire une seconde balle dans le crâne du fondé de pouvoir... « afin de ne pas laisser souffrir un homme blessé ».

Mais cela ne fait pas entrer l'argent dans sa caisse. Une fois parvenu au bout de l'horreur, Guillaume se dit que tout cela ne rime à rien si, au bout du compte, il ne parvient pas à récupérer l'argent. Il téléphone à la banque pour avertir qu'une lettre très importante est arrivée dans leur courrier. Qu'on s'empresse de l'ouvrir, de la lire, d'obéir aux ordres donnés. Il se rend même au rendez-vous fixé. Personne, pas d'argent, pas d'émissaire, et pour cause, la lettre n'a pas encore été ouverte par le service du courrier. Malgré le besoin qui l'envahit de plus en plus, Gros Guillaume, de plus en plus nerveux, transpirant à grosses gouttes, n'ayant pas vraiment prévu le nouveau déroulement de son plan, rappelle dès le lendemain la banque pour savoir où l'on en est... On lui demande des nouvelles de l'otage. « Il ne peut pas entendre », dit Guillaume avec un ricanement qui va peser lourd dans la balance de la justice. Il s'attarde, dans une demi-inconscience, au bout du fil, pressentant qu'il prend des risques mais, tout à la fois, pressé d'en finir, même avec les menottes aux mains.

C'est en effet ainsi que se termine l'affaire car la banque, une fois la lettre ouverte, s'est empressée d'avertir la police qui n'a pas de mal à « loger » la cabine téléphonique publique d'où Guillaume dicte ses dernières instructions hésitantes. C'est là qu'on l'arrête, titubant de sommeil mais bizarrement soulagé.

Au procès, ce gros homme de cent trente kilos, à la moustache grise de bon père de famille, ne parvient pas à expliquer pourquoi il a logé une balle dans la tête de son otage qui marchait devant lui les mains dans les poches. Une sorte de trou noir, de vertige. Il a maintenant dix-huit ans devant lui pour sortir de ce trou noir qui l'a transformé en assassin et pour rattraper toutes ces nuits sans sommeil.

Véronique, elle, n'a même pas paru au procès où son témoignage aurait sans doute été bien utile pour expliquer le rôle qu'elle a joué dans l'affaire... Une personne très « négative » qui empêchait vraiment Gros Guillaume de dormir quand il en aurait eu tant besoin pour mettre ses affaires en ordre...

Justice au Palais

« Daniel, laisse Micky un peu tranquille, tu n'arrêtes pas de le tripoter, il a besoin de sommeil. » La voix de femme qui vient de faire cette remarque est chargée d'un doux reproche. C'est celle de Lynn W., une jolie blonde, mère d'un tout jeune garçon âgé de trois ans. Elle vit depuis quelque temps avec Daniel R., un ouvrier spécialisé dont le visage d'à peine trente ans s'orne déjà d'une grosse moustache très virile. Lynn a de la chance car, abandonnée par le père du gamin, elle s'estime heureuse d'avoir pu refaire sa vie si rapidement avec ce garçon un peu gras mais musclé qui est aussi habile de ses doigts le jour qu'il est entreprenant la nuit. Daniel, pense-t-elle, est une bête de sensualité. Mais le principal c'est qu'il adore le petit Micky et qu'il le couvre de baisers et de caresses, bien plus que ne le ferait son vrai père s'il était encore là. Les hommes sont rarement aussi caressants... Mais il ne faut pas se plaindre de ce que « la mariée soit trop belle », comme on dit.

Quelques mois plus tard, Lynn, à la suite de circonstances exceptionnelles, quitte son travail plus tôt que prévu et, par conséquent, rentre chez elle, bien avant l'heure habituelle. Elle ouvre silencieusement la porte de l'appartement à l'aide de sa clef et pénètre dans le living. Daniel est là, devant la télévision allumée, sur le sofa, et le bruit du programme a fait qu'il n'a pas entendu l'arrivée de sa compagne. Le petit

Micky est là aussi, mais les cheveux de Lynn se dressent sur sa tête quand elle réalise que tous les deux ne sont pas en train de regarder le programme... Daniel est de toute évidence en train de se livrer sur le petit Micky à des manœuvres sexuelles éhontées. Lynn se rue et le gifle à toute volée. Elle saisit son fils et l'emmène dans la chambre à coucher.

Quelques minutes plus tard, elle se précipite au poste de police et porte plainte mais, quand les policiers se présentent au domicile du couple pour interroger l'ouvrier, il est déjà parti sans laisser d'adresse... Ce qui n'empêche que l'enquête suit son cours. Pendant deux ans. Et elle se révèle fertile en surprises peu plaisantes : Lynn s'aperçoit qu'elle avait lié son destin à un maniaque sexuel, pédophile endurci, que celui-ci, sur son parcours à travers les Etats-Unis, s'était déjà rendu coupable de trois autres affaires de viol sur des mineurs. Des pulsions irrésistibles qui laissent derrière elles larmes, traumatismes, douleurs et traces peut-être indélébiles qui vont, au cours des années à venir, engendrer d'autres traumatismes, d'autres pulsions, d'autres désordres, d'autres déséquilibres...

Mais revenons un peu en arrière. En 1986, Daniel le moustachu est employé comme ouvrier spécialisé dans un camp de vacances en Californie qui reçoit pour l'été, comme c'est la coutume en Amérique, des garçons de tout âge, mélange typique à mi-chemin entre la colonie de vacances et le camp scout, qui tient ses assises dans des installations permanentes. Ces installations demandent donc un entretien et, partant, des ouvriers qui se chargent de l'électricité et de la plomberie. Daniel fait partie de ceux-ci. Il côtoie des garçons qui séjournent là tous les étés. Il se lie facilement avec eux, parvient à les intéresser à son métier, les invite individuellement à lui rendre visite dans la chambre qui lui est attribuée. Et là, en buvant une boîte de boisson gazeuse, il n'hésite pas à dévoiler sa vraie nature... Quelques caresses anodines, quelques attouchements plus précis, accompagnés de bonnes paroles qui endorment la confiance du gamin. Et puis, si celui-ci tente de résister, le chantage, la menace de tout révéler à la direction du camp, de prétendre que c'est le garçon qui a fait les premières avances. L'autre, pétrifié devant la peur du scandale, devant les quolibets des camarades, devant la colère et la honte des parents, ne sait plus comment résister. Bientôt Daniel, dévêtu en partie, ne dit plus rien, passe à l'acte, prend son plaisir sur le petit corps frémissant de sa victime. Quelquefois l'enfant, rejoignant ses camarades toute honte bue, se mure dans un silence de béton. Personne ne sait rien. Mais ce n'est pas toujours le cas, certains des enfants blonds ne peuvent retenir leurs larmes inexplicables dans un premier temps aux responsables. On en vient à une enquête discrète, à un interrogatoire en douceur, à des questions précises. La vérité éclate.

Quand on appelle la police pour qu'elle vienne se saisir du monstrueux personnage, il a déjà filé. Un mandat d'arrêt est lancé. Peine perdue. On constate les dégâts : quatre victimes nouvelles au moins mais aucune trace du violeur.

Un an se passe jusqu'au jour où, sur une autoroute, un contrôle de routine fait tomber Daniel entre les pattes des policiers. Un appel radio au central et le voilà, menottes aux mains, jambes écartées, immobilisé en attendant que le panier à salade vienne l'embarquer. La nouvelle, parue dans la presse, fait pousser un soupir de soulagement à tous ceux qui se sentent concernés. Mais, d'autre part, son arrestation réveille une pulsion de haine chez certains parents...

C'est le cas d'Ellie J., la mère du petit Francis, violé par Daniel dans le camp d'été californien. Depuis qu'elle a appris par quelle torture son garçon de sept ans était passé, chaque jour que Dieu fait voit Ellie, une jolie blonde de quarante ans, torturée par la haine et le désir de vengeance. D'autant plus que Francis, depuis ce triste jour, n'est plus le même : il doit subir des soins hospitaliers et psychiatriques pour essayer d'oublier. Ellie se dit que son adorable blondinet ne sera plus jamais le même, que son avenir d'homme et de futur père de famille semble irrémédiablement compromis, qu'il est déjà « infecté » comme par une maladie sexuellement transmissible par les séquelles de ce viol et qu'il ne s'en remettra sans doute jamais complètement. Ellie devient une montagne de violence qui cherche à s'exprimer, ne vivant que pour le précepte biblique « Œil pour œil ». Trois ans se passent.

Trois ans pendant lesquels Daniel croupit dans sa prison, relativement tenu à l'écart des autres détenus car ceux-ci n'ont aucune sympathie pour les violeurs d'enfants et seraient bien capables de faire justice eux-mêmes... Daniel, confortablement, attend son jugement. Pour lui les choses ne se présentent d'ailleurs pas si mal, malgré la répétition des faits qui lui sont reprochés. Il a déjà mis au point son système de défense. On va plaider le témoignage plus ou moins fiable des victimes, l'hystérie des parents, le manque de preuves physiques, etc. Les choses finiront par se tasser.

Le jour de l'audience arrive enfin. Daniel est là, menottes aux mains, entre deux policiers. Sa grosse moustache est bien peignée, il est bien vêtu, se donnant autant que faire se peut l'allure d'un monsieur bien sous tous rapports qui ne peut qu'être la victime de malentendus. Le juge lit l'exposé des faits, avec tous les détails « techniques ». Cet exposé est déjà insoutenable pour le petit Francis, qui est soudain victime d'un malaise. Sa mère s'empresse auprès de lui. Elle sait qu'elle doit témoigner. Elle sait aussi combien Francis craint de se retrouver face à face avec celui qui, cinq ans auparavant, a su l'attirer dans sa chambre. Combien il a peur d'être obligé de répondre à des questions précises qui vont le couvrir de honte et lui faire revivre ces moments pour le moins pénibles... Ellie, d'autre part, a dans la tête une petite phrase qu'elle ressasse depuis quelques jours. Quelqu'un, qui ? un policier, peut-être, a lancé une « information » sensationnelle. Daniel, menottes aux poignets et à l'abri derrière les barreaux de sa cellule, aurait fait une « promesse » atroce : celle de tuer Ellie si Francis venait témoigner contre lui. Ellie retourne cette petite phrase dans son cerveau en ébullition. « Il a promis de me tuer. »

Quand elle croise le regard de Daniel, celui-ci soutient l'affrontement, il a même des yeux qui semblent pétillants de malice, triomphant d'avance. Sa bouche affiche un rictus de vainqueur. Rien qui indique le regret ni le repentir : l'assurance de celui qui a encore des projets et sait comment les mener à bien... Ellie frissonne.

Juste avant d'être interrogée comme témoin, Ellie prétexte un besoin naturel et sort de la salle d'audience. Puis elle revient presque aussitôt. Pour gagner la barre des témoins où elle va, sur la Bible, prêter serment de dire « la vérité, toute la vérité, rien que la vérité », elle passe devant Daniel et son petit rictus. D'un mouvement précis, Ellie glisse sa main dans sa ceinture. Elle brandit soudain un petit revolver qu'elle vient juste de dissimuler dans ses sous-vêtements. Personne n'a le temps de réagir : les détonations claquent. Daniel, le regard encore étonné, s'écroule. Sur les dix balles tirées, cinq l'atteignent, certaines dans le torse, d'autres dans le cou, dans la tête. Il meurt sur la civière qui l'emporte vers l'hôpital.

Ellie affirme sa satisfaction d'avoir pu appliquer cette justice expéditive et pourtant condamnable. Elle est inculpée de meurtre et on lui demande une caution pour la remettre en liberté : 500 000 dollars. Dès l'annonce de la nouvelle, des comités de soutien se constituent. On fait des collectes pour l'aider financièrement. La mère d'un autre garçonnet violé par Daniel exprime son regret de n'avoir pu participer elle-même à cette justice digne du Far West. D'autres commentent, à propos de Daniel : « On n'aura pas ainsi à engraisser cette pourriture pendant des années aux frais du contribuable... » Qui saura jamais ce qui poussait l'ouvrier moustachu à se conduire en monstre...

Diplômes charcutés

En 1979, un jeune Libanais : Malik H., appelons-le ainsi, fraîchement débarqué à Bordeaux de son pays en pleine crise, s'inscrit à l'université à titre d'étudiant étranger. Il présente bien, c'est un beau brun dont le front se dégarnit légèrement et dont le regard respire l'intelligence. Il poursuit ses études avec un acharnement que lui envieraient bien des Français. Il a de l'ambition et, l'avenir le démontrera, il est prêt à tout pour arriver à faire une grande carrière dans la branche qui le passionne : la chirurgie. Pourtant, ses espoirs sont limités. Les étudiants « étrangers » n'ont pas de perspectives très brillantes dans notre pays. Malik, donc, termine son cycle d'études par un CU (certificat universitaire), ce qui ne lui permet pas d'exercer la médecine en France. Malik, qui porte toujours un prénom typiquement libanais, se fait, en 1981, naturaliser français.

C'est un avantage mais c'est aussi un inconvénient majeur car, désormais, il ne peut plus continuer à suivre la filière réservée aux étudiants étrangers. Malik, cependant, n'en produit pas moins devant les responsables des études une « attestation sur l'honneur de nationalité libanaise »... Déplorable manque de sens moral, contagion des mœurs orientales qui règlent tant de problèmes par l'à-peu-près, la combine, le faux-semblant. Malik poursuit ses études par la filière des étrangers, filière où les places sont moins chères. Il a raison car, en 1983, il obtient un nouveau certificat universitaire, celui de chirurgie... Il poursuit son petit bonhomme de chemin... à l'orientale.

L'année suivante, muni de ses deux certificats, il obtient un poste de remplacement dans l'hôpital de S..., joli chef-lieu du Sud-Ouest. Par un tour de passe-passe, il arrive à convertir ses deux certificats « pour étrangers » en un doctorat, ce qui fait nettement plus sérieux. Ce doctorat ne lui permet pourtant pas d'exercer dans une autre discipline que celle de la médecine générale. Malik, aussi entreprenant que bon étudiant, sollicite du conseil de l'ordre la reconnaissance de sa qualification de chirurgien... Petit à petit, le drôle d'oiseau fait son nid.

Mais les instances supérieures du conseil de l'ordre ne se laissent pas impressionner : elles refusent absolument de transformer ces deux certificats universitaires devenus doctorat en l'indispensable CES (certificat d'études supérieures), qui ferait de Malik un chirurgien français à part entière, certificat que les titulaires n'obtiennent qu'après dix à douze ans d'internat. Les membres du conseil précisent même leur opinion en interdisant à Malik de « faire état de toute qualité chirurgicale ». Et vlan ! Décision draconienne qu'ils justifient en alléguant le manque d'expérience du candidat... Nous sommes déjà en 1991.

Pendant ce temps-là, Malik, tout en attendant le résultat de ses démarches, ne perd pas son temps sur le terrain, dans l'hôpital de S. Depuis plus de sept ans, le « remplaçant » au charme oriental opère à tour de bras... Les habitants de la ville et des environs n'ont d'ailleurs pas à se plaindre de son coup de bistouri — de ses coups de bistouri —, puisque plus de mille personnes, chaque année, se retrouvent soumises à ses soins. Bien que l'hôpital en question compte trois autres chirurgiens diplômés, Malik à lui seul monopolise plus de la moitié des interventions... Par quel mystère ?

Par la propre volonté de Malik. Car, tout en faisant

officiellement sa demande auprès du conseil de l'ordre, il doute cependant du résultat. Il manque de patience aussi et, au mépris de toute convenance professionnelle et de toute loi, Malik décide, In cha'Allah, qui vivra verra, de s'autodiplômer. Il s'accorde à lui-même le fameux CES tant convoité. Comme il est assez habile de ses doigts (les mille opérations annuelles en témoignent), il s'arme d'un flacon de Typex, cette sorte de liquide blanc, qui permet aux dactylos de rectifier une faute de frappe, et il « rectifie » son certificat universitaire. Un coup de photocopieuse laser par là-dessus et Malik, du même coup, a changé son prénom oriental en, disons, celui plus français de Louis. Dernière manche de l'opération : il parvient à faire certifier des photocopies de ce diplôme en les faisant comparer à un « original » falsifié... Puis il réussit à se faire signer par le directeur de l'hôpital un contrat en bonne et due forme, contrat de « chirurgien titulaire ». La carrière de Louis-Malik semble être sur les bons rails... Mais qui sait si le doigt de Dieu n'est pas près de frapper...

Ce contrat implique la promulgation d'un arrêté du ministère de la Santé : Dieu merci, en France, ce genre de chose ne se bricole pas dans les arrière-boutiques décentralisées de la province. Les organismes consultés émettent tous d'une seule voix le même avis défavorable, de la commission des hôpitaux à la DDASS. Unanimité qui vient d'une sorte de doute général. On chuchote des choses, on murmure, on raconte. Mais personne ne crève l'abcès... L'arrêté est pris malgré tout...

Louis pourtant se garde bien de faire enregistrer son « diplôme » tant à la préfecture qu'au tribunal, ce que la loi française le contraindrait à faire. Le directeur de l'hôpital, qui semble en la matière d'un laxisme assez extraordinaire, le titularise en juillet 1992. De ce fait il se voit inculpé de « complicité dans l'exercice illégal de la médecine ».

Pourtant, à l'hôpital, un poste se trouve vacant

depuis deux ans. Bizarrement, cette vacance n'a pas été déclarée officielle tant que Louis n'a pas été en possession du « diplôme » lui permettant de faire acte de candidature. Aujourd'hui c'est chose faite. Louis se retrouve « chef de service »... par l'opération du Saint-Esprit...

Entre-temps d'autres drames, d'autres passions se nouent et agitent les cœurs et les entrailles de S. Un couple de bourgeois, qui vit dans une ville de pèlerinage, voit, d'un œil apparemment serein, les amours de leur petite « Stéphanie », douze ans à peine, et d'un garçon, nommons-le Olivier, qui a bien quinze ans de plus qu'elle. Jusqu'au jour où la gamine se retrouve enceinte. Désordre dans la famille. Mais pas vraiment de scandale. On décide de remettre les choses dans le bon ordre. Grâce à une petite intervention du bon docteur Louis.

Le seul problème, c'est l'admission de la petite à l'hôpital. Le bon docteur s'arrange pour la faire admettre sous l'identité de sa sœur qui, plus âgée de quelques années, est déjà mariée. D'autre part, il ne peut intervenir sans l'autorisation des parents, qui, contre toute logique, signent, selon leurs dires, une simple autorisation pour « ablation de polypes ». Mais tout se passe bien, sauf pour le fœtus qui retourne aux limbes de ceux qui n'ont pas eu leurs chances...

Pourtant les bons parents, échaudés par les risques de maternité de leur héritière, se réveillent quelque temps plus tard. Et ils décident de monnayer leur complaisance, comme dans les romans bourgeois du siècle dernier. Pour ce faire, la méthode la plus rationnelle leur semble, bien évidemment, le chantage. Ils s'adressent donc à leur « gendre » de la main gauche et lui réclament 60 000 F, par courrier, sous peine de dépôt de plainte pour « détournement de mineure ». C'est imparable, ils font déjà des projets pour dépenser les sous.

Malheureusement, « Olivier », l'amant de leur

chère enfant, ne l'entend pas de cette oreille. Il se dit, à juste raison, qu'avec des maîtres chanteurs on sait toujours comment ça commence et jamais comment ça finit. Il se dit aussi que les bons parents ne sont pas blanc-bleu de pureté dans l'affaire. Il détient assez de preuves pour prouver leur « consentement passif ». Olivier prend donc son courage à deux mains, se rend auprès du parquet de S. et raconte toute l'histoire. Il en ressort en effet, inculpé, mis en examen, disons-nous à présent, pour attentat à la pudeur sur mineure de moins de quinze ans mais les parents de la « victime » se voient eux aussi accusés de chantage. Un point partout. De fil en aiguille, on en arrive à l'interruption volontaire de grossesse, l'ablation des faux polypes, l'usurpation d'identité. Le chirurgien libano-français se voit lui aussi mis en examen. Mais, là encore, il surestime la puissance de sa volonté. Il va, en pleine nuit, tenter de faire pression sur certains témoins, tenter de persuader certains plaignants de renoncer à leur plainte. Il aggrave son cas... Sa carrière est bien compromise à S. et partout ailleurs sur le territoire français... et même dans la CEE, parions-le.

Marchand de mort

Dans la salle d'un café tranquille, tandis que la serveuse apporte d'énormes pichets de verre remplis à ras bord d'un litre de bière mousseuse, deux personnes discrètement assises dans un coin plus sombre échangent à voix basse des propos inaudibles. L'une d'entre elles est un barbu à lunettes, le visage rond, le regard clair, l'allure d'un bon médecin de famille, l'autre est un être qui souffre depuis longtemps d'une maladie qui n'en finit pas de le ronger. Maladie physique ou maladie psychologique, dégoût de la vie, peu importe.

Au bout d'un petit moment de conversation, le barbu sort de sa serviette de cuir un petit sachet qu'il remet à son interlocuteur. L'autre lui tend en échange une enveloppe de papier kraft qui semble remplie de billets. Le barbu, discrètement, vérifie la somme. On ne sait jamais, quoique, il faut bien le dire, la plupart de ses clients n'ont même pas l'idée de tricher sur la somme promise. On ne fait pas cela quand on est au seuil de la mort. Et à quoi servirait d'escroquer le fournisseur ? Le client sait que, d'ici quelques jours, quelques heures peut-être, il va partir pour un pays où l'on n'a vraiment pas besoin de ses économies...

Le barbu sympathique est un certain Hans Z., fondateur et président-directeur général de la Société allemande pour une mort humaine. Les bureaux de cette société sont confortables et discrets, de bon aloi.

Des salles de conférences, des ordinateurs, du matériel pour la vidéo. Le progrès technique qui indique la réussite et la prospérité. En y pénétrant, on se croirait dans les bureaux d'un homme d'affaires prospère. Mais, comme le titre l'indique, il s'agit de tout autre chose.

La loi allemande concernant l'euthanasie est assez flexible. Et la « Société » de l'honorable M. Hans en profite. Une association milite donc pour obtenir pour chacun le droit de choisir, si l'on peut dire, sa propre mort, en tout cas le droit de refuser l'acharnement thérapeutique qui, sous prétexte de maintenir la vie à tout prix, risque de vous transformer en légume pitoyable, de prolonger au-delà du supportable les souffrances d'un être qui n'espère plus qu'une seule chose : le droit au repos qu'il est persuadé de trouver dans l'au-delà. Qui d'entre nous n'a craint de se voir un jour réduit à la merci et au bon vouloir des autres, grabataire perclus de douleurs intolérables, incapable de profiter des petites joies de l'existence, humilié d'avoir à solliciter l'aide des autres pour accomplir proprement tout ce que la nature continue à nous imposer ? Qui ne s'est dit, devant un vieillard inconscient, la tête et le regard perdus, tourmenté par des escarres, bloc de souffrance, que, plutôt que d'être comme « ça », il vaudrait mieux mourir tout de suite ?

C'est dans la logique de cette idée que M. Hans a créé son association, avec abonnements, revue et mode d'emploi. Les candidats à la mort digne s'inscrivent et, après six mois d'inscription destinés à éviter les dépressifs et les coutumiers du « coup de tête », ils obtiennent enfin un « sauf-conduit » du patient. Cet imprimé, que les adhérents doivent porter en permanence sur eux, est destiné à toute personne ou service public qui pourrait, à la suite d'un accident ou d'un malaise, porter secours à l'abonné de la « Société ». On est prié, si celui-ci est dans un état de coma avancé ou dépassé, de ne pas prolonger inutilement son séjour sur cette planète.

Après ce sauf-conduit, on a droit à un petit catalogue de « trucs » qui sont déjà plus contestables. On donne quelques recettes pour libérer ceux qui trouvent leurs souffrances physiques ou morales trop insupportables, quelques recettes ou cocktails particulièrement explosifs. La plupart sont des mélanges d'inoffensifs produits pharmaceutiques, inoffensifs quand on veut bien suivre la posologie indiquée à l'intérieur de l'emballage, dangereux et même mortels quand on multiplie les quantités préconisées par le médecin, quand on les mélange à d'autres produits. En plus les médicaments qui entrent dans les cocktails de mort sont, il faut le souligner, en vente libre, surtout dans les pharmacies de France, de l'autre côté de la frontière pour la plupart des Bavarois... Facile de mettre fin à ses jours.

Les clients ne manquent pas, mais beaucoup, au dernier moment, trouvent que leurs souffrances sont encore supportables, espèrent que demain le soleil brillera davantage, et c'est alors que M. Hans décide de passer à un stade plus actif...

Après des mois de filature, la police vient de l'arrêter au moment où, dans l'arrière-salle d'un joli petit café bavarois, il venait, contre plusieurs milliers de marks (entre 3 000 et 10 000 selon les possibilités des clients), de vendre une capsule de cyanure de potassium, poison foudroyant qui permet de mettre fin à ses jours en toute discrétion.

On estime à cent dix-sept le nombre de clients, à travers toute la RFA, que M. Hans a convaincus d'acheter puis d'avaler ses pilules de mort. Désespérés de tout poil : dépressifs, séropositifs qui n'acceptent pas l'angoisse, accidentés réduits à la petite voiture, alcooliques incapables de remonter la pente. Quand on sait que son cyanure, produit industriel courant, lui revenait à 400 marks le kilo et qu'il multipliait facilement sa mise par sept mille pour calculer son prix de revente, on peut juger de la rentabilité de son commerce parallèle. Car, aujourd'hui, son successeur à la tête de la « Société » pousse de grands cris quand on lui parle du vilain M. Hans : jamais, au grand jamais, personne n'a été d'accord avec ce commerce de mort. Et cette affaire jette un discrédit sur les adeptes de la mort douce... Surtout dans un pays où les méthodes hitlériennes ont laissé les traces qu'on sait dans la mémoire collective, où, il y a cinquante ans à peine, on euthanasiait à tour de bras des malheureux dont la seule « souffrance » était d'être malade, handicapé, juif, tsigane, homosexuel, slave ou du parti de la résistance...

M. Hans est sous les verrous. Pourtant, ici, le suicide n'est pas illégal. Mieux encore, si vous posez une pilule de cyanure sur la table de chevet de l'être cher, vous ne pouvez être poursuivi. La justice ne s'intéressera à vous que si vous lui maintenez la tête pour la lui glisser de force dans la bouche... Nuance. C'est là-dessus que M. Hans a fondé son petit commerce. Mais il commet une erreur : celle de ne pas déclarer au fisc les revenus que lui procure son commerce de mort. Il est arrêté pour « fraude fiscale » comme Al Capone en son temps. Sa plus jeune « cliente » souffrait de leucémie et les médecins étaient persuadés de pouvoir la guérir mais sa mère était d'un avis différent. La mère était atteinte d'accès de démence. La cliente a avalé la pilule de cyanure et a quitté la vie : elle n'avait que treize ans.

Prêt à l'italienne

La police sicilienne vient de recevoir une lettre anonyme. Cette lettre dénonce les agissements d'une certaine Seraphina, une dame aux cheveux blancs frisés au petit fer, qui porte allégrement ses quatre-vingt-six ans. De quoi accuse-t-on cette grand-mère ? Tout simplement de proxénétisme et de chantage. Une « Madame Claude » souriante, une araignée souriante dont le sourire artificiel cache une âme d'une noirceur insoupçonnable. A cause d'elle, des dizaines de jeunes et jolies Siciliennes viennent de connaître des années de souffrance, de honte et de remords.

La méthode de Seraphina est simple. Une jeune femme commet une imprudence : par exemple elle puise dans le compte d'épargne conjugal pour payer une dette d'honneur, pour dépanner un amant dans une mauvaise passe. L'amant promet de rembourser, avant l'an, foi d'animal, comme on dit dans la fable. Mais, comme dans les comédies ou les mélodrames, il n'en fait rien. Sa maîtresse lui fait confiance mais elle perd le sommeil car elle tremble en envisageant le moment où le mari trompé risque, en plus, de s'apercevoir du trou dans les finances du ménage. La jeune femme se confie à une amie, à une relation, à sa coiffeuse. Elle dit qu'elle doit trouver d'urgence quelques millions de lires. Il se trouve toujours quelqu'un pour lui souffler : « Pourquoi n'iriez-vous pas consulter Mme Seraphina, via Vittorio-Emmanuele ? Il paraît qu'elle est de bon conseil et qu'elle est toujours prête à dépanner. » Entre femmes, n'est-ce pas...

Maria, Adriana, ou Giulia, toutes empruntent le même petit escalier sombre et sonnent à la porte de l'appartement bourgeois. Une petite bonne les fait entrer dans le salon et, lorsque Seraphina apparaît, la jeune femme qui est venue solliciter de l'aide se sent un peu rassurée. Cette vieille dame à cheveux blancs est l'image même de la douce grand-mère. La jeune sollicieuse explique son cas, donne, avec réticence, les détails qui s'imposent, elle avoue tout à la bonne grand-mère, elle précise la somme qui lui est nécessaire pour sortir rapidement du fâcheux mauvais pas où elle se trouve. Seraphina écoute sans faire de commentaire : elle surveille sa proie et, d'autre part, elle connaît par cœur le petit discours qu'elle va dévider pour se saisir de sa prochaine victime. Celle-ci, les tempes battantes, entend à peine ce que Seraphina lui propose : elle comprend simplement que, immédiatement, elle va pouvoir rentrer chez elle avec les millions de lires qui lui manquent, moyennant une petite signature au bas d'un document.

Signature d'un pacte avec le diable. Maria, Adriana, Giulia, aucune n'a pris le temps de lire les petites lignes du contrat. Aucune n'a vraiment saisi à quoi elle s'engage. Simplement a-t-elle entendu le montant de l'intérêt : dix pour cent. Vraiment la vieille dame n'est pas méchante car c'est bien moins que ce que la banque demanderait pour le même prêt. Et Seraphina n'a pris aucune hypothèque, n'a, surtout pas, exigé la signature du mari au bas du contrat. Tout va rentrer dans l'ordre.

Mais, quelques mois plus tard, Giulia, Maria ou Adriana, a la mauvaise surprise de voir un homme tout de noir vêtu se présenter à son domicile, toujours à une heure où le mari est absent pour son travail. C'est le représentant de Seraphina qui vient pour réclamer le paiement des intérêts dus par le contrat. La jeune femme a un haut-le-cœur en lisant la somme qui lui est réclamée. Ce n'est pas du tout ce qu'elle avait prévu dans son plan de remboursement. La petite gratte quotidienne qu'elle met de côté depuis des mois pour rembourser la vieille dame au sourire artificiel est de loin insuffisante pour ce premier versement. Comment cela est-il possible ?

Tout simplement parce que Seraphina, en proposant un prêt à dix pour cent, a omis de préciser qu'il s'agissait d'un intérêt mensuel et non pas annuel. Cela multiplie par douze la somme due. Du coup, l'emprunteuse enfile son manteau, attrape son sac à main et se précipite chez l'usurière (comment la nommer autrement ?) pour protester mais, une fois dans la place, elle se heurte à l'amabilité de porcelaine de la vieille prêteuse. Celle-ci s'excuse presque du malentendu mais, entre les phrases, se fait un peu menaçante. On va s'arranger entre femmes de bonne compagnie. Surtout quand l'emprunteuse est jeune et jolie. Cette jeunesse et cette beauté représentent un véritable capital dans la Sicile brûlante et frustrée où les femmes sont encore des idoles sévèrement gardées...

Si Giulia, Maria ou Adriana, se révèle, et c'est toujours le cas, incapable d'effectuer les remboursements auxquels elle s'est engagée en signant le contrat, il y aurait bien un moyen pour tout arranger... Seraphina, révélant sa vraie nature, expose sa petite idée : la jolie débitrice pourrait rembourser une partie de la somme en... nature. Si elle accepte de rencontrer, chez Seraphina, à l'abri des regards indiscrets, quelques messieurs en mal d'affection, cela pourrait se comptabiliser et l'aider à rembourser l'usurière.

Comme il n'existe pas d'autre solution, la malheureuse jeune femme accepte et le piège se referme davantage encore sur elle. Car Seraphina se transforme immédiatement en ce qu'elle est depuis longtemps : une tenancière de maison close. La jeune femme, qui accepte de rencontrer des hommes plus ou moins beaux, plus ou moins jeunes, plus ou moins appétissants, ne voit créditer son compte personnel que de la moitié de la somme versée par le « client » qui vient de l'utiliser. Cinquante pour cent vont directement dans la caisse de Seraphina.

Pis encore, la malheureuse qui accepte, à son corps défendant, de se voir souiller et dégrader par des inconnus au portefeuille bien rempli, subit de nouvelles exigences de la vieille maquerelle, puisqu'il faut bien appeler les choses par leur nom. Seraphina exige d'elle une tenue particulièrement sexy et soignée. Souvent ces jeunes femmes modestes ne possèdent pas dans leur garde-robe les robes lamées au décolleté plongeant qu'on les prie de revêtir pour rencontrer les clients, les chaussures de très bonne marque, les dessous affriolants qui vont concourir au plaisir des « messieurs ». Voilà l'occasion d'ouvrir un nouveau « compte courant » chez Seraphina, au nom de Maria, Giulia ou Adriana, compte qui semble toujours à des années-lumière de s'équilibrer, à plus forte raison de se clore définitivement. D'emprunteuse désespérée, la malheureuse imprudente se transforme en bête de plaisir qui n'entrevoit même plus la fin de son calvaire, de ces séances dégradantes où elle doit subir le plaisir bestial des clients anonymes, de ces crises de larmes quand, dégoûtée d'elle-même, elle court sous la douche pour essayer de purifier jusqu'au souvenir d'attouchements répugnants... Cela n'en finira donc jamais ?

Pourtant si, un jour, cette lettre anonyme, qui vient peut-être de Maria, d'Adriana ou de Giulia, marque la fin de l'organisation. Chez Seraphina la police trouve toutes les preuves de son infâme commerce : des livres de compte qui sont, en eux-mêmes, des aveux, des piles de reconnaissances de dettes. La première représentait une somme de 17 F. Il faut dire qu'elle date de... cinquante ans. Depuis, la débitrice doit être devenue bien incapable de renflouer son compte.

Table

Qui j'ai tué ? *(Etats-Unis, 1984)*	7
Délire à deux *(Belgique, 1983)*	17
L'enfant témoin *(Angleterre, 1992)*	27
Mortel Minitel *(France, 1993)*	36
Vidéosexuels *(Maroc, 1993)*	44
La maman et les putains *(Autriche, 1991)*	51
Un couple idéal *(France, 1993)*	61
Justice à la grecque *(Grèce, 1991)*	66
Fin de parcours *(France, 1993)*	71
Jour de gloire *(France, 1993)*	76
Maman ira au paradis... *(France, 1993)*	81
Contrat *(France, 1993)*	86
Petit boulot au noir *(Allemagne, 1991)*	92
Bienfait-méfait *(France, 1993)*	98
Pleine lune *(Etats-Unis, 1993)*	102
Pitié pour la meurtrière *(France, 1993)*	109
Au commencement était le chaos *(Etats-Unis, 1993)*	120
Un assassin dans la ville *(Canada, 1993)*	132
Frankenstein *(Etats-Unis, 1991)*	142
Le camping-car *(Etats-Unis, 1993)*	151
Bon début dans la vie *(France, 1993)*	158
La problématique de l'aveu *(France, 1993)*	163
Histoire simple *(France, 1993)*	172
Le mocassin vert *(France, 1993)*	179

Le procès impossible *(France, 1993)*	190
L'assassin platonique *(France, 1991)*	198
Solingen *(Allemagne, 1993)*	206
Scoop mortel *(Etats-Unis, 1993)*	213
Le 36 prend des vacances *(France, 1993)*	219
Banquier de cœur *(France, 1993)*	224
L'amour en cage *(Belgique, 1993)*	230
Gri-gri qui gratouille *(France, 1993)*	237
La madone du parking *(France, 1993)*	242
Derniers feux *(France, 1993)*	247
Trou noir *(France, 1993)*	253
Justice au Palais *(Etats-Unis, 1993)*	260
Diplômes charcutés *(France, 1993)*	266
Marchand de mort *(Allemagne, 1993)*	271
Prêt à l'italienne *(Italie, 1993)*	275

Composition réalisée par JOUVE

Imprimé en France sur Presse Offset par

BRODARD & TAUPIN

GROUPE CPI

La Flèche (Sarthe).
N° d'imprimeur : 32165 – Dépôt légal Éditeur : 65457-01/2006
Édition 08
LIBRAIRIE GÉNÉRALE FRANÇAISE – 31, rue de Fleurus – 75278 Paris cedex 06.
ISBN : 2 - 253 - 13975 - 0

31/3975/5